Charmed

Charmed

Zauberhafte Schwestern

Die Macht der Gefühle

Roman von
Torsten Dewi und Marc Hillefeld

Die Deutsche Bibliothek – CIP-Einheitsaufnahme

Charmed – Zauberhafte Schwestern. – Köln : vgs
(ProSieben-Edition)
Die Macht der Gefühle : Roman / von Torsten Dewi
und Marc Hillefeld. – 1. Aufl. – 2002
ISBN 3-8025-2929-4

Das Buch »Charmed – Zauberhafte Schwestern. Die Macht der
Gefühle« von Torsten Dewi und Marc Hillefeld entstand
auf der Basis der gleichnamigen Fernsehserie von
Spelling Television ausgestrahlt bei ProSieben.

1. Auflage 2002
© der deutschsprachigen Ausgabe:
Egmont vgs verlagsgesellschaft mbH
Alle Rechte vorbehalten.
Lektorat: Ilke Vehling
Produktion: Wolfgang Arntz
Umschlaggestaltung: Sens, Köln
Titelfoto: © Spelling Television Inc. 2002
Satz: Kalle Giese, Overath
Druck: Clausen & Bosse, Leck
Printed in Germany
ISBN 3-8025-2929-4

Besuchen Sie unsere Homepage im WWW:
www.vgs.de

Inhalt

Die Macht der Gefühle

1

PRUE HALLIWELL SEUFZTE. Es funktionierte einfach nicht.

Sie atmete tief durch, lockerte ihre Schultern und konzentrierte sich wieder auf die Gabel. Die Gabel aus dem alten Besteck, welches sie von ihrer Großmutter geerbt hatten. Direkt vor ihr auf dem Küchentisch.

Jetzt!

Nichts. Die Gabel tat, was eine Gabel tun sollte – sie lag einfach nur da.

Prue versuchte es noch einmal, aber sie war zu erschöpft, um genügend Energie aufzubringen. Die älteste der Halliwell-Schwestern machte eine drohende Handbewegung. Doch die Gabel rührte sich nicht. Keinen Millimeter rutschte sie über die Tischplatte.

Den Kampf Hexenkraft gegen metallische Trägheit gewann – die Gabel.

Prue entspannte sich und drehte sich zum Kühlschrank um. Sollte das blöde Besteck doch bleiben, wo der ...

Ha! Mit einem Ruck wirbelte sie herum, starrte auf die Gabel und versuchte es erneut.

Keine Chance. Die Gabel schien auch gegen Überraschungsangriffe immun zu sein. Enttäuscht überlegte Prue, es mal mit einem Löffel zu versuchen. Das hatte schließlich bei Uri Geller auch immer geklappt.

Sie war die älteste der *Zauberhaften* und eine ihrer

Stärken war es, nicht so schnell aufzugeben. Also noch einmal – Hexe gegen Gabel.

In diesem Moment stolperte Phoebe, die jüngste der Halliwell-Schwestern, in die Küche. Sie trug einen kurzen blauen Rock, und ein Wildleder-Top, das ihren schönen Körper betonen sollte. Phoebe kämpfte mit den zahlreichen Trägern und Riemen des Oberteils.

»Schau dir das an«, stöhnte sie, während sie an einem Knoten herumfingerte, »ich bin ein hoffnungsloser Fall.«

Erst jetzt bemerkte sie die Bemühungen ihrer älteren Schwester, den Löffel durch Telekinese zu bewegen. »Oh mein Gott, hast du etwa deine Kräfte verloren?«

Das durfte nicht sein. Die Halliwell-Schwestern waren in den letzten Wochen mehrfach von der *Triade*, einer Gruppe von Dämonen, attackiert worden. Hinter all dem schien ein übler Teufel namens Balthasar zu stecken. Ohne Prues Fähigkeiten waren die *Zauberhaften* so gut wie erledigt.

Erstaunlich gelassen zuckte Prue mit den Schultern. »Man kann nicht verlieren, was man nicht besitzt.«

Mit diesen Worten löste sie sich in einen orangefarbenen Lichterbogen auf, der kurz darauf in sich zusammenfiel.

Phoebe hielt erschrocken den Atem an, bis sie begriff, was gerade passiert war.

Ich hasse es, wenn sie ohne Vorankündigung diese Astral-Show abzieht, dachte Phoebe. Dann rief sie: »Marco!«

»Polo!«, tönte es gedämpft aus dem Speicher, wo sich ihre Hexenutensilien befanden, darunter natürlich auch das *Buch der Schatten*, aus dem sie ihre Kräfte schöpften. Dort hielt sich offensichtlich die *echte* Prue auf. Phoebe hatte sich immer noch nicht daran gewöhnt, dass ihre Schwester seit einiger Zeit ein Abbild ihres Körpers an jeden beliebigen Ort projizieren konnte. Im Kampf gegen das Böse war dies eine sehr praktische Eigenschaft. Denn im Gegensatz zu normalen Astral-Projektionen war die zweite Prue nicht nur ein einfaches Trugbild, sondern eine perfekte Kopie – die genauso kräftig zuschlagen konnte wie das Original.

Phoebe betrat das Dachgeschoss und fand ihre Schwester in einem dieser unglaublich bequemen Rattansessel, die ihre Großmutter so geliebt hatte. In der Hand hielt sie ein Buch mit dem Titel »Telekinese«, in dem sie jedoch äußerst lustlos blätterte.

»Was sollte das denn?«, fragte Phoebe, während sie immer noch mit den Riemen ihres Tops kämpfte.

Prue schaute nicht einmal von ihrem Buch auf. »Ich versuche, meine telekinetischen Fähigkeiten auf meine Astral-Projektion zu übertragen. Und das ist gar nicht so einfach.«

Phoebe grinste leicht. »Hexen-Gymnastik? Seit wann stehst du auf so etwas?«

Prue blieb ernst. »Seit ich erfahren habe, wer dieser Balthasar ist. Die *Triade* hätte uns keinen übleren Dämonen schicken können.«

»Oder einen mit schlechterer Haut«, murmelte Phoebe, während sie auf die Zeichnung im aufgeschlagenen *Buch der Schatten* schaute. »Mit dem möchte ich nicht allein gelassen werden.«

Phoebes Unbekümmertheit ermahnte Prue zur Vorsicht. Sie musste ausgleichen, was ihre Schwestern manchmal an Achtsamkeit vermissen ließen. »Du hättest keine Chance gegen ihn. Auch Piper oder ich wären da machtlos. Deshalb versuche ich, meiner Astral-Projektion ein paar Tricks beizubringen.«

Phoebe ließ sich in einen der Rattansessel fallen. Sie war zwar auch eine Hexe, aber im Augenblick lag ihr etwas anderes am Herzen. »Ich habe eine Verabredung mit Cole.«

Prue atmete langsam ein. Die plötzlichen Themenwechsel war sie von ihrer sprunghaften Schwester gewöhnt. Aber seit Phoebe den jungen Staatsanwalt Cole Turner kennen gelernt hatte, war es schlimmer geworden. Cole hier, Cole da. Dabei zeigte der Typ kein sonderliches Interesse an der jüngsten Halliwell-Schwester. Doch Phoebe war sehr verliebt und diesmal schien es ihr ernst.

»Du sagst das, als wäre es etwas Schlechtes«, gab Prue zurück.

Phoebe rollte die Augen. »Es ist eine Verabredung zum Mittagessen. Das ist ein Date zweiter Klasse, ein billiger Abklatsch des Abendessens. Darum ist das Essen ja auch mittags billiger als abends – zum Ausgleich.«

Prue musste unwillkürlich lächeln. Manchmal waren Phoebes Interpretationen von gesellschaftlichen Konventionen höchst eigenwillig. »Und das ist schlecht, weil …?«

»Weil«, fuhr Phoebe fort, »wir uns letzte Woche geküsst haben. Wir sollten jetzt langsam mal bei Abendessen und Kerzenschein sein.«

»Naja, wenn es dir so wichtig ist«, begann Prue und schrie im selben Moment auf. Ein scharfer Schmerz zog sich durch ihren Kiefer.

Phoebe sah ihre Schwester tadelnd an. »Ich kann nicht glauben, dass du die Sache mit dem Zahn noch immer nicht hast machen lassen.«

»Ich habe bereits in einer Stunde einen Termin beim Zahnarzt.«

Doch manchmal hatte eine Hexe keine Zeit für solchen Kleinkram wie Zahnschmerzen, Namenstage – oder dauerhafte Beziehungen.

Phoebe war mit der Antwort zufrieden. »Gut, denn ich sehe dich ungern leiden.«

»Danke!«, bemerkte Prue trocken. Dann stand sie auf, um sich für die Fahrt fertig zu machen.

Phoebe sah ihrer Schwester nach. Noch einmal wandte sie ihren Blick zu dem *Buch der Schatten*. Sie prägte sich die Beschreibung des Dämons Balthasar ein sowie seine fürchterliche rote Fratze, die von schwarzen Striemen durchzogen war. Aber sie wusste, dass es nicht helfen würde. Denn die meisten Dämonen besaßen die Fähigkeit ihre Gestalt zu verändern. Jeder konnte Balthasar sein. Der Nachbar, der Polizist auf der Straße, das Kind mit der Eistüte ... Vielleicht war er schon näher, als sie alle dachten.

Genug gegrübelt, befahl sich Phoebe. Sie hatte ja noch andere Probleme. Zum Beispiel Cole.

Verdammt, dachte Prue, als sie mit ihrem Wagen an die Straßensperre kam. Eine Baustelle! Das hatte ihr gerade noch gefehlt. Wegen der Experimente am Morgen war sie sowieso schon spät dran. Sie hatte gerade noch Zeit gehabt, sich eine Jeansjacke überzuwerfen.

Nervös tippte Prue mit den Fingerspitzen auf das

Lenkrad, während ein Polizist einen Schulbus durch-
winkte.

Sie konnte Cole nicht sehen, der plötzlich auf dem
Bürgersteig schräg hinter ihrem Wagen auftauchte.

Aber sie sah das seltsame Schild, das an der Seite des
Busses prangte und auf dem »Rette die Unschuldigen«
stand.

Cole machte eine leichte Handbewegung, aber auch
das blieb Prue verborgen.

Dafür bemerkte sie, wie sich der Richtungsanzeiger,
der den Verkehr um die Baustelle leiten sollte, plötzlich
von »links« auf »rechts« sprang.

Seltsam, dachte sie. Aber seltsame Dinge waren
nichts Ungewöhnliches in der Welt der *Zauberhaften*.
Die Schwestern hatten gelernt, dass sich Hexen oft von
Zeichen und versteckten Hinweisen leiten lassen, um
die ihnen zugedachten Aufgaben erfüllen zu können.
Das Schild, der Wegweiser – Prue brauchte nur zwei
Sekunden, um sich zu entscheiden.

Sie blinkte rechts und folgte dem Omen.

Cole lächelte dünn und verschwand.

Phoebe hatte den Versuch, die Riemen ihres Tops zu
entwirren, aufgegeben und sich einen Morgenmantel
übergeworfen. Sie stand in der Küche und machte sich
etwas zu essen, als das Telefon klingelte. Es war Prue.

»Hast du in letzter Zeit einen Zauberspruch auspro-
biert, der mich auf irgendwas hinweisen soll?«, fragte
ihre Schwester.

Phoebe verstand die Frage nicht ganz, antwortete
aber wahrheitsgemäß: »Nein, wieso?«

»Ich weiß nicht, aber es scheint, als wolle mir jemand Signale geben – und zwar wortwörtlich.«

Der Nachsatz war Prue herausgerutscht, weil plötzlich ein Bauarbeiter direkt vor ihrer Nase ein Stoppschild hochhielt.

Phoebe überlegte, dann sagte sie energisch: »Prue, ignoriere die Signale und begib dich endlich zum Zahnarzt!«

Prue hörte kaum zu. »Ja, klar.« Sie blickte sich unsicher um. Sollte das »Stopp« etwas bedeuten? Tatsächlich, ihr Wagen stand jetzt neben einem Lagerhaus, auf dem in großen Lettern »Letzte Chance« stand. Wenn das kein Zeichen war . . .

Phoebe wurde langsam nervös. »Prue, bist du noch da?«

»Ich rufe dich zurück.« Prue unterbrach die Verbindung, stellte den Motor aus und stieg aus dem Wagen.

Ein freundlich aussehender Bauleiter trat sofort auf sie zu. »Sie müssen die Dame vom Sozialamt sein, richtig?«

Prue wollte den Kopf schütteln, hielt sich aber instinktiv zurück. »Warum?«

Der Bauleiter kratzte sich an der Stirn unter seinem Schutzhelm. »Naja, der Typ will absolut nicht aus dem Gebäude rauskommen, und wir sollen doch heute mit dem Abriss beginnen.«

Er deutete auf die Lagerhalle mit der Aufschrift »Letzte Chance«.

»Sie meinen, da drin lebt noch jemand?« Prue war verblüfft. Sie hätte nicht gedacht, dass jemand diese baufällige Lagerhalle mit Zähnen und Klauen verteidigen wollte.

»Wenn Sie das leben nennen wollen«, murmelte der Bauleiter kopfschüttelnd. »Der Typ ist seit vier Jahren nicht mehr auf der Straße gewesen.«

Er hörte eine große Baumaschine anrollen, nickte kurz und ging davon.

Prue sah wieder auf die Lagerhalle. Ihr schien es offensichtlich, dass die höheren Mächte sie hierher geführt hatten. Anscheinend wartete hier jemand auf den Einsatz einer *Zauberhaften*.

Prue atmete tief durch, dann begab sie sich durch die metallene Eingangstür in das Treppenhaus der Lagerhalle.

Es war dunkel und feucht. Offensichtlich zog das Gebäude Wasser aus dem Erdreich, weshalb man auch von einer Sanierung abgesehen hatte. Wer hier lebte, hatte gute Aussichten, krank zu werden.

Sie stieg die Stufen zum ersten Stockwerk hoch. Eine schwere Holztür, die vermutlich früher den Bürobereich von der Werkhalle abgetrennt hatte, war das vorläufige Ende ihres Weges.

Prue klopfte an.

Keine Reaktion.

Prue drehte den Türknauf. Die Tür ließ sich ein paar Zentimeter aufschieben, bis sich die Sicherungskette spannte und jeden Besucher zurückhielt.

»Hallo?«, rief Prue durch den Spalt.

Nach ein, zwei Sekunden hörte sie eine Stimme. Eine gequälte, verzweifelte Stimme. »Gehen Sie! Schließen Sie die Tür!«

Ein Mann. Prue konnte ihn leise wimmern hören.

»Ich will nur reden«, sagte die junge Hexe so sanft wie möglich.

16

»Bitte, gehen Sie!« Die Stimme klang dünn und zerbrechlich.

Wieder musste Prue eine Entscheidung treffen. Wer immer das in der Halle war – er litt Höllenqualen.

Sie musste helfen.

Prue zog die Tür zu, damit die Sicherheitskette genug Spielraum hatte. Dann konzentrierte sie sich und schob den Riegel mit ihren telekinetischen Kräften zur Seite. Nun war der Weg frei.

Sie betrat den Raum. Es war ein Durcheinander aus Sperrmüll, altem Bürokram und wild zusammengewürfelten Kleidern, die überall verstreut lagen. Wenn der Bewohner hier wirklich vier Jahre lang gehaust hatte, war es kein Vergnügen für ihn gewesen.

Ein Poltern ließ Prues Blick nach rechts gleiten, wo sie eine heruntergekommene Gestalt erahnen konnte, die in der hintersten Ecke zusammengerollt auf dem Boden lag.

»Kommen Sie nicht näher!«, flehte der junge Mann in den abgewetzten braunen Klamotten. Sein Gesicht wirkte hager und eingefallen, seine Haare waren schmutzig. Die alte Jacke, die er trug, hatte zahlreiche Löcher.

»Geht es Ihnen nicht gut?«, eröffnete Prue das Gespräch.

Während Prue langsam auf den Mann zuging, schien dieser die einzelnen Worte herauswürgen zu müssen: »Mein Kopf ... es ist ... als ob er ... zerspringt!«

Prue versuchte, die Ursache für die Schmerzen des Mannes irgendwo im Raum zu entdecken, aber ohne Erfolg.

»Der Schmerz«, jaulte er, »alle schleppen ihn mit sich!«

»Welchen Schmerz?«, fragte Prue.

»Jeden Schmerz«, keuchte der Fremde und schlug sich dabei mit der flachen Hand auf die Stirn. »Der Schmerz auf den Straßen, in den Häusern. Ich kann ihn spüren. Ich spüre alles!«

»Ich werde Ihnen nicht wehtun«, versuchte Prue den Mann zu beruhigen.

Nun drehte er ihr zum ersten Mal sein Gesicht zu. Überraschenderweise war er glatt rasiert, aber seine Augen lagen tief in den Höhlen. Er sah aus wie jemand, der seit Wochen nicht geschlafen hatte. Seine Mundwinkel verschoben sich zu einem bitteren Lächeln, er hatte Tränen in den Augen. »Sie tun mir aber weh. Ihr Mitleid – es ist wie eine Rasierklinge!«

»Ich möchte nur ...«, begann Prue, brach aber ab, als der Fremde vor Schmerzen aufschrie.

»Ihr Zahn!«, brüllte er. »Ich kann den Schmerz fühlen!«

Erschrocken legte sich Prue die Hand auf die Wange. Stimmt, ihr Unterkiefer pochte noch immer. Sie war so auf diesen seltsamen Mann konzentriert gewesen, dass sie es fast vergessen hatte. Wie konnte er davon wissen?

»Warum sind Sie nicht gegangen, als ich Sie darum gebeten habe?«, keuchte der Mann, während er sich ebenfalls die linke Wange hielt und zu weinen begann.

2

»*I*CH VERSTEHE BLOSS NICHT, warum du mich als einen Freund vorgestellt hast.« Leo stemmte etwas trotzig die Arme in die Hüften.

Er stand mit seiner Verlobten Piper Halliwell im großzügigen Wohnraum des Halliwell-Hauses.

»Das war doch bloß ein Versprecher«, versuchte Piper sich zu verteidigen, obwohl sie wusste, dass Leo Recht hatte. »Ich hatte die Frau seit Jahren nicht gesehen. Tut mir Leid.«

Leo ordnete die Kissen auf dem großen Sofa, um sich abzulenken, sprach aber weiter: »Ich habe deinetwegen meine Flügel verloren. Ich habe mich deinetwegen einer Horde von Dämonen entgegengestellt. Du wolltest den Himmel sehen – ich habe ihn dir gezeigt. Ich bin mehr als nur ein Freund!«

Piper seufzte. Diese Diskussion war so überflüssig. Sie liebte Leo ja wirklich. Aber es war nicht immer so einfach, wie er es sich vorstellte. »Wenn ich dich als meinen Verlobten vorgestellt hätte, dann wären die Fragen gekommen: Wie habt ihr euch kennen gelernt? Wann? Warum trägst du keinen Ring? Und solche Dinge kann ich ja wohl kaum wahrheitsgemäß beantworten, oder?«

Leo war noch nicht zufrieden. »Und deshalb bin ich ein Doktor geworden, was?«

Piper seufzte. »Leo, du *warst* ja auch ein Doktor – bevor du gestorben bist. Was soll ich den Leuten denn sagen? Dass ich mit einem Wächter des Lichts verlobt bin?« Leo war offensichtlich beleidigt.

»Ach komm, geht es dir nicht manchmal genauso?« Piper fühlte sich zu Unrecht angegriffen. »Manchmal wäre es schön, wenn wir ein normales Paar wären.«

Das Geräusch der Haustür beendete den Konflikt. Zwei Sekunden später betrat Prue das Wohnzimmer – und der stellvertretende Staatsanwalt Cole Turner war direkt hinter ihr.

»Hi«, sagte Prue zur Begrüßung.

Piper zeigte sich überrascht.

»Oh, Cole kam nur zufällig zur selben Zeit hier an wie ich«, erklärte Prue.

»Gutes Timing«, ergänzte Cole knapp. In seinem teuren Anzug wirkte er etwas fehl am Platz.

In diesem Moment kam Phoebe, die dritte Halliwell-Schwester, dazu. Sie trug ein bauchfreies Oberteil in Orange. Die Wirkung auf Cole war nicht zu übersehen. Aber Phoebe blieb bewusst auf Distanz. »Sieh an, da ist ja meine Begleitung fürs Mittagessen!«

Cole konnte seinen Blick kaum von Phoebes sonnengebräunter Haut losreißen. »Entschuldige, aber ich wurde bei Gericht aufgehalten. Du siehst ... hinreißend aus!«

Die jüngste Halliwell-Schwester senkte die Stimme verschwörerisch. »Das gehört alles zu meinem Plan.«

»Äh, Phoebe«, unterbrach Prue, »ich würde gerne noch mit dir über die Signale reden. Du weißt schon, die Sache, wegen der ich angerufen habe?«

»Okay«, sagte Phoebe gedehnt und achtete darauf, in Coles Gegenwart nichts Auffälliges zu sagen. »Wo bist du letzten Endes gelandet?«

Auch Prue wählte ihre Worte mit Bedacht. »Bei diesem Mitleid erregenden jungen Mann, der seit Jahren seine Wohnung nicht verlassen hat. Die Tatsache, dass man das Haus, in dem er lebt, abreißen will, macht die Angelegenheit etwas dringlich.«

»War denn kein Sozialarbeiter da?«, fragte Cole.

Prue gefiel nicht, dass Cole sich einmischte, aber sie konnte ihm schlecht den Mund verbieten. »Nein, aber später kommt die Polizei, um ihn gewaltsam zu entfernen.«

Cole sah in die Runde und tastete dann in seinem Jackett nach dem Handy. »Ich kann ja mal ein paar Anrufe machen, um zu sehen . . .«

»Küche«, sagte Piper, als sie merkte, dass Cole sein Handy nicht fand. Der gut aussehende Staatsanwalt nickte dankbar und verschwand in der Küche.

Keine der drei Schwestern ahnte, dass Cole sehr wohl wusste, wo sich sein Handy befand. Er hatte nur dringend eine Gelegenheit gebraucht, um ungestört zu sein. Er nahm ein Mobiltelefon aus der Basisstation und begann zu wählen.

Aus dem Augenwinkel registrierte Cole, wie sich sein Schatten leicht verzerrte. Dann löste er sich von Coles Körper und strich an der Wand entlang zur Tür. Die Hand mit dem Telefon schon am Ohr, zischte Cole ihm zu: »Hey, wo willst du denn hin? Wir haben eine Abmachung – keine Berichte mehr an die *Triade*, bis ich meinen Auftrag erfüllt habe.«

Der Schatten blieb etwas unsicher stehen. Cole war sein Meister, aber die *Triade* bestand aus mächtigen Herrschern, die zu hintergehen, üble Folgen haben konnte.

In diesem Moment betrat Phoebe die Küche. Cole hielt den Atem an. »Phoebe.«

»Hi«, sagte Phoebe lächelnd und schaute ins Regal. »Ich brauche eine Aspirin. Prue hat Zahnschmerzen.«

Mit nervösen Augen verfolgte Cole die Tätigkeit seiner Freundin, immer einen Blick auf seinen Schatten gerichtet, der auf der anderen Seite der Küche wartete.

Phoebe fand die Dose mit den Pillen und begab sich zum Kühlschrank. Coles Blick quittierte sie mit einem knappen »Wasser«.

Sie zog eine Flasche heraus und ging auf ihn zu. »Bist du okay?«

Während sie ihn sanft auf die Lippen küsste, stotterte er eine Antwort. »Natürlich, die Verbindung ist bloß unterbrochen.«

Phoebe ging zurück ins Wohnzimmer. Cole wandte sich wieder dem Schatten zu. »Prue ist meinen Signalen gefolgt. Der Plan wird funktionieren. Falls nicht, kannst du mich immer noch bei der *Triade* anschwärzen.«

Der Schatten senkte den Kopf, durchquerte die Küche und schloss sich wieder seinem Herrn an.

Cole atmete tief durch. Jetzt konnte er endlich die nötigen Anrufe machen.

»Nach allem, was du so erzählst, ist dein Eremit ein zukünftiger Empath«, erklärte Leo Prue.

Den Schwestern stand das Fragezeichen auf der Stirn geschrieben, aber es war Piper, die es offen zugab: »Tut mir Leid, ich habe bei ›Wer wird Millionär‹ nicht aufgepasst – was ist ein Empath?«

Leo, als ein Wesen des Lichts, kannte sich mit solchen Dingen aus.»Es sind Sterbliche, die die Gefühle der anderen wie ihre eigenen erleben. Es ist eine seltene Gabe. Wenn sie sterben, kehren sie als Empathen auf die Erde zurück. Es sind unsere Berater und Lehrmeister. Sie nutzen ihre Empfindungsfähigkeiten, um Sterbliche zu leiten, ihre Schmerzen zu lindern oder sogar zu heilen.«

Prue schüttelte den Kopf.»Ich glaube nicht, dass das hier zutrifft. Der Typ sieht das nicht als Gabe. Seine Nerven liegen völlig blank. Ihr hättet sehen sollen, wie er auf meine Zahnschmerzen reagiert hat.«

Cole dachte darüber nach. »Es könnte sein, dass er sich der Gabe widersetzt. Er muss die Emotionen anderer aufnehmen, statt sie zu bekämpfen.«

»Auf jeden Fall ist er ein Unschuldiger, den wir beschützen sollten«, stellte Piper fest.

Leo nickte. »Es wäre eine Schande, einen künftigen Empathen zu verlieren und damit all das Gute, das er tun kann.«

»Ich mache mir mehr Sorgen um sein derzeitiges Leben als um sein künftiges«, warf Prue ein.»Ich weiß, was es bedeutet, eine Gabe zu haben, um die man nicht gebeten hat.«

»Aber ich verstehe immer noch nicht, wer dir die Zeichen geschickt hat«, bemerkte Phoebe.

»Das ist schwer zu sagen. Vielleicht waren sie es«, mutmaßte Leo und richtete seinen Blick nach oben. Alle wussten, was gemeint war. »Oder vielleicht war es ...«

»Cole«, unterbrach Piper die Gedankenspiele, als der junge Staatsanwalt wieder den Raum betrat.

Cole wandte sich an Phoebe. »Ich habe mich mit der

Fürsorge in Verbindung gesetzt. Die werden ihm eine Unterkunft besorgen, falls er seine Wohnung ohne Schwierigkeiten verlässt.« Er schrieb eine Nummer auf seine Visitenkarte. »Er soll mich anpiepsen, wenn er Hilfe braucht.«

»Okay, danke«, sagte Prue leicht überrascht. Von diesem Yuppie hatte sie so viel Einsatz gar nicht erwartet.

»Sollen wir mit dir kommen?«, fragte Piper.

Prue schüttelte den Kopf. »Nein. Der Mann kann kaum die Gegenwart *einer* Person ertragen.«

Sie nahm ihre Jacke und machte sich wieder auf den Weg zur Lagerhalle.

Cole klatschte in die Hände und sah Phoebe an. »Okay, bereit für das Mittagessen?«

Phoebe brachte jetzt doch ein bisschen Begeisterung für das Date auf. »Mmmmhh ...«

»Mittagessen. Gute Idee. Was dagegen, wenn wir mitkommen?« Leo war noch nicht lange genug wieder unter Menschen, um zu ahnen, wie unpassend die Frage war. »Zwei Pärchen, gemeinsam unterwegs, ganz normal. Wäre doch klasse.«

Piper, Phoebe und Cole warfen ein paar unsichere Blicke hin und her. Niemand wollte nein sagen. Cole schob die Verantwortung auf Phoebe. »Deine Entscheidung.«

Mit wenig Begeisterung sagte Phoebe: »Klar, warum nicht?«

3

CREST HILLS WAR EINE der angenehmeren Nerven-
heilanstalten der Stadt, vorausgesetzt man kann so
etwas von einer Nervenheilanstalt behaupten. Das alte
Backsteinbauwerk lag in einer Parkanlage und die
architektonischen Details strahlten Gemütlichkeit aus.
Kein Vergleich zu den modernen Glasgebäuden, die
schon durch ihre aseptische Kälte die Patienten in De-
pressionen treiben konnten.

In Crest Hills wurden nur leichtere, wenn auch größ-
tenteils unheilbare Fälle versorgt. Selten kam es zu Tob-
suchtsanfällen oder sonstigen Tumulten.

Die Ärzte und Pfleger hatten Vater Thomas, seit er vor
Jahren hier eingeliefert worden war, als sehr freundlich
erlebt.

Er stand am Fenster, wie fast jeden Nachmittag, und
versuchte zu horchen – seine Fühler auszustrecken, wie
er es nannte. In der Ferne sah man das Panorama von
San Francisco. Millionen von Menschen lebten in der
Stadt, doch er hörte nichts. Und wie fast jeden Nachmittag packte ihn die Verzweiflung.

Hinter ihm kicherte Gottfried. Vater Thomas drehte
sich zur Seite und sah den alten Mann mit seiner Zeitung hantieren. Sein Blick blieb an der Schlagzeile hängen: »Eremit verbarrikadiert sich in Abriss-Gebäude.«
Daneben war ein unscharfes Foto des Mannes, den Prue
in der Fabrikhalle getroffen hatte.

»Nein!«, entfuhr es Vater Thomas. Er wurde schlagartig bleich. Hastig ergriff er die Zeitung seines protestierenden Mitpatienten und überflog den Artikel.

Das durfte nicht sein! Niemals!

Er warf die Zeitung zu Boden und eilte auf die Schwester zu, die die Aufsicht über den Gemeinschaftsraum hatte. »Ich muss hier raus!«

Schwester Mathilde hatte schon öfter erlebt, dass lethargische Patienten, die plötzlich für einen Moment die Düsternis ihrer Lage erkannten, türmen wollten. Sie blieb ruhig: »Keine Panik, Vater Thomas. Alles ist in Ordnung.«

Der ehemalige Geistliche hob die Hände und wurde laut: »Sie verstehen das nicht! Man will ihn rauswerfen! Das darf nicht geschehen!«

Er wollte sich an der Schwester vorbeidrängen, doch ein bulliger Pfleger packte ihn von hinten. Trotzdem schrie er weiter: »Die Unschuldigen schützen! Verstehen Sie denn nicht?«

Nun wurden auch einige andere Patienten unruhig. »Die Unschuldigen schützen!«, rief ein junger Schizophrener, während ein anderer mit seinem Tablett auf den Tisch schlug. Es kam zu einem Tumult.

Vater Thomas wehrte sich, aber ein zweiter Pfleger packte ihn, und gemeinsam schleiften sie ihn Richtung Schlafraum.

»Ruhe jetzt!«, rief Schwester Mathilde bestimmt. »Ruhe!«

Langsam kam wieder Ordnung in den Aufenthaltsraum. Schwester Mathilde bückte sich ächzend und nahm die Zeitung auf, die Vater Thomas hingeworfen hatte. Sie sah die Schlagzeile und runzelte die Stirn.

26

Gut möglich, dass dieser Eremit auch hier landen würde.

Verrückte Welt.

Prue stand wieder vor der Lagerhalle. Zwischen ihr und dem verstörten jungen Mann befand sich diesmal mehr als nur eine schwere Holztür – ein Polizeibeamter wollte sie nicht in das Gebäude lassen.

»Tut mir Leid, aber ich habe ihm vor zwei Wochen den Räumungsbescheid ausgehändigt.«

Prue rieb sich entnervt die Stirn. »Bitte, Officer.« Sie zog die Visitenkarte aus der Jackentasche. »Staatsanwalt Cole Turner ist mit dem Fall vertraut. Er will helfen, aber das geht nur, wenn wir den Mann nicht ins Gefängnis werfen.«

Der Beamte dachte einen Moment lang über die Sache nach. »Okay, Sie haben drei Minuten.«

»Danke.«

Er ließ Prue vorbei.

Wieder durchschritt Prue die Eisentür und nahm die Treppe in den ersten Stock. Und wieder nutzte sie ihre telekinetischen Fähigkeiten, um die Sicherheitskette an der Tür zur Seite zu schieben.

Der junge Mann saß diesmal auf einer alten Matratze. Die Arme hatte er um die Knie geschlungen, und sein Oberkörper wippte vor und zurück.

»Hi, ich bin's wieder«, begann Prue. »Ich habe eine Schmerztablette gegen die Zahnschmerzen genommen. Der Polizist unten sagte, dass Ihr Name Vince ist. Und Ihr Nachname?«

»Leid«, antwortete Vince knapp.

Prue versuchte es mit einem Scherz. »Irgendwie verwandt mit Freud?«

»Das ist nicht komisch«, presste Vince hervor, und natürlich hatte er Recht.

»Der Polizist will Sie wegen Störung der öffentlichen Ordnung festnehmen«, kam Prue auf den Punkt.

»Dann werde ich sterben. Im Gefängnis werde ich sterben.« Vince sprach die Worte völlig tonlos. Sein Oberkörper wippte immer noch vor und zurück.

»Das glaube ich Ihnen.« Prue wurde langsam nervös. »Darum bin ich hier. Wenn Sie mit mir kommen, kann ich Ihnen eine neue Unterkunft verschaffen.«

Vince schüttelte heftig den Kopf. »Ich kann nicht. Ich kann da nicht raus.«

Prue näherte sich ihm. »Vince, ich weiß, wie das ist. Ich weiß, wie es ist, eine Gabe zu haben, die man nicht kontrollieren kann, und um die man auch nicht gebeten hat. Damit zu leben ist sehr, sehr schwer.«

»Sie haben doch keine Ahnung. Sie weichen dem Schmerz aus, aber ich fühle ihn.«

»Okay, dann reden wir mal von den Vorteilen. Die Gabe kann auch ein Segen sein. Manchmal denke ich . . .«

Vince sprang auf und unterbrach sie abrupt. »Worte, nichts als leere Worte! Sie meinen das nicht wirklich, nicht tief in Ihrem Herzen. Sie fühlen Furcht, Panik, denn etwas ist hinter Ihnen her, und Sie wissen nicht, ob Sie es aufhalten können. Und für so etwas soll ich dankbar sein?«

Prue schluckte hart. »Tut mir Leid.«

Vince schloss kurz die Augen. »Ja, es tut Ihnen tatsächlich Leid. Sie sind verwirrt, verängstigt. Und darin ertrinke ich.«

In diesem Moment schlug der Polizeibeamte heftig gegen die Wohnungstür. »Aufmachen! Die Zeit ist um!«

»Verstehen Sie es jetzt?«, stieß Vince hervor. »Es ist keine Gabe! Es ist ein Fluch. Ich bin verflucht, alles zu fühlen, von jeder Person. Ich kann da nicht rausgehen. Niemals.«

Wieder wurde gegen die Tür geschlagen.

»Aufmachen!«, kam es erneut von draußen. »Ich komme jetzt rein!«

Dann wurde heftig gegen die Tür getreten, und sie sprang auf. Doch Prue hob die Hand und hielt die Tür mit ihren telekinetischen Kräften fest. Sie gab keinen Zentimeter mehr nach. Der Polizist konnte weder Prue noch Vince durch den Spalt erkennen.

»Hey!«, brüllte der Beamte, während er an der Tür rüttelte.

Vince sah Prue überrascht an. »Wie haben Sie das gemacht?«

Prue ging nicht darauf ein, dafür war die Zeit zu knapp. Mit zwei schnellen Schritten war sie bei Vince. »Ich wurde geschickt, um Ihnen zu helfen, und das werde ich tun.« Sie nahm seine Hand. »Dem Empathen nimm sofort die Pein, lass Friede in seiner Seele sein.«

Ein Schauer durchlief Prue und Vince, als der Zauberspruch seine Wirkung entfaltete. Vince sank zu Boden, doch sein Gesichtsausdruck war zum ersten Mal völlig gelöst.

Durch die unterbrochene Konzentration war die Wohnungstür nun nicht mehr verriegelt, und der Polizist polterte herein. »Was zum Teufel geht hier vor?«

Prue sah ihn nur kurz an und deutete dann auf die Tür.

»Sie klemmt. War bei mir auch schon so. Er wird jetzt mit Ihnen kommen.«

Vince war immer noch völlig überrascht. »Wie ist das möglich?«

Prue konnte und wollte jetzt nicht darüber reden. »Später.« Sie reichte ihm die Karte. »Hier. Die ist vom stellvertretenden Staatsanwalt. Rufen Sie ihn an. Er wird Ihnen helfen.«

Vince sah ihr tief in die Augen. »Danke. Sie haben keine Vorstellung, was Sie für mich getan haben.«

Prue war von dem Zauberspruch erschöpft, darum drehte sie sich einfach um und ging. Zurück blieben Vince und ein sichtlich genervter Polizist.

»Okay, junger Mann, dann wollen wir diesen Müllplatz mal hinter uns lassen.«

Vince machte zwei schnelle Schritte auf den Beamten zu. Er sah ihn intensiv an – neugierig, fast schon hungrig.

»Was ist los?«, fragte der Polizist leicht nervös.

»Ich wüsste gerne, was Sie jetzt gerade fühlen«, sagte Vince emotionslos.

»Und warum?«, gab der Beamte unsicher zurück.

Mit einem schnellen Griff packte Vince den Polizisten am Hals. Seine Hand verwandelte sich in eine blutrote Fackel, und das Gesicht des Beamten begann zu kochen.

Er konnte noch nicht einmal mehr schreien.

»Weil ich gar nichts mehr fühle«, flüsterte Vince, als er die Leiche auf den Boden fallen ließ.

Doch sein teuflisches Grinsen verriet ihn.

Er genoss es zu töten.

4

*E*s war der blanke Horror.

Phoebe, Cole, Piper und Leo saßen in einem eleganten Restaurant – und schwiegen sich an. Es gab einfach nichts zu bereden. Phoebe und Piper wussten sowieso alles voneinander. Leo und Cole waren so verschieden, dass sie wohl nie ein gemeinsames Gesprächsthema finden würden.

Es war Phoebe, die schließlich versuchte, die peinliche Stille zu durchbrechen: »Wow, die Niner sind in diesem Jahr wirklich gut dabei.«

Cole konnte nicht folgen. »Wer?«

Phoebe sah ihn entgeistert an. »Die Forty-Niners? Das Football-Team?«

Coles Gesichtsausdruck blieb leer.

»Du hast aber schon mal von Football gehört, oder?«

Cole nahm einen Schluck von seiner Weinschorle. Phoebe wandte sich entschuldigend an ihre Schwester: »Er ist kein Mensch.«

Cole verschluckte sich so heftig an seinem Getränk, dass er die Hälfte wieder in sein Glas spuckte.

»Alles in Ordnung?«, fragte Phoebe unschuldig.

Es dauerte eine Sekunde, bis Cole klar war, dass Phoebe einen Scherz gemacht hatte. Er sah eine Kellnerin vorbeieilen und hob die Hand: »Die Rechnung bitte.«

Piper und Phoebe sahen sich verwundert an.

»Wir sind gleich wieder da«, flötete Phoebe und beide Frauen standen auf.

Auf dem Weg zum Waschraum ergriff Piper das Wort: »Phoebe, ich weiß, du bist sauer, weil Leo sich so in dein Date gedrängelt hat ...«

»Nein«, unterbrach Phoebe, »das ist es nicht. Cole zieht sich immer mehr von mir zurück. Ich merke das.«

»Eine Vision?«, fragte Piper.

»Nein, nur weibliche Intuition«, winkte Phoebe ab.

»Oh«, machte Piper. Sie war so sehr an den Hexenzauber gewöhnt, dass sie an andere Möglichkeiten schon gar nicht mehr dachte.

Währenddessen fasste sich Leo am Restauranttisch ein Herz und sprach mit Cole von Mann zu Mann: »Cole, bevor die beiden wiederkommen, möchte ich dir was sagen.«

Cole gab sich charmant: »Habe ich Spinat zwischen den Zähnen?«

Aber Leo war nicht der Typ für subtile Späße. »Was? Nein, nein. Es geht um Phoebe. Sie ist zwar erwachsen, aber ich möchte sie immer noch vor allem beschützen. Prue und Piper sind da nicht anders. Weißt du, sie hat einiges erlebt – und vieles verloren.«

»Das habe ich gespürt«, gab Cole zurück, ohne sich dabei durch eine emotionale Reaktion zu verraten.

»Naja, sie mag dich wirklich«, fuhr Leo fort. »Und was auch immer deine Absichten sein mögen – sei bitte offen und ehrlich zu ihr. Sie hat es verdient, nicht verletzt zu werden.«

»Gute Güte, selbstverständlich«, murmelte Cole in sein Glas.

Leo blickte ihn an. Er wurde nicht schlau aus Cole, und das beunruhigte ihn. Manches an dem smarten Staatsanwalt war zu glatt, zu perfekt. Doch bevor er sich noch mehr Gedanken machen konnte, kamen die beiden Halliwell-Schwestern an den Tisch zurück.

»Was haben wir verpasst?«, scherzte Phoebe.

»Leo hat mir ein paar Tipps gegeben, welche Aktien ich kaufen kann«, sagte Leo.

Piper sah ihren Verlobten überrascht an. »Hast du?«

»Hat er«, bestätigte Cole noch einmal.

»Wirklich?« Piper konnte das kaum glauben.

Die Kellnerin händigte Cole die Rechnung aus. Dieser warf einen kurzen Blick auf die Summe, beugte sich zu Leo vor und flüsterte: »Ich denke, wir sollten uns das einfach teilen.«

Leo tastete seine Taschen ab, aber er wusste, dass es zwecklos war. Der ehemalige Wächter des Lichts hatte keinen irdischen Besitz, also auch kein Geld. Piper bemerkte die unangenehme Situation und sprang ihrem Verlobten sofort bei: »Oh Schatz, hast du schon wieder die Brieftasche zu Hause vergessen?«

Leo grinste verschämt. »Sieht so aus.«

»Ich mache das schon.« Piper zog ihre Kreditkarte heraus und gab sie der Kellnerin.

In diesem Moment piepste Coles Pager. Er sah auf die Anzeige des kleinen Geräts, während Phoebe schon mit dem Schlimmsten rechnete.

Und tatsächlich, Cole setzte eine schuldbewusste Miene auf. »Das muss ich annehmen. Verzeiht mir.«

Zügig legte er die Serviette zur Seite, stand auf und verließ das Lokal.

Piper, Phoebe und Leo saßen wie angewurzelt auf ihren Stühlen. Der Typ hatte einfach keine Manieren!

Kaum eine Sekunde, nachdem sich Cole in der Seitenstraße neben dem Lokal in Luft aufgelöst hatte, tauchte er in dem Raum neben Vince wieder auf. Ein kurzer Blick auf die verkohlte Leiche des Polizisten genügte, um die Situation zu erfassen.

»Balthasar«, begrüßte Vince den gut aussehenden Mann erfreut. »Ich schulde dir was. Danke, dass du die Hexe vorbeigeschickt hast. Es ist genauso gelaufen, wie du vorhergesagt hast.«

»Während des Zauberspruchs hattet ihr also Körperkontakt?«, fragte Cole nach.

Vince nickte, während er eine gepackte Reisetasche über die Schulter warf. »Ich konnte fühlen, wie das Krebsgeschwür der Empathie aus meinem Körper in den ihren kroch. Woher wusstest du, dass es funktionieren würde?«

Cole zuckte mit den Achseln. »Auf dem Weg hattest du es dir doch damals auch eingefangen, oder?« Er dachte einen Moment nach. »Wie lange gibst du ihr?«

»Sie ist sterblich. Gegen die Empathie kann sie nicht wie ein Dämon ankämpfen. Ich schätze, es wird nur einen Tag dauern, bis die Masse der menschlichen Gefühle sie zerbricht. Es wird dir Spaß machen, dabei zuzusehen.«

Cole schüttelte beiläufig den Kopf. »Ich werde nicht in der Stadt sein.«

Vince war ehrlich erstaunt. »Mitleid, Balthasar? Von

dir? Du bist wohl ein bisschen zu lange unter den Menschen gewesen.«

»Das ist nicht dein Problem«, warnte Cole.

»Stimmt«, gab Vince zu. »Mein einziges Problem ist der Empath, der mich seinerzeit verflucht hat – Vater Thomas. Und ich weiß auch schon, wo ich ihn finde.«

Vince machte sich auf den Weg zur Tür, aber Cole packte ihn am Pullover und drückte ihn gegen die Wand. Seine Stimme war ruhig wie immer, hatte aber nun einen gefährlichen Unterton. »Nein. Ich kann nicht riskieren, dass dich die Hexen finden und den Zauber wieder rückgängig machen.«

Vince wurde aufmüpfig. »Du vergisst wohl, wer ich war, bevor ich verflucht wurde. Ich bin gegen die Kräfte der Hexen immun.«

»Aber nicht gegen meine«, warnte Cole.

Vince ließ diese Drohung eine Sekunde lang einwirken, dann gab er nach. »Verstanden.«

Cole nickte knapp und verschwand wieder. Zurück blieb ein befreiter Dämon, der von Hass zerfressen war.

Prue stand die Verzweiflung und der Schmerz ins Gesicht geschrieben. Aber der Gegner, dem sie gegenüberstand, hatte weniger Mitleid als ein Seelenfänger und mehr Sturheit als ein assyrischer Bocksdämon. Es war eine Zahnarzthelferin.

»Hören Sie«, versuchte es Prue noch einmal, während sie sich nervös die Wange rieb. »Es tut mir wirklich Leid, dass ich meinen Termin heute Morgen nicht wahrnehmen konnte, aber ... aber ... ich hatte einfach zu viel zu tun. Gibt es nicht doch eine Möglichkeit, heute noch einen Termin zu bekommen?«

Die Arzthelferin blickte von ihrem Terminkalender hoch. Am Ende des Raums saß ein verliebtes Pärchen, das die Finger nicht voneinander lassen konnte. »Wir sind ziemlich voll.«

»Ja, aber mein Zahn bringt mich fast um«, bettelte Prue. »Ich muss wirklich . . .«

In diesem Moment kniff der junge Mann ein paar Meter weiter seine Angebetete in den Po – und Prue schrie auf. Sie spürte den Kniff am eigenen Leib! Sie wirbelte herum, doch da war niemand.

»Sind Sie okay, Miss Halliwell?«, fragte die Arzthelferin verwirrt.

Prue drehte sich wieder um. »Nein, äh, das war nur . . . mein Zahn. Er tut wirklich furchtbar weh.«

»Ich sehe mal, was sich machen lässt«, bot die junge Frau an.

Prue war erleichtert. »Wunderbar, danke. Ich weiß das wirklich zu schätzen.« Sie wollte ihre Dankesrede noch ausweiten, aber plötzlich überfiel sie der unbezwingbare Drang, hemmungslos zu kichern. Und sie gab nach. »Es tut mir Leid, aber . . . hihi . . . ich meine, der Zahn, das ist . . . hihihi.«

Die sonst so gefasste Prue gackerte wie ein Schulmädchen. Alle im Vorzimmer der Praxis starrten sie an.

Eine weitere Zahnarzthelferin öffnete die Tür zu einem Behandlungsraum, in dem eine ältere Dame zu sehen war, die ebenfalls herzlich lachte.

Der Zahnarzt stand neben seiner Patientin und redete beruhigend auf sie ein: »Das ist nur das Nitro-Oxid, Mrs. Freeman.«

Prue brauchte einige Sekunden, um in ihrem Lach-
anfall einen klaren Gedanken zu fassen. Nitro-Oxid?
Das war Lachgas, oder?

Jetzt meldete sich die Sprechstundhilfe: »Ich könnte
Ihnen um viertel nach vier einen Termin geben.«

Prue winkte ab. »Nein, nein, hat sich erledigt, ist
schon okay. Ich muss los.«

Ohne zu zögern, machte sie sich auf den Weg.

Phoebe brachte Cole zur Tür des Halliwell-Hauses. Sie
war niedergeschlagen und das hatte seinen Grund. Seit
Cole im Restaurant für ein paar Minuten verschwunden
war, war er noch schweigsamer als sonst. Etwas schien
ihn zu bedrücken, aber er wollte nicht sagen, was es
war.

Cole war schon halb aus der Tür, als Phoebe ihn zurückhielt. »Einen Moment noch. Ist irgendetwas nicht
in Ordnung?«

Cole behagte die Frage offensichtlich nicht. »Nein.«

Phoebe hob hilflos die Hände. »Du hast kaum gesprochen, seit wir aus dem Restaurant gekommen sind.«

Cole wehrte ab. »Mir geht nur gerade viel im Kopf
herum.«

Das war Phoebe zu wenig. »Arbeit?«

»Auch ... ich meine, ich ... ich weiß nicht, wie ich
das sagen soll ...«

»Oh, oh«, machte Phoebe und trat einen Schritt
zurück. »Fang niemals so einen Satz an, wenn du über
eine Beziehung sprichst. Du willst mich nicht wieder
sehen, stimmt's? Schon bei der Verabredung zum Mittagessen hätte ich es wissen müssen.«

»Es hat nichts mit dir zu tun«, erklärte Cole, »oder mit dem, was ich für dich empfinde.«

Phoebe hätte es dabei belassen können, aber diesmal war es ihr zu wichtig. »Das verstehe ich nicht. Und ich glaube, ich habe das Recht, eine Erklärung zu bekommen.«

Cole blickte betreten zu Boden. »Du wirst es bald verstehen. Besser, als dir vielleicht lieb ist.«

Er öffnete die Tür, doch bevor er hinaustreten konnte, drängelte sich Prue an ihm vorbei ins Haus. Als sie Cole berührte, lief ihr ein Schauer den Rücken hinunter. Sie sah ihm nach und schloss dann verwirrt die Haustür.

Phoebe hatte eigentlich gerade andere Sorgen, aber Prue sah wirklich nicht gut aus. »Bist du okay?«

Prue keuchte. »Wow, so was habe ich nicht mehr empfunden, seit Andy tot ist.«

Phoebe war völlig überrascht. Wenn Prue ihren verstorbenen Freund erwähnte, musste etwas passiert sein.

Prue versuchte es in Worte zu fassen. »Siebter Himmel, tausend Geigen, Schmetterlinge im Bauch, rosarote Brille.«

»Prue, wovon zum Teufel redest du?«

»Vom Verliebtsein«, stieß Prue hervor.

Phoebe verstand nicht. »Verliebt sein? Prue, ich bin gerade abserviert worden, okay? Totaler Zusammenbruch auf emotionaler Ebene? Wer soll verliebt sein?«

»Cole«, antwortete Prue knapp.

»Oh, nein«, murmelte Phoebe und verdrehte die Augen. »Da liegst du aber wirklich daneben.«

Prue hob abwehrend die Hand. »Stopp! Das habe ich auch gefühlt! Dein Herz hat gerade vor Aufregung einen

Schlag ausgesetzt, als ich Cole erwähnt habe. Du bist auch verliebt.«

Das überraschte Phoebe nicht – das wusste sie ja selbst. Aber die Tatsache, dass ihre Schwester ihre Gefühle kannte, war wie ein Schock. Sie ergriff die Hand der ältesten Halliwell-Schwester und zog sie hinter sich her in die Küche. Dort verkündete sie Piper und Leo: »Leute, wir haben ein Problem!«

Weder Piper noch ihr Verlobter konnten mit dieser vagen Aussage etwas anfangen, deshalb ergänzte Phoebe ihre Aussage mit einer Erklärung. »Prue hat einen Zauberspruch verwendet, um Vince seinen Schmerz zu nehmen.«

»Wer ist Vince?« Piper kam da nicht ganz mit.

»Der Eremit«, fuhr Phoebe fort. »Ich fürchte aber, und das basiert jetzt auf einer vagen Vermutung, dass die Sache schief gegangen ist. Prue ist jetzt ein Empath.«

»Wie kommst du denn auf diese Idee?«, fragte Leo, der selbst in seiner Zeit als Wächter des Lichts so etwas noch nicht gehört hatte.

Statt zu antworten, kniff Phoebe kurzerhand Piper in den Arm – woraufhin sowohl Piper als auch Prue aufschrien!

Piper revanchierte sich und kniff Phoebe – wieder schrie Prue auf!

Alle Schwestern brauchten ein paar Sekunden, um das zu verarbeiten. Es war Prue, die als Erste ihre Stimme wiederfand: »Okay, ich habe keine Ahnung, wie das passiert ist. Ich wollte nur einen Unschuldigen retten. Moment mal – was fühle ich denn da?«

Sie sah sich um, bis ihr Blick an Leo haften blieb: »Du! Du hast Angst? Wovor? Raus damit!«

Leo war das sichtlich unangenehm. »Ich befürchte, dass ihr in Gefahr seid. Diese Gabe war nicht für dich gedacht, du wirst sie nicht aushalten.«

Jetzt musste Prue lachen. »Das siehst du völlig falsch. Ich wurde zu Vince geführt, erinnert ihr euch? Vielleicht sollte genau so etwas passieren.«

Piper war nicht überzeugt. »Aber Prue, du bist kein Empath, du bist eine Hexe.«

»Eine Hexe«, fügte Prue hinzu, »deren Kraft aus Gefühlen erwächst. Vielleicht ist das hier die Lösung aller Probleme. Wir haben doch die ganze Zeit überlegt, wie wir unsere Macht vergrößern könnten, richtig?«

Phoebe wehrte ab. »Ich habe doch gar nichts gesagt.«

»Aber du denkst es. Und ich kann es spüren. Eure ganze Verwirrung, das macht mich ...«

Prue suchte nach den richtigen Worten, fuchtelte mit den Händen – und der kleine Küchenfernseher explodierte! Piper schrie erschrocken auf. Für die nächsten Tage war das Frühstücksfernsehen gelaufen.

»Was war denn das?«, wollte Leo wissen, nachdem er aus seiner Deckung hinter der Küchentheke wieder hervorgekommen war.

»Ich denke, das war ich«, stellte Prue nervös fest. Eure ganzen Zweifel sind wie Schreie in meinem Kopf. Ich ... ich muss lernen, das zu kontrollieren.«

Phoebe sah ihre Schwestern an. »Vielleicht steht im *Buch der Schatten* etwas über Empathen.«

Sie wollte sich sofort auf den Weg machen, aber Prue hielt sie am Arm fest. »Wo willst du hin?«

»Ich will dir helfen.« Phoebe verstand die Frage nicht.

»Aber du willst doch unbedingt zu Cole.«

Es dauerte einen Moment, bis Phoebe klar war, dass

Prue wieder ihre Gefühle *gelesen* hatte. »Hör auf damit. Das habe ich doch gar nicht gesagt.«

Prue sah ihre kleine Schwester liebevoll an. »Nun geh schon zu ihm. Sag ihm, was du fühlst. Ich glaube, er wird dafür sehr empfänglich sein.«

Phoebe war hin- und hergerissen. »Nein, das kann ich nicht machen, du brauchst mich doch.« Sie machte eine kurze Pause und blickte auf ihre Fingernägel. »Du meinst wirklich, er wäre dafür empfänglich?«

Prue nahm ihre Schwester sanft in den Arm. »Ganz sicher. Und jetzt los – hol ihn dir.«

Phoebe machte sich auf den Weg.

Prue begab sich auf den Weg zum Speicher, um im *Buch der Schatten* nachzuschlagen. An der Treppe holten Leo und Piper sie ein. »Sollen wir dir nicht helfen?«, fragte Piper.

»Nein, nein«, wehrte Prue ab. »Das mache ich besser allein. Eure Pärchenprobleme bereiten mir jetzt schon Kopfschmerzen.«

Piper sah erst ihre Schwester, dann ihren Freund an. »Wir haben Pärchenprobleme?«

Prue hatte es eilig, darum machte sie es kurz. »Er mauert, sie ignoriert. Schönen Tag noch.«

Damit ließ sie die beiden Liebenden stehen und begab sich zum Speicher, um das *Buch der Schatten* um Rat zu fragen.

Piper drehte sich langsam zu Leo. »Nun, was ist es denn, was du da mauerst?«

Leo stopfte seine Hände in die Hosentaschen. So hatte er sich eine Diskussion über die Beziehung nicht vorgestellt. »Naja, ich habe doch heute versucht, mich mal wie ein normaler Mensch zu benehmen.«

»Ja, und ich wusste die feinfühlige Einladung zum Mittagessen durchaus zu würdigen.«

Jetzt musste es raus. »Es war mir peinlich«, gestand Leo.

»Was war dir peinlich?« Piper hatte keine Ahnung, wovon er redete.

»Die Situation, als die Rechnung kam. Zu meiner Zeit haben die Männer für die Frauen die Türen aufgehalten und ausnahmslos die Rechnungen bezahlt.«

Piper kam da nicht ganz mit. »Ich dachte, du hättest kein Problem damit.«

»Hab ich aber.«

Das ließ Piper nicht gelten. »Dann hättest du etwas sagen sollen.«

Sie gingen langsam wieder in das Wohnzimmer zurück.

»Piper, du willst mit mir ein normales Leben führen. Aber du musst endlich einsehen, dass ich kein normaler Mensch bin.«

Piper atmete tief durch, setzte sich auf die Couch und zog Leo zu sich. »Okay, ich verstehe, was du meinst. Es tut mir Leid, wenn ich da ein bisschen kurzsichtig war. Ich weiß auch, dass es sehr schwer für dich sein muss.«

Leo nickte verdrossen.

Piper drehte das Gesicht ihres Verlobten sanft zu sich und sah ihm tief in die Augen. »Leo, du musst wissen, dass ich sehr stolz auf dich bin. Und das möchte ich mit der gesamten Welt teilen. Alles andere wird sich schon ergeben.«

Sie küsste ihn zärtlich. Langsam begannen sie in die weichen Kissen des Sofas zu sinken.

»Nicht jetzt, ich habe Kopfschmerzen!«, schallte es auf einmal vom Dachboden.

Es war Prue.

Piper und Leo hielten inne und sahen sich an.

Solange sie in Prues Nähe waren, konnten sie sich wohl jeden Gedanken an Sex abschminken.

Cole hatte sein Hemd ausgezogen und war gerade dabei, ins Bad zu gehen, als es an der Tür klopfte. Vorsichtig drehte er den Türknauf und öffnete. Es war Phoebe.

Coles Laune besserte sich schlagartig. Doch angesichts der Tatsache, dass er den Auftrag hatte, sie umzubringen, war das eigentlich kein gutes Zeichen.

»Was machst du denn hier?«, fragte er überrascht.

Phoebe drängte sich in das Apartment. Wie beiläufig nahm sie seinen muskulösen Oberkörper wahr. Sie schluckte. »Ich, äh, ich bin gekommen, weil ich dir was sagen wollte.«

Weiter kam sie nicht. Sie schlang einfach ihre Arme um Cole und küsste ihn leidenschaftlich.

Und wie Prue es vorausgesagt hatte, war Cole mehr als empfänglich dafür. Er schmolz dahin.

Phoebe unterbrach den Kuss. »Ich hatte schon immer mehr für Taten übrig als für Worte.«

Cole nahm sie in seine Arme und sah ihr in die Augen. »Du hast keine Ahnung, auf was du dich einlässt.«

Sie zog seinen Kopf zu sich herunter, bis sich ihre Lippen berührten, dann flüsterte sie: »Du aber auch nicht.«

Es versprach, ein spannender Abend zu werden ...

5

PHOEBE ERWACHTE, ALS COLE ihr zärtlich über die Haare strich.

Das war eine lange Nacht gewesen – oder eine kurze, je nachdem wie man es sehen wollte. Sie hatten sich geliebt, mit der Leidenschaft zweier Menschen, die wussten, dass sie füreinander bestimmt waren.

Sie öffnete die Augen und drehte sich zu ihm um.

»Morgen«, flüsterte Cole. Er lächelte sanft.

»Morgen«, flüsterte Phoebe zurück. Sie nahm seine Hand.

»Was denkst du über letzte Nacht?«, wollte Cole wissen.

Phoebe war zwar ein bisschen überrascht, dass er so schnell über die Konsequenzen der heißen Affäre sprechen wollte, aber es war ihr recht. »Es war magisch. Und du? Was glaubst du?« Cole bemühte sich, sachlich zu bleiben, strahlte aber zu viel Zufriedenheit aus.

Phoebe rückte an ihn heran, um ihn zu küssen. Doch er wich zurück und kniff sie in die Seite. Phoebe kicherte. Dann wurde sie ernst. »So sollte es immer sein. Ich wünschte, die Welt da draußen würde stehen bleiben.«

Cole strich ihr wieder sanft über das Haar.

»Was als Nächstes passiert, wäre egal.«

Phoebe ließ ihren Blick träge durch das Apartment streifen. Er blieb an einem teuren Reisekoffer hängen, der aufgeklappt auf einem Stuhl in der Ecke stand. Er war gepackt.

»Willst du verreisen?«, fragte Phoebe, plötzlich wieder unsicher.

»Vielleicht. Das ist noch nicht sicher.«

Phoebe richtete sich ein wenig auf, um Cole in die Augen sehen zu können. »Es ist nicht nötig, etwas vor mir zu verheimlichen.«

Cole zog sich mit einer Gegenfrage aus der Affäre. »Wie kommst du darauf, dass ich etwas verheimliche?«

Phoebe runzelte die Stirn und strich ihrem Freund mit dem Zeigefinger über die Brust. »Ich weiß alles. Ich weiß ja auch, was du wirklich für mich empfindest. Wenn du in Schwierigkeiten bist ...«

Cole war nicht bereit, darauf einzugehen. »Ich komme schon damit klar.«

»Ich kann dir helfen«, sagte Phoebe.

Coles Stimme wurde jetzt bestimmt. »Kannst du nicht.« Er küsste sie. »Ich muss jetzt los.«

Cole setzte sich auf die Bettkante und bewegte den Kopf, um die Nackenmuskulatur zu entspannen. Die Nacht mit Phoebe war anstrengend gewesen. Schön, aber anstrengend.

Phoebe richtete sich auf. Jetzt kam es drauf an. »Werde ich dich wieder sehen?«

Cole warf ihr einen Blick zu, der nicht zu deuten war. »So oder so. Das verspreche ich dir.«

Damit konnte Phoebe nichts anfangen. Cole sagte immer diese Sachen, die sie nicht verstand. Das war frustrierend.

Sie sah ihm zu, wie er sich anzog und ging.

Es war eine kleine Kirche, alt, aber nicht protzig. Innen war es trotz des strahlenden Sonnenlichts sehr dunkel. Die Buntglasscheiben verschluckten die Helligkeit.

Vince schubste die ehrenamtliche Kirchenhelferin gegen den Beichtstuhl. Er hatte jetzt genug von den Ausflüchten und formulierte die nächste Frage mit einem drohenden Unterton: »Wo ist Vater Thomas?«

Die verängstigte Frau hatte nicht die Kraft, sich dem jungen Mann zu widersetzen. »Crest Hills«, stotterte sie. »Eine Nervenheilanstalt.«

»Wenn ich so etwas wie Gefühle hätte, würde ich jetzt laut lachen«, sagte Vince lakonisch. Er legte seine Hand um ihren Hals. »Was ist mit ihm geschehen? Raus damit.«

»Er hatte vor drei Jahren einen Nervenzusammenbruch«, presste die verängstigte Frau hervor. »Er behauptete, seine Fähigkeit, Menschen zu helfen, verloren zu haben.«

»Er sollte sich lieber Gedanken darüber machen, wer ihm helfen wird«, zischte Vince. »Und das sollten Sie auch.«

Wieder verwandelte sich seine Hand in eine Fackel und verbrannte das Fleisch der armen Frau innerhalb weniger Sekunden.

Die Stimmen. Sie waren überall. Im Nebenhaus stritt sich das junge Pärchen darüber, dass das Haushaltsgeld nie reichte.

Genug. Genug.

Zwei Straßen weiter war ein Mann wütend, weil er einen Strafzettel bekommen hatte.

Genug!

Die alte Dame im Rollstuhl, die regungslos an ihrem Fenster saß, sehnte sich nach ihrem lange verstorbenen Mann – und nach einem schnellen, sanften Tod.

Genug!

Prue hielt es nicht mehr aus. All diese Stimmen. Hunderte. Tausende. Es wurden immer mehr. Leid, Freude, Hass, Trauer – alles war in einem gigantischen, nicht mehr zu entzerrenden Wirbel, der in ihrem Kopf wütete und wie Hammerschläge auf ihren Verstand eindrosch.

Dazu kamen die körperlichen Schmerzen – das falsch eingesetzte Hüftgelenk von Mrs. Shaughnessy, der gebrochene Ringfinger von Darryl Connor, selbst die Menstruationsschmerzen von Sandra Dee – Prue konnte alles fühlen, musste alles ertragen.

Die letzten paar Stunden hatte sie damit verbracht, den Ansturm an fremden Gefühlen abzuwehren. Doch es war unmöglich. So wenig, wie man sich mit einem Regenschirm gegen eine Flutwelle schützen konnte.

Jetzt saß Prue Halliwell im Keller des Hauses, in die Ecke gekauert wie Vince, als sie ihn gefunden hatte. Sie presste die Hände gegen die Schläfen, und über ihrem Blick lag ein irres Flackern. Sie bemerkte kaum, dass Piper und Leo die Treppe herunterkamen.

»Prue? Was ist los?«, wollte Piper wissen. »Was machst du hier im Keller?«

Sie sah ihre Schwester fassungslos an, die wie ein Wrack aussah.

Mühsam kämpfte sich Prue auf die Füße. Die psychischen Anstrengungen hatten ihren Körper völlig zermürbt. Tränen liefen unkontrolliert ihre Wangen hinunter. »Ich versuche nur, den Gefühlen auszuweichen.

Aber sie ... sie ... sind überall. Ich kann ihnen nicht entkommen!«

Leo runzelte die Stirn. »Was meinst du damit?«

Prue fuhr hilflos mit den Armen herum. »Es sind nicht nur eure Gefühle. Ich empfange Dinge aus anderen Häusern, Gefühle von Menschen, die weit weg sind. Alles ist in meinem Kopf, in meinem Herzen, und es tut so weh.«

Piper machte einen vorsichtigen Schritt auf ihre Schwester zu, die sich augenscheinlich in großen Schmerzen befand. Doch Prue winkte ab. »Komm nicht näher, Piper, bitte. Keine Berührung.«

Piper sah ein, dass sie jetzt sehr vorsichtig sein musste. »Okay.«

Prue sank wieder in sich zusammen und kauerte in der Ecke. Sie legte die Hände über den Kopf, als könnte sie damit das Leid der Welt aus ihrem Geist verbannen. »Es ist so schwer, mich zu konzentrieren. Ich kann kaum reden. Ich will, dass es aufhört. Sonst ...«

In diesem Moment gab es ein hässliches knirschendes Geräusch, und mit einem satten Krachen brach einer der Deckenbalken ein. Die daran befestigte Glühbirne explodierte. Prue kreischte. Eine Wolke aus Staub und Mörtel regnete auf Piper und Leo herab.

Als sich alles wieder halbwegs beruhigt hatte, richtete sich Piper auf. »Okay, was war das?«

Leo hatte die Antwort. »Die empathische Energie. Je mehr Prue fühlt, desto stärker wird sie.«

Angesichts des Zustands, in dem sich Prue befand, musste Piper ihre gewohnte Zurückhaltung aufgeben und die Initiative ergreifen. »Das reicht. Es ist eine Gabe, die wir sofort zurückgeben werden. Für dich war sie augenscheinlich nicht bestimmt. Wir werden jetzt diesen Vince finden.« Sie half Prue vorsichtig auf die Füße. »Ich weiß, Liebes, ich weiß. Es wird schon werden.«

Auch Leo half dabei, Prue zu stützen. Gemeinsam machten sie sich auf den Weg.

Vor der Lagerhalle herrschte ein ziemlicher Aufruhr: Polizeiwagen mit Blaulicht standen herum, Beamte befragten Zeugen – und ein paar Sanitäter brachten einen zugedeckten Menschenkörper zu einem Ambulanzwagen.

Piper und Leo wurde mulmig, als sie aus dem Auto stiegen. Sie bedeuteten Prue, sicherheitshalber auf der Rückbank zu bleiben.

Kaum hatten sich Piper und Leo das Gelände angesehen, als ein Taxi anhielt und Phoebe ausstieg. Sie trug immer noch das Outfit vom Vorabend.

Piper hatte sich schon Sorgen gemacht. »Phoebe, wo warst du?«

»Bei Cole«, sagte Phoebe knapp.

Piper sah sie kritisch an. »Du hättest dich ruhig umziehen können.« Dann ging ihr ein Licht auf. »Die ganze Nacht?«

Phoebe nickte enthusiastisch.

»Ihr habt . . .?«, fragte Piper gedehnt.

Phoebe nickte noch heftiger. Sie strahlte wie die Sonne.

»Und er war . . . ?«

»Und wie«, grinste Phoebe.

Es war zwar ein Gespräch unter Schwestern, aber Leo

ging jetzt dazwischen. »Entschuldigt, aber können wir uns die Details vielleicht für später aufheben?«

Phoebe wurde schlagartig ernst. »Wo ist Prue?«

Piper deutete auf das Auto. »Wartet da drin.«

Die Sanitäter hievten die Leiche auf der Bahre in den Ambulanzwagen. Phoebe schüttelte den Kopf. »Das sieht nicht gut aus.«

Zusammen mit Piper und Leo betrat sie das Gebäude. Auf dem Weg in den ersten Stock teilte sie ihrer Schwester die Neuigkeit mit: »Cole sagt, dass Vince ihn nicht angerufen hat.«

Für Piper ergab das Sinn. »Das riecht mir ganz nach einem Dämon.«

»Wenn du damit Recht hast«, ergänzte Leo, »erklärt das auch, wieso die empathische Gabe ihn nicht in den Wahnsinn getrieben hat.«

»Vielleicht sollten wir aufhören, diese Sache als eine Gabe zu bezeichnen«, schlug Piper vor.

Sie waren mittlerweile in dem Gang angekommen, der zur Wohnungstür führte.

»Okay, aber wie konnte der Dämon, den wir als Vince kennen, überhaupt ein Empath werden?«, warf Phoebe in die Runde.

Leo hatte eine Vermutung. »Durch einen echten Empathen. Für einen Dämon ist das wie ein Fluch, weil er plötzlich den Schmerz spüren kann, den er anderen zufügt.«

Sie betraten vorsichtig die Wohnung, die glücklicherweise nicht von der Polizei abgesperrt worden war. Ein beeindruckendes Chaos empfing sie. Doch das war nichts, was ihnen weiterhelfen konnte.

Phoebe machte ein paar Schritte in die Mitte des Raumes. Mit einem Mal wurde sie von einer Flutwelle an bizarren Bildern überrollt.

Eine Vision.

Eine verdammt starke Vision.

Sie sah Vince. Sah den Mord an dem Polizeibeamten.

Aber da war noch mehr. Das Bild verschwamm, und nun stand Vince plötzlich in einer Kirche, die Hand an der Kehle einer Frau.

Schnitt.

Phoebe atmete tief ein. Diese Vision hatte sie mit der Kraft eines Tornados erwischt.

Nächstes Bild. Wieder Vince. Ein schmiedeeisernes Tor. Ein Schild: »Hill Crest«.

Phoebe begann zu taumeln. Ihre Knie wurden weich. Piper und Leo waren sofort bei ihr.

Wieder sah sie Vince. Diesmal mit der Hand an der Kehle eines älteren Mannes.

Schlagartig riss die Verbindung ab. Der Schock brachte Phoebe aus dem Gleichgewicht, aber Leo und Piper hielten sie fest.

Piper zog ihre Schwester langsam in Richtung Tür. »Okay, nichts wie raus hier.«

Außerhalb der Wohnung beruhigte sich Phoebe wieder. »Oh Gott, mit der Dämonen-Theorie lagen wir richtig.«

Piper runzelte die Stirn. »Du hattest eine Vision? Du hast doch gar nichts berührt?«

Das war in der Tat merkwürdig. Um Schwingungen aufzunehmen, musste Phoebe normalerweise etwas mit der Hand berühren.

»Es scheint, als sei die ganze Wohnung voll von übernatürlicher Energie«, vermutete Leo. Piper nickte. »Was hast du gesehen?«

Phoebe atmete noch einmal tief durch. »Viele Morde. Ziemlich übel. Ein Dämonen-Amoklauf.«

Piper wollte es genauer wissen. »Willkürlich?«

Phoebe schüttelte den Kopf. »Nein, er schien ein klares Ziel vor Augen zu haben.«

»Wahrscheinlich wird er den Empathen suchen, der ihn verflucht hat, um sich zu rächen«, überlegte Leo.

»Wenn wir Prue helfen wollen, müssen wir das verhindern. Welchen Mord hast du als letzten gesehen?«, fragte Piper.

Phoebe rief sich die schrecklichen Bilder noch einmal ins Gedächtnis zurück. »Es war ein Mann in einer Anstalt. Crest Hills, glaube ich. Aber ich weiß nicht einmal, ob es schon passiert ist.«

»Es gibt nur einen Weg, das herauszufinden«, erklärte Piper.

»Und wen wünschen Sie zu sehen?«, fragte die freundliche Dame an der Empfangstheke der Heilanstalt Crest Hills, während sich Phoebe in das Gästebuch eintrug. Piper und Leo hielten sich im Hintergrund.

»Unseren . . . Vater«, improvisierte Phoebe.

»Und sein Name lautet?« Die Frau im weißen Kittel fühlte sich ein wenig veralbert.

Phoebe dachte scharf nach, aber unter Druck war sie einfach nicht gut. »Daddy?!«

»Jetzt hören Sie mal zu: Wir sind eine Heilanstalt und können doch nicht alle . . .«

»Okay«, unterbrach Phoebe sie und ließ den Kuli fallen. Sie drehte sich zu ihrer Schwester und sah sie erwartungsvoll an. Piper hob die Hand, und die Zeit stand still.

Die Schwester, die vorbeieilenden Pfleger, der Doktor auf seiner Visite – sie alle erstarrten. Nur Phoebe, Piper und Leo konnten sich noch bewegen, schließlich waren sie magische Wesen.

Das galt auch für Prue, die ein paar Meter entfernt auf einer Bank saß. Mittlerweile war sie ein Schatten ihrer selbst – bleich, zitternd und schwitzend.

Leo beugte sich zu ihr herunter. »Du solltest vielleicht hier warten. Die Nervenheilanstalt ist wie ein Minenfeld für dich.«

Prue schüttelte mühsam den Kopf. »Auf keinen Fall. Wenn Vince auftaucht, muss ich da sein, um den Zauberspruch rückgängig zu machen.«

Sie rappelte sich auf, und gemeinsam machte sich die kleine Gruppe auf den Weg in den Aufenthaltsraum. Irgendwann ließ Pipers Bann wieder nach, und die Zeit lief weiter. Doch da waren sie schon längst aus dem Blickfeld der schlecht gelaunten Empfangsdame verschwunden.

Im Aufenthaltsraum sah sich Phoebe sorgfältig um. Sie hatte den Mann, den Vince zuletzt ermordet hatte, nur kurz gesehen und war sich nicht sicher, ob sie ihn wieder erkennen würde. Aber als sie Vater Thomas am Fenster stehen sah, waren alle Zweifel verflogen.

Das war er!

Sie deutete auf den großen, grauhaarigen, unrasierten Mann. »Da ist er!«

Leo brachte Prue zu einem Stuhl am Ende des Raumes, damit sie sich ein wenig ausruhen konnte. Piper und Phoebe ergriffen die Initiative und stellten sich hinter Vater Thomas, der stur aus dem Fenster sah.

»Hi, entschuldigen Sie die Störung«, begann Phoebe. »Wir sind ... wir wollen ... ich weiß, das wird sich jetzt komisch anhören – sind Sie ein Empath?«

Keine Reaktion.

Phoebe und Piper sahen sich an. Bekam der Typ überhaupt etwas mit? Phoebe wollte gerade weiterreden, als der ehemalige Geistliche sich zu einer Antwort hinreißen ließ. Seine Stimme klang bitter: »Sie brauchen sich nicht über mich lustig zu machen. Ich weiß, dass Sie mir nicht glauben.«

Jetzt war Piper am Zug. »Nein, das verstehen Sie falsch. Wir sind keine Ärzte. Auch keine Patienten. Wir sind ... wir sind Hexen! Und wir suchen den Empathen, der einen Dämon verflucht hat.«

Langsam drehte sich Vater Thomas zu den beiden Schwestern um. Er sah nicht wie ein Verrückter aus. Sein Blick war klar, seine Stimme fest. »Ich arbeitete als Geistlicher. In der Seelsorge. Dann tauchte er auf.«

»Sie meinen Vince?«, vergewisserte sich Piper.

Vater Thomas lachte bitter. »Nennt er sich jetzt so? Vinceres ist ein dämonischer Killer. Ewig und unaufhaltsam.«

»Aber Sie haben ihn doch aufgehalten. Wie?«, wollte Piper wissen.

Vater Thomas wich dem Blick der Schwestern aus. Es war schwer für ihn, darüber zu sprechen. »Als der Dämon meinen Hals packte, legte ich meine Hände auf ihn. So als wollte ich ihn heilen.«

»Und dabei haben Sie ihm Ihre Kräfte übertragen«, überlegte Phoebe.

Vater Thomas nickte. »Ich hatte keine Ahnung, ob es

funktionieren würde, aber das tat es. Damit verfluchte ich Vinceres – und mich selbst.«

Das verstand Piper nicht. »Wieso haben Sie damit sich selbst verflucht?«

Mühsam hielt Vater Thomas die Tränen der Wut und Scham zurück. »Mich erwartet die Ewigkeit auf Erden, und ich habe keinerlei Existenzberechtigung mehr.«

»Die Ewigkeit können wir auch nicht ändern«, erklärte Piper, »aber was die Existenzberechtigung angeht, schon.«

Vater Thomas strich sich durch die Haare. »Ich weiß, ich weiß, ich habe die Zeitung gelesen. Wir müssen den Dämon sicher aus dem Haus schaffen.«

Phoebe unterbrach ihn wirklich nicht gerne. »Da Sie es gerade erwähnen – unsere Schwester Prue hat Vince getroffen und gedacht, er sei eine unschuldig gestrafte Seele ...«

Vater Thomas ahnte, was passiert war. »Sie hat doch nicht etwa einen Zauberspruch verwendet?«

»Doch, hat sie.«

Vater Thomas machte einen Schritt auf die Schwestern zu und packte Piper an den Schultern. »Ich habe *alles* aufgegeben, um diese Bestie davon abzuhalten, wieder zu töten. Wenn sie wieder frei ist, kann nichts mehr sie aufhalten.«

Seine Wut war groß und Prue, die im Aufenthaltsraum saß, fing sie auf. Sie begann, sich zu winden. Die Gefühle der anderen Patienten hatte sie halbwegs im Griff, aber Vater Thomas' Zorn war zu viel.

Bänke begannen, sich zu bewegen. Tische hüpften. Stühle fielen um. Bilder stürzten zu Boden.

Prue drückte sich beide Fäuste gegen die Schläfen

und versuchte verzweifelt, die Gefühle zu kontrollieren. Aber es überstieg ihre Kräfte.

Angesichts dieses Schauspiels liefen die Patienten schreiend und jammernd umher – und das brachte Prue noch mehr aus der Fassung.

Im Aufenthaltsraum der Nervenklinik war das Chaos ausgebrochen.

6

*P*RUE SASS WIEDER in der Ecke im Keller des Halliwell-Hauses. Es war gar nicht einfach gewesen, sie aus der Nervenklinik herauszuholen und zum Wagen zu bringen. Denn in ihrem Zustand glich sie den Patienten des Hospitals.

Wie zuvor Vince, saß auch sie mit angezogenen Beinen auf dem Boden und hatte die Arme um die Knie geschlungen. Ihr Körper wippte vor und zurück.

Leo starrte die Schwester seiner Verlobten mitleidig an. Er hatte als Wächter des Lichts viel Leid gesehen, aber das hier übertraf alles. Piper und Phoebe hatten ihn gebeten, Prue zu beobachten, während sie zusammen mit Vater Thomas überlegen wollten, wie sie am besten gegen den Dämon vorgehen könnten.

Prues Zustand verschlechterte sich zusehends, und Leo musste sich eingestehen, dass er nicht sicher war, ob der ältesten Halliwell-Schwester überhaupt noch zu helfen war.

Wenn Prue die Kontrolle über sich verlor, konnte niemand sagen, welche Folgen das haben würde ...

Die alten Zeichnungen auf dem vergilbten Papier im *Buch der Schatten* zeigten immer wieder das gleiche Bild – ein junger Mann im Schatten großer Bösewichte der Geschichte. Dschingis Khan, Attila ...

Piper, Phoebe und Vater Thomas standen auf dem Dachboden des Halliwell-Hauses, wo sie so lange im *Buch der Schatten* geblättert hatten, bis sie auf ihren Feind gestoßen waren.

Manchmal fragte sich Phoebe, wie es möglich war, dass alle Dämonen in einem einzigen Buch beschrieben waren. Es war Magie, das stand fest. Das *Buch der Schatten* veränderte sich laufend, um die Schwestern zu unterstützen. Darum hatte es auch einen so unschätzbaren Wert für die *Zauberhaften*.

»Da haben wir ihn auch schon«, stellte Piper fest und deutete auf den Vinceres-Eintrag. »Er wird seinem Ruf gerecht. Ein unaufhaltsamer Killer, der solange weitermacht, bis sein Opfer erledigt ist.«

»Klasse«, stöhnte Phoebe. »Wir haben den Volkswagen unter den Dämonen erwischt – er läuft und läuft und läuft. Was machen wir jetzt?«

Sie sah Vater Thomas an, der mit hängendem Kopf neben ihnen stand. Jetzt blickte er auf. »Nichts. Es gibt nichts, was wir tun können. Er wird uns finden, und dann werden wir alle sterben.«

Piper war deprimiert angesichts dieser düsteren Prognose.

Leo trat leise in den Raum. Piper sah ihn zuerst. »Hi, irgendetwas Neues?«

Leo schüttelte deprimiert den Kopf. »Sie sagt kein Wort.«

»Wir müssen sie aus der Lethargie reißen«, stellte Piper fest, »sonst kann sie den Zauberspruch nicht umkehren, wenn Vinceres angreift.«

Unwirsch erklärte Vater Thomas: »Der Spruch kann nicht zurückgenommen werden, wollt ihr das denn

nicht einsehen? Vinceres ist immun gegen Hexen-
magie!«

Aber das wollte Phoebe nicht gelten lassen. »Moment
mal. Prues Spruch hat beim ersten Mal doch auch
gewirkt.«

»Weil der Dämon es so wollte. Er hat es zugelassen. Es
war schließlich zu seinem Vorteil. Doch jetzt sind eure
Zaubersprüche nutzlos.«

Phoebe dachte einen Augenblick lang darüber nach.
»Vielleicht ist es ja gar nicht nötig, den Zauberspruch
umzukehren.«

»Was meinst du damit?«, fragte Leo.

Phoebe sah alle Beteiligten der Reihe nach an. »Naja, Prues Kräfte werden von Gefühlen gesteuert. Da
sie momentan von Gefühlen geradezu bombardiert
wird, müsste sie doch eigentlich unschlagbar sein. Vorausgesetzt, es gelingt ihr, die Kräfte zu kanalisieren,
oder?«

»Ist das möglich?«, wollte Leo von Vater Thomas wissen.

Der ehemalige Geistliche kratzte sich an den Bartstoppeln. »Soweit ich das einschätzen kann – nein. Prue
hat bereits zu sehr die Kontrolle verloren. Sie wird die
Nacht nicht überleben.«

»Okay, das reicht!« Wütend sprang Piper auf.

»Piper«, versuchte Leo sie zu beschwichtigen. Sie
winkte harsch ab. »Nein, jetzt ist Schluss. Dieser Mann
hat die gesamte Palette menschlicher Gefühle in sich
aufgenommen, und alles, was er beiträgt, ist Selbstmit-
leid?« Sie trat vor Vater Thomas und sah ihn scharf an.
»So geht das nicht. Sie haben Ihre Kräfte genutzt, um
den Dämon zu stoppen. Nun hat meine Schwester diese

Kräfte. Kommen Sie darüber hinweg, und helfen Sie uns endlich!«

Vater Thomas sah die aggressive junge Frau schweigend an. Er wusste, dass sie Recht hatte. Er wusste, dass es Zeit war, wieder gegen die Kräfte des Bösen anzutreten.

Egal, wie hoch der Preis war.

Trotz der heftigen Schmerzen in ihrem Kopf und der heißen und kalten Schauer, die ihr permanent über die Haut liefen, spürte Prue, wie zwei Personen die Treppe zum Keller herabstiegen. Es waren Leo und Vater Thomas. Für Prue waren es keine Menschen – es waren Maschinengewehr-Salven, die aus ungeordneten Gefühlen bestanden – aus Ängsten, Hass und Selbstzweifel. Sie taten ihr weh.

»Geht weg!«, schrie sie.

Vater Thomas sah Prue unsicher an. Das würde hart werden.

»Prue«, begann er, »ich weiß, was Sie fühlen. Sie wollen sich verkriechen, alles abblocken. Aber das ist falsch. Sie müssen sich öffnen.«

»Ich … kann … nicht«, stieß Prue von Heulkrämpfen geschüttelt hervor. »Der Schmerz … er ist so furchtbar.«

Vater Thomas senkte seine Stimme etwas. »Sie tragen eine Last, die nicht für Sie bestimmt war. Es tut mir Leid.«

»Nein, bitte. Ihr Mitleid … es ist zu viel!« Die Mischung aus Trauer und Hilflosigkeit, aus der sich Mitleid zusammensetzte, zog Prue noch mehr in den schwarzen Schlund des Wahnsinns.

Vater Thomas sprach jetzt konzentrierter und schneller. Es blieb nicht viel Zeit. »Sie wehren sich gegen all die fremden Gefühle, und das ist nur natürlich. Aber es ist auch falsch. Um Stärke als Empath zu zeigen, müssen Sie die Gefühle aufnehmen. Hören Sie mir genau zu – die Gefühle wollen sie zerreißen, weil Sie sie bekämpfen – so wie der Dämon sie bekämpft hat. Ein Dämon kann mit Gefühlen nicht umgehen. Sie können es.«

Vater Thomas zweifelte noch immer. Die junge Frau schien so zerbrechlich, so hilflos.

Und Vinceres war stark. Sehr stark.

Mit einem hässlichen Krachen wurde die Doppeltür am Eingang des Halliwell-Hauses aus den Angeln gerissen.

Vinceres war da!

»Jemand zu Hause?«, rief er höhnisch.

Mit ein paar schnellen Schritten durchmaß er die Diele.

»Jetzt!«, schrie Phoebe aus ihrer Deckung im Esszimmer.

Aus dem Wohnzimmer heraus stellte sich Piper dem Dämon in den Weg. Mit einer energischen Handbewegung hielt sie die Zeit an. Das sollte ihnen einen Vorteil verschaffen.

Doch etwas Unglaubliches geschah. Vinceres kämpfte gegen die gefrorene Zeit an! Sein Körper vibrierte, und wie ein Mensch, der sich durch Morast bewegt, arbeitete er sich voran. Langsam, aber beständig.

»Damit hätten wir wohl dem Begriff ›unaufhaltsam‹ eine neue Bedeutung gegeben«, sagte Phoebe und huschte an Vinceres vorbei.

»Wo ist Vater Thomas?«, zischte Vinceres, während er auf die Schwestern zutrat.

»Plan B!« Piper drehte sich rasch herum, griff eine Blumenvase und zog sie Vinceres mit Wucht über den Schädel.

Der Dämon lächelte nur. Dann packte er Piper und warf sie in hohem Bogen quer durch das Zimmer. Sie prallte gegen eine Wand und landete glücklicherweise direkt auf dem weinroten Sofa.

Jetzt war Phoebe dran. Insgeheim war sie froh, so viele Karatestunden genommen zu haben. Ihre Visionen waren zwar ganz praktisch, aber im Nahkampf leider nur selten von Nutzen.

Sie sprang aus der Hocke hoch, streckte das rechte Bein und erwischte Vinceres am Kinn. Der Dämon taumelte zwei Schritte zurück, und Phoebe setzte sofort nach. Aus der Drehung heraus versetzte sie ihm einen zweiten Tritt, und mit dem übrig gebliebenen Schwung verpasste sie ihm noch einen weiteren Schlag gegen das Kinn.

Doch so leicht war Vinceres nicht zu überwältigen.

So geht's also nicht, dachte Phoebe und zog vorsichtshalber einen Tisch zwischen sich und den Dämon.

Mit einem Tritt hatte Vinceres das Möbel aus dem Weg geräumt. Dann packte er Phoebe und warf sie ebenfalls gegen die Wand, wo sie neben ihrer Schwester landete. Er hätte beide gerne verbrannt, um ihre Seelen zu fressen, aber das würde er sich für später aufheben, wenn er mit Vater Thomas fertig war.

»Hast du noch einen Plan C?«, fragte Phoebe ihre Schwester.

Piper riss die Arme hoch und hielt die Zeit noch einmal an. Es funktionierte zwar nicht gut, aber es hielt Vinceres zumindest ein paar Sekunden lang auf.

»Leo!,« rief sie. »Was auch immer ihr macht – macht es schnell!«

Im Keller streckte Vater Thomas Prue vorsichtig seine Hand hin. »Hier, nehmen Sie meine Hand.«

Verängstigt griff Prue zu. Vater Thomas lächelte. »Gut. Meine Kraft, Leiden zu heilen, lag in meinen Händen. So konnte ich den Dämon verfluchen. Sie müssen jetzt die empathische Energie mit Ihren Kräften verbinden.«

Prue zuckte wieder ein wenig zurück. Ihre Stimme war kaum noch zu verstehen. »Das kann ich nicht. Ich habe keine Kontrolle mehr über meine Kräfte.«

Vater Thomas ließ nicht locker. »Doch, Prue, du kannst es. Du hast die einmalige Gelegenheit zu spüren, was die ganze Welt spürt. Das Gute wie das Böse. Hab keine Angst.«

Vinceres hatte Phoebe am Hals gepackt und in die Höhe gezogen. »Sag mir, wo der Empath ist, und ich werde dich vielleicht am Leben lassen«, knurrte er.

Phoebe wusste natürlich, dass Vinceres log. Er würde sie so oder so töten. Sie konnte bereits spüren, wie seine rauen Handflächen heiß wurden.

»Wenn du den Empathen willst, dann hol ihn dir!«, tönte plötzlich eine Stimme von der anderen Seite des Raumes.

Prue war da! Und in ihrem Gefolge betraten Leo und Vater Thomas den Raum.

Vinceres war überrascht. Er hatte erwartet, die Hexe am Boden zerstört zu sehen, stattdessen war ihr Gang fest und ihr Blick klar. Hatte er die Kleine etwa unter-schätzt?

Phoebe röchelte. Die Konfrontation zwischen Vince-res und ihrer Schwester war ja spannend, aber langsam ging ihr die Luft aus.

Prue machte eine schnelle Handbewegung und der Dämon wurde von Phoebes Hals förmlich weggerissen. Er flog mit rasender Geschwindigkeit quer durch den Raum und krachte in die gegenüberliegende Wand. Doch er war schnell wieder auf den Beinen. »Wie hast du das gemacht?«, wollte er wissen.

»Wenn du den Empathen willst, musst du erst an mir vorbeikommen.« Prue hatte jetzt nichts mehr von dem zitternden Bündel an sich, das noch vor ein paar Minu-ten auf dem Kellerboden gehockt hatte. Sie war wieder da – und stärker als je zuvor!

Phoebe und Piper kamen auf die Füße, um ihrer Schwester beizustehen, aber Prue bedeutete ihnen, sich zurückzuhalten. »Bleibt da. Dies ist mein Kampf.«

Vinceres lief direkt auf Prue zu. Aber Prue sprang in die Luft, kippte ihren Körper nach hinten und schoss wie eine Rakete auf den verdutzten Vinceres zu. Sieben, acht, neun Tritte trafen seinen Brustkorb, bevor er über-haupt zu einer Reaktion fähig war. Die Wucht ihrer Schläge warf ihn quer durch den Flur, fast wieder zur Haustür hinaus.

Prue landete auf den Füßen. So hatte sie sich das vor-gestellt! Jetzt würde sie es dem Ungeheuer heimzahlen!

Doch so einfach machte es ihr der Dämon nicht. Au-genblicklich war er wieder auf den Beinen und attackier-te sie mit zahlreichen Schlägen und Tritten.

Phoebe fragte sich gerade, warum eigentlich alle

Dämonen Kampfsportarten beherrschten, als ihr auffiel, dass Prue jeden Angriff perfekt parierte. Vinceres schaffte es nicht, auch nur einen Treffer zu landen.

Prues nächstes Manöver war filmreif. Sie lief ein paar Stufen die Treppe hinauf, packte das Geländer, drückte sich nach oben – und lief wie eine Spinne an der Wand entlang!

Überrascht versuchte Vinceres der Bewegung zu folgen. Prue stieß sich ab, schlug einen Salto in der Luft und landete hinter ihrem Gegner. »Suchst du mich?«

Vinceres hatte sich noch nicht ganz umgedreht, als ihn der nächste Schlag mit voller Wucht traf.

Während der Dämon auf dem Boden lag, ging Prue wieder in Verteidigungsstellung. Sie bezweifelte, dass sich der Dämon durch eine einfache Schlägerei vertreiben ließ. Und sie hatte Recht – in einer schnellen Bewegung kam Vinceres auf die Füße und packte Prue am Hals. Er drückte so fest zu, dass Prue die Luft wegblieb. Keine Chance, sich daraus zu befreien.

»Mit deinen Kräften werde ich schon fertig«, zischte Vinceres. Doch gleichzeitig musste er mitansehen, wie sich seine Hand gegen seinen Willen öffnete! Er blickte zu Prue, die ihm völlig konzentriert in die Augen sah.

Immer weiter öffneten ihre telekinetischen Kräfte seinen Griff, und als ihr Hals freilag, stieß Prue ihren Gegner mit einem kräftigen Schlag weit von sich.

Der Kampf ging in die zweite Runde. Wieder parierte Prue alle Schläge und Tritte von Vinceres, der inzwischen besinnungslos auf sie einprügelte. »Mit deinen Kräften werde ich schon fertig!«, brüllte er wieder. Als Antwort legte Prue eine Hand auf den Rücken und kämpfte einhändig weiter!

Vinceres geriet immer mehr außer Kontrolle. Er konnte nicht verstehen, wie die junge Hexe, die eigentlich längst hätte wahnsinnig sein sollen, noch so gut kämpfen konnte!

Prue hob jetzt ruckartig die Hand, und Vinceres wurde von einer *telekinetischen Zwangsjacke* festgehalten. Verzweifelt wehrte er sich, konnte sich aber dieser mentalen Kraft nicht entziehen.

»Mit deinen Kräften werde ich fertig!«, schrie er zum dritten Mal.

Prue sah ihn fast mitleidig an. »Erzähl doch mal was anderes – wie gut wirst du denn mit menschlichen Gefühlen fertig?«

Sie schloss kurz die Augen, und direkt vor ihr materialisierte sich eine weitere Prue. Diese Astral-Projektion machte zwei schnelle Schritte und sprang direkt in Vinceres' Körper.

Eine Sekunde lang geschah gar nichts. Piper, Phoebe, Prue, Leo und Vater Thomas hielten den Atem an.

Der Körper des Dämons begann zu zucken. Aus dem Zucken wurden spastische Krämpfe. Vinceres schrie laut auf. Sein Körper wurde von einer unsichtbaren Kraft auseinander gezogen. Dabei drehte er sich im Kreis und verlor die Kontrolle über Arme und Beine, bis er schließlich zusammenbrach. Dann leuchtete ein grüner Lichtblitz auf – und Vinceres, der unbesiegbare Dämon, zerplatzte in tausend schwarze Funken!

Zurück blieb nur – Prues Astral-Ebenbild.

Prue selbst atmete tief durch, konzentrierte sich kurz, und auch die Projektion verschwand wieder.

Einen Moment lang herrschte Stille. Phoebe, Piper – niemand traute sich, das Wort zu ergreifen.

Prue sah sich etwas unsicher um. Es schien, als horche sie in sich hinein. »Die Stimmen. Sie sind weg.«

Ihre Schwestern gingen auf sie zu und nahmen sie in den Arm.

»Du bist also keine Empathin mehr?«, fragte Phoebe erleichtert.

Prue sah Vater Thomas an: »Tut mir Leid, ich hatte gehofft, Ihnen die Gabe zurückgeben zu können.«

Vater Thomas lächelte milde. »Aber das haben Sie. Ich verstehe endlich wieder, was die Menschen fühlen – ganz ohne Magie.«

Phoebe war sehr stolz auf ihre ältere Schwester. »Du warst echt krass.«

Prue musste lächeln. »Ich war krass, absolut.«

7

*I*M P₃ SPIELTE AN DIESEM ABEND die heiße Indie-
Band »Idol«. Der Laden war wie immer gut gefüllt, die
Tanzwütigen drängten sich in den Club.

Piper stand hinter der Bar, obwohl sie das als Besitzerin gar nicht nötig gehabt hätte. Aber sie mochte den
direkten Kontakt zu der Kundschaft. Außerdem arbeitete die Crew besser, wenn auch die Chefin mit
anpackte.

Phoebe schlürfte an einem Cocktail, als Prue hinzu-
trat. Sie sah mittlerweile wieder richtig gut aus. Die
schlimmen Erlebnisse der letzten Tage hatten kaum
Spuren hinterlassen. Nur ihre Wange war ungewöhnlich angeschwollen.

»Hi«, sagten Piper und Phoebe gleichzeitig, als sie
ihre Schwester sahen.

»Hi«, gab Prue zurück, aber es war nur ein unverständ-
liches Nuscheln. »Bin ich froh, wenn das blöde Betäu-
bungsmittel nachlässt.« Sie streckte Piper die käse-
weiße Zunge heraus. »Kannst du mal kneifen, ob sich
was tut?«

Piper winkte dankend ab. »Sei froh, dass dich der
Zahnarzt überhaupt noch behandelt hat.«

»Eine Sache verstehe ich aber immer noch nicht«,
wechselte Phoebe das Thema. »Wie hast du Vinceres
denn nun eigentlich besiegt?«

»Vater Thomas hatte mir erzählt«, begann Prue, »dass

Vinceres die menschlichen Gefühle abblockt, weil Dämonen damit nicht umgehen können.«

»Und deshalb hast du deine Astral-Projektion in seinen Körper geschickt?«, fragte Phoebe nach.

»Genau«, fuhr Prue fort. »Und dort hat sie dann den ganzen emotionalen Müll der Stadt abgeladen. Das war zu viel für ihn.«

Leo trat jetzt hinzu. »Hi«, begrüßte er die Schwestern. »Ich habe gerade mit Vater Thomas gesprochen. Dank meiner Verbindungen zur Erzdiözese wird man ihn wieder als Geistlichen arbeiten lassen.«

Piper sah ihren Verlobten stolz an. »Danke, das hast du gut gemacht. Du bist ein Engel.«

»Nicht mehr, zumindest technisch gesehen«, gab Leo scherzend zurück.

»Bäh«, quittierte Prue das verliebte Geschnatter.

»Damit bleibt nur noch die Frage übrig«, nahm Phoebe den Faden wieder auf, »wer Prue die ganzen Signale geschickt hat, die sie zu Vince geführt haben.«

»Vermutlich die *Triade*«, mutmaßte Prue. »Oder Balthasar. Auf jeden Fall müssen wir in Zukunft vorsichtig sein, wenn wir Signale erhalten, so viel steht fest.«

»Stimmt«, gab Piper zu. »Aber du hattest ja durch die Empathie einen mächtigen Kräftezuwachs. Wirst du das nicht vermissen?«

Prue dachte einen Moment lang nach. »Nein. Ich hatte dafür die Gelegenheit, einen unaufhaltsamen Dämonen aufzuhalten. Und ich bekam eine Vorstellung davon, wie sich meine Kräfte vielleicht entwickeln werden. Wo wir gerade bei Entwicklungen sind ...« Sie sah Phoebe herausfordernd an. »Was macht das Projekt Cole?«

»Keine Ahnung«, sagte Phoebe, der erst jetzt klar wurde, dass sie in dem Trubel Cole ganz vergessen hatte. »Aber das werde ich sofort ändern.«

Diesmal war Cole nicht halb ausgezogen, als er die Tür seines Apartments öffnete. Doch auch im offenen Hemd sah er unverschämt gut aus. Und seinem Gesichtsausdruck zufolge war er froh, Phoebe zu sehen. »Hi«, sagte er lächelnd.

»Hi«, gab Phoebe zurück. »Ich dachte schon, du wärst nicht mehr hier.«

»Ach ja?« Cole gab sich unwissend. »Nun, ein Geschäftspartner hatte sich nicht an eine Vereinbarung gehalten, und jetzt muss ich hier noch einen Auftrag zu Ende bringen.«

»Ist das gut oder schlecht?«, wollte Phoebe wissen.

Cole lächelte. »Beides.«

Er zog sie ins Apartment und schloss die Tür.

Der Rest der Nacht gehörte ihnen.

Alle oder keine

1

*B*EI PHOEBE UND COLE WAR es spät geworden. Sehr spät. Aber Phoebe war nicht müde.

Sie küsste den Mann, den sie so sehr liebte, zärtlich auf die Lippen.

»Was ist?«, flüsterte Cole zufrieden.

Phoebe richtete sich ein wenig auf, um ihm in die Augen sehen zu können.

»Sag schon«, wiederholte Cole seine Bitte.

»Ich weiß nicht. Es scheint mir, als ob du dich jedes Mal zurückziehst, wenn wir uns näher kommen. Warum tust du das? Warum kannst du nicht mit mir reden?«

Wie auf Kommando rollte sich Cole auf die Seite. Alle Zärtlichkeit war aus seinem Gesicht gewichen. »Phoebe, lass gut sein«, sagte er knapp.

Aber Phoebe wollte nicht. Sie war in Cole verliebt – sehr verliebt. Und sie war sich sicher, jedes Problem mit ihm teilen zu können. »Ich will es wissen. Ich habe ein Recht darauf.«

Natürlich stimmte das nicht. Sie konnte nicht irgendwelche Forderungen stellen. Sie war Cole nachgelaufen, als er versucht hatte, die Beziehung zu beenden. Sie hatte ihn verführt. Es war ihr eigenes Risiko gewesen.

»Du weißt nicht, was du da forderst«, flüsterte Cole.

Phoebe schmiegte sich an seinen Rücken. »Was auch immer es sein mag, es beeinflusst unsere Beziehung.

Du kannst dich nicht ewig vor der Wahrheit verstecken.«

Cole stand auf. Innerlich stimmte er ihr zu.

Er brauchte nur Sekundenbruchteile, um sich in Balthasar zu verwandeln und aus dem jungen, gut aussehenden Gesicht die Fratze des Dämons entstehen zu lassen.

Phoebe hatte nicht den Hauch einer Chance. Ihre Augen registrierten gerade erst die Veränderung, da warf sich das Ungeheuer auch schon brüllend auf sie.

Hätte sie eine letzte Schrecksekunde gehabt, sie hätte sich vermutlich gewünscht, wie ihre Schwester Piper die Zeit anhalten zu können.

Aber das konnte sie nicht, deshalb würde sie sterben – von der Hand des Dämons, der ihr Geliebter war.

Nein!

Schweißgebadet erwachte Cole Turner in seinem Bett.

Ein Traum! Es war nur ein Traum gewesen!

Für einen Moment fragte er sich, wie es möglich war, als Dämon von Albträumen geplagt zu werden. Dann sah er auf das Laken neben sich.

Phoebe war fort. Wahrscheinlich längst zu Hause.

Cole entspannte sich ein wenig und atmete tief durch.

»Das war doch gar nicht so schwer, oder?«, ertönte eine Stimme von der anderen Seite des Raumes. Cole riss den Kopf herum.

In eine braune Kutte gekleidet stand er da – der Bote der *Triade*. Die Kreatur der Hölle war unscheinbar, fast menschlich. Aber das war beabsichtigt. Die *Triade* hatte kein Interesse aufzufallen. Wenn ein Auftrag zu erledigen war, wurde ein Dämon verpflichtet, ihn auszuführen.

Einen Auftrag wie den, die Halliwell-Schwestern zu töten.

Und einen Dämon wie Cole.

»Was willst du hier?«, fragte Cole, obwohl er die Antwort ahnte – und fürchtete.

»Es ist meine undankbare Aufgabe, dich an deine Pflichten zu erinnern, Balthasar. Bedenke, wer du bist.«

Cole versuchte, sich aus der Affäre zu ziehen. »Ich werde euch nicht enttäuschen.«

»Das hast du schon«, gab der Dämon der *Triade* zurück. »Du wurdest gesandt, um die Hexen zu töten, und stattdessen hast du dich in eine von ihnen verliebt.«

»Das war ein Fehler«, gab Cole zerknirscht zurück.

Der Bote machte eine Handbewegung, als wolle er Cole das Wort abschneiden. Im selben Moment materialisierte sich in der Hand des Staatsanwaltes ein reich verzierter Dolch. »Finde Hilfe aus dem Totenreich, um deine Aufgabe zu erfüllen, Balthasar. Egal, was du tun musst – wenn du die Hexen nicht vernichtest, werden wir dich vernichten.«

Es war eine Drohung, aber aus dem Mund des Dämons klang sie wie eine beiläufige Erwähnung.

Dann schien die Gestalt in sich zusammenzufallen und verschwand im Boden des Apartments.

Cole blieb mit dem Dolch in der Hand zurück.

Er war in der Zwickmühle. Als Dämon Balthasar hatte er die Pflicht, die Halliwell-Schwestern zu töten.

Doch als Cole Turner war er in Phoebe Halliwell verliebt. Und es wurde Zeit, das endlich einzusehen.

2

PIPERS CLUB P$_3$ WAR mal wieder zum Bersten voll. Vor
dem Eingang drängelten sich die Besucher, und auf
der Tanzfläche war es kaum möglich, sich umzudrehen,
ohne jemandem in die Rippen zu stoßen.

Piper, Prue und Phoebe saßen in einer Sitzecke. Auf
Kosten des Hauses konnten es sich die drei gut gehen
lassen. Das war einer der Vorteile, wenn die eigene
Schwester Clubbesitzerin war.

Während Prue sprach, glitt Phoebes Blick immer wieder über die Tanzfläche. Die Schwestern waren hier, um
ihre weiteren Schritte abzusprechen.

»Also, Balthasar wird nicht aufhören, bevor er uns
getötet hat. Das steht fest. Phoebe sollte . . . Phoebe?«

Erst jetzt fiel ihr auf, dass ihre jüngere Schwester gar
nicht zuhörte. Sie schnippte mit den Fingern, bis
Phoebe sie endlich ansah. »Hallo! Ich unterbreche dein
›Löcher-in-die-Luft-starren‹ nur ungern, aber falls du
es vergessen haben solltest – die *Triade* ist hinter uns
her.«

Phoebe winkte ab. »Als ob du mich das je vergessen
lassen würdest.« Sie wandte den Blick wieder auf die
Tanzfläche.

Prue seufzte kurz, dann fuhr sie fort: »Wenn er wirklich so stark ist, wie Leo sagt, dann werden wir vermutlich mit unseren Kräften nichts ausrichten können. Deshalb sollten wir unsere Kampftechniken verbessern, um

beim nächsten Angriff etwas Dämonenfleisch ergattern zu können.«

»Brust oder Keule?«, fragte Piper.

Prue verzog das Gesicht. »Mir gefällt die Idee, einen Dämon zu tranchieren auch nicht, aber damit könnten wir vielleicht einen Bannspruch auslösen. Falls Phoebe ... Phoebe?«

Die jüngste Schwester hörte schon wieder nicht mehr zu. Sie war mit den Gedanken weit weg.

»Cole ist schon eine dreiviertel Stunde zu spät. Man sollte doch meinen, dass er pünktlich ist, nachdem er mit mir geschlafen hat.« Sie lachte nervös.

»Könnten wir uns ein bisschen beeilen?«, unterbrach Piper. »In ein paar Tagen kommen die Handwerker in den Club, und ich muss noch eine Menge vorbereiten.«

»Cole!«, rief Phoebe plötzlich, als sie endlich ihren Freund auf der Tanzfläche sah. Sie sprang auf und deutete aufgeregt in seine Richtung. »Er ist da! Da drüben!«

Piper sah Prue an – Phoebe war nicht mehr normal, seit sie Cole kennen gelernt hatte.

Als Cole seine Freundin aufspringen sah, verlangsamte er seine Schritte. Was er zu sagen hatte, war schwer genug, also übte er noch einmal, indem er leise zu sich selbst sprach: »Hör zu, wir können uns nicht mehr sehen. Warum? Na ja, ich muss dich umbringen. Ganz einfach.«

Prue wusste, dass durch Coles Anwesenheit ihr *Hexen-Gespräch* beendet sein würde. »Wir besprechen die

Notfallstrategie ...«, sie hielt kurz inne, denn Cole war bereits in Hörweite, »... für den Fall eines Erdbebens morgen um 15.00 Uhr, okay?«

Piper schüttelte den Kopf. »Tut mir Leid, Miss Wichtig, aber da habe ich schon einen Arzttermin.«

Das wollte Prue nicht gelten lassen. Sie hatte wegen der Notlage ja auch tagelang ihren schmerzenden Zahn ertragen. »Man weiß aber nie, wann ein Erdbeben kommt.«

Piper sah ein, dass eine Diskussion jetzt nicht mehr möglich war. »Gut, ich werde den Termin verlegen.«

Cole und Phoebe führten bereits ihre eigene Unterhaltung.

»Tut mir Leid, dass ich zu spät bin.«

»Macht nichts«, lächelte Phoebe.

»Wir müssen miteinander sprechen«, begann Cole vorsichtig.

»Phoebe«, unterbrach Prue vorsichtig, »Erdbeben-Übung morgen um 15.00 Uhr?«

»Okay, aber wenn ich pünktlich sein soll, musst du mir deinen Wagen leihen, denn ich habe morgen noch Unterricht am College.«

Prue gab nach. »Gut, aber nur, wenn ich ihn nicht wieder mit leerem Tank zurückbekomme.«

Phoebe rollte mit den Augen. »Ich habe ein Mal vergessen zu tanken. Mach doch kein Drama daraus.«

Phoebe wandte sich wieder Cole zu. Prue hielt demonstrativ zwei Finger hoch. Phoebe hatte mehr als ein Mal den Wagen leer vor dem Haus abgestellt.

»Was wolltest du sagen?« Phoebe setzte wieder ihr breitestes Lächeln auf.

»Es wäre besser, wir könnten ... äh ...«, begann Cole, der sichtlich nervös war und die Freundschaft mit Phoebe keinesfalls in einem vollen Nachtclub beenden wollte – vor den Augen ihrer Schwestern.

»Ach ja«, unterbrach Prue schon wieder. »Ich brauche den Wagen um 17.00 Uhr wieder zurück, denn dann habe ich Fotoaufnahmen hier im *P3*.«

Piper machte ein überraschtes Gesicht. »Sag mal, hast du das mit der Besitzerin abgesprochen?«

Es ging ihr auf die Nerven, dass Prue wieder einmal über alle Köpfe hinweg ihre Pläne machte und dann auch noch erwartete, dass jeder sich fügte.

Prue setzte ein mitleidiges Gesicht auf. »Sorry, aber mir ist im letzten Augenblick die Location abgesagt worden, und ich dachte, es würde dir nichts ausmachen.«

Piper seufzte genervt. »Hast du vergessen, dass morgen Nachmittag das Treffen der Hauseigentümer stattfindet – bei uns zu Hause?«

Prue war ehrlich schockiert. Es passierte selten, dass sie etwas vergaß. »Oh Mann, das habe ich total ausgeblendet. Phoebe, kannst du für mich einspringen?«

Phoebe hob abwehrend die Hände. »Auf keinen Fall. Beim letzten Mal brauchten die anderthalb Stunden, um sich zu entscheiden, wo die Gartenzwerge hingestellt werden dürfen.«

Prue setzte ihren süßesten Blick auf. »Willst du mein Auto oder nicht?«

»Ich hasse dich«, knurrte Phoebe.

»Tust du nicht. Du liebst mich«, grinste Prue.

»Und ich liebe meine Arbeit, die wieder nach mir ruft«, verkündete Piper und stand auf. Prue nahm das als Signal, ebenfalls das *P3* zu verlassen. »Seid brav, ihr beiden«, flüsterte sie Cole und Phoebe im Vorbeigehen noch zu.

»Tut mir Leid«, sagte Phoebe. »Schwestern. Eine Gratwanderung zwischen Liebe und Hass.« Sie hatte keine Ahnung, wie sehr das auch auf Cole zutraf. »Nun, über was wolltest du reden?«

Cole versuchte es. Er versuchte es wirklich. Aber es wollte ihm nicht über die Lippen kommen. Nicht hier. Nicht jetzt. Nicht gegenüber Phoebe. »Ich muss los.«

Phoebe konnte es nicht fassen. »Was?«

»Es tut mir Leid, aber ich arbeite an diesem schwierigen Fall und gerade ist mir eine Idee gekommen, wie ich ihn knacken kann.« Er gab ihr einen flüchtigen Kuss. »Vergib mir.«

Mit diesen Worten drehte er sich um und machte sich auf den Weg zum Ausgang.

Zurück blieb eine Phoebe, die nicht wusste, ob sie sauer, enttäuscht oder verzweifelt war. Sie entschied sich für eine gesunde Mischung aus all diesen Gefühlen.

Cole trat aus dem stickigen Club heraus in die klare Nacht. Hier in der Seitenstraße neben dem Clubgebäude war es menschenleer, und er brauchte keine Rücksicht zu nehmen.

»Geh zur *Triade*«, befahl Cole seinem Schatten. »Sag ihnen, dass ich einen Weg gefunden habe, die *Zauberhaften* zu vernichten.«

Der Schatten löste sich von Coles Körper und verschwand im kühlen Asphaltboden.

Der junge Staatsanwalt blieb noch einige Augenblicke in der Gasse stehen. Er atmete tief durch und versuchte, seine Gedanken zu ordnen.

Keine Chance.

Er saß noch immer in der Zwickmühle.

Phoebe hatte nicht gut geschlafen. Die letzten beiden Nächte war sie bei Cole gewesen, und ihr eigenes Bett kam ihr jetzt leer und kalt vor. Sie wäre gerne wieder zu ihm gefahren. Aber da er nichts gesagt hatte, wollte sie nicht wieder ungefragt bei ihm auftauchen.

Sie war nervös und verunsichert. Da konnten nur ihre beiden Schwestern helfen.

Phoebe lief eilig in die Küche, wo Prue gerade am Telefon den Termin des Foto-Shootings abklärte: »Okay, wir treffen uns dann ein bisschen früher am *P3*, um die Sache mit der Visagistin abzusprechen. Bis dann.«

Sie hängte auf.

Piper schnitt sich unterdessen eine Brezel auf – ihr Frühstück.

»Hat Cole angerufen?«, warf Phoebe in den Raum.

»Nicht, seit du das letzte Mal gefragt hast«, gab Piper spitz zurück. Seit sie mit Leo zusammen war, hatten Beziehungsfragen für sie eine ganz andere Bedeutung. Ihr tat die verunsicherte Phoebe Leid.

Phoebe ignorierte die Spitze und kam gleich zur Sache: »Ich brauche schwesterlichen Rat. Zieht Cole gerade die ›Schlaf mit ihr und lass sie dann fallen‹-Nummer durch?«

Piper legte beruhigend eine Hand auf Phoebes Schulter. »Das glaube ich nicht. Als Prue eine Empathin war, hat sie doch gespürt, dass er dich liebt.«

81

Phoebe winkte ab. »Magische Einsichten hin oder her, ich habe einfach das Gefühl, dass er mir ausweicht. Ich habe keine Ahnung, was das soll.«

Phoebe tunkte ein Stück Toast in den Honigtopf und stopfte ihn sich in den Mund.

»Vielleicht hat es damit zu tun, dass er etwas vor dir verheimlicht«, mutmaßte Prue.

In diesem Moment flog die Gartentür auf und mit einem unmenschlichen Brüllen stürmte Balthasar in das Haus der Halliwell-Schwestern!

»Dämon!«, rief Phoebe, den Mund noch voller Toast.

Groß, breit, mit einem schwarzen Mantel und einem feuerroten Kopf, der von schwarzen Striemen durchzogen war, sah Balthasar wirklich Furcht erregend aus. Um seinem Ruf als Tötungsmaschine gerecht zu werden, stürmte er augenblicklich auf die Schwestern los.

Phoebe sprang sofort auf den kleinen Esstisch, drehte sich schwungvoll um ihre Achse und versetzte ihrem Gegner einen Tritt, so wie sie es im Selbstverteidigungskurs gelernt hatte. Balthasar wurde ein paar Schritte zurückgeworfen, was den anderen beiden Halliwell-Schwestern die Zeit gab, sich in Position zu stellen. Als der Dämon wieder auf die Füße kam und einen gefährlichen Energie-Blitz abschoss, schrie Prue ein knappes Kommando, um das Schlimmste zu verhindern. »Piper!«

Ihre Schwester war schon in Bewegung. Sofort fror die Zeit ein, und der Energieblitz erstarrte einen Meter vor ihnen in der Luft.

Prue konzentrierte sich, und auf den Stufen hinter Balthasar entstand ein Astral-Double von ihr!

»Entschuldigung«, sagte das Double, woraufhin der Dämon überrascht herumfuhr und mit einem harten Tritt durch die Küche geschleudert wurde.

»Jetzt!«, rief das Double, und Piper griff nach einem Messer, das auf der Anrichte lag. Sie stach damit in Richtung des Ungeheuers und traf seinen Hals.

»Autsch!«, rief Balthasar mit einer sehr menschlichen und sehr vertrauten Stimme.

Die Schwestern hielten inne. Die Gestalt von Balthasar schien zu verschwimmen – darunter kam Leo zum Vorschein!

»Ihr habt mich fast erstochen!«, sagte er vorwurfsvoll und hielt die Hand an den Hals.

Prue konzentrierte sich, und ihr Astral-Double verschwand wieder.

»Leo, kannst du dich auch in Brad Pitt verwandeln?«, wollte Phoebe wissen.

Prue beurteilte das Training: »Schon gar nicht schlecht. Aber Phoebe – du solltest noch mehr Kraft in deinen Tritt legen. Und Piper – nicht ganz so viel Zaudern, wenn es zum Einsatz des Messers kommt. Sollen wir es gleich nochmal probieren?«

»Nein,« sagte Piper betont. »Ich hätte gerne einen gesunden Freund, wenn das hier vorbei ist.« Sie streichelte Leos Arm.

»Okay«, verkündete Phoebe und klatschte in die Hände. »Wo sind die Wagenschlüssel, Prue?«

»Vergiss nicht, Lebensmittel für das Treffen der Hauseigentümer einzukaufen«, erinnerte Prue ihre Schwester.

Phoebe hob abwehrend die Hand. »Moment mal. Wie soll ich einkaufen gehen, wenn du den Wagen sofort wieder brauchst?«

»Ich kann es jedenfalls nicht«, erklärte Prue bestimmt.

Einen Moment lang herrschte Stille in der Küche, dann drehten sich die beiden Schwestern gleichzeitig zu Piper um. Erst als auch Leo mitleidig zu grinsen anfing, begriff sie, was man von ihr erwartete. »Na schön, ich rufe den Arzt an und verschiebe meinen Termin.«

»Du bist süß«, verkündete Phoebe und warf ihr einen Kussmund zu.

»Hast du jemals Schwestern zerstört, leibliche Schwestern?«, fragte Cole ruhig.

»Schwestern?«, kam die hasserfüllte Gegenfrage. »Ich bringe ganze Nationen gegeneinander auf, lasse Kriege ausbrechen – Aufstände und Chaos!«

Cole blieb ruhig. Andras machte als Dämon nicht viel her. Ein schäbiger Typ, mit Bartstoppeln und öligen Haaren, die ihm wirr ins Gesicht hingen. Eine alte Oma konnte er mit dem Aussehen vielleicht erschrecken, mehr aber auch nicht.

Doch Andras' Fähigkeiten lagen auf einem anderen Gebiet.

»Ich habe alles über dich gelesen«, erläuterte Cole. »Du machst deine Sache gut, wenn es um breit angelegte Aktionen geht. Aber ich habe sehr spezifische Wünsche.«

Andras genoss den triefenden Hass in seinen eigenen Worten. »Ich kann jeden infizieren. Jeden, der wütend ist.«

»Das ist dein Ausgangpunkt?«, wollte Cole wissen. »Du nutzt Wut als Schlüssel zur Seele?«

Andras spuckte die Antwort förmlich aus. »Ich kann sie in meinen Opfern erkennen. Sie breitet sich aus. Ich verstärke diese Wut, bis daraus Hass entsteht. Und dieser Hass führt zu Gewalt.«

Cole war noch nicht überzeugt. »Und du glaubst, dass das auch bei den *Zauberhaften* funktioniert?«

Für einen Moment schien so etwas wie Angst in Andras' Augen aufzuflackern. »Du sagtest Schwestern, nicht Hexen.«

Cole lächelte charmant. »Zu allererst sind sie Schwestern, und das ist ihre Achillesferse. Wenn man das Band zwischen ihnen zerreißt, zerstört man die Grundlage ihrer Kräfte. Und ohne ihre Kräfte sind sie wehrlos.«

Der Gedanke gefiel Andras. »Mit welcher Schwester sollen wir anfangen?«

Cole brauchte nicht lange zu überlegen.

»Mit der, die am verletzlichsten ist. Also mit der Jüngsten.«

Es war mal wieder zu viel für Phoebe. Sie war kaum in der Lage, die ganzen Bücher zu tragen, geschweige denn gleichzeitig aus dem College-Gebäude heraus zum Parkplatz zu spurten und auf dem Handy ihre Schwester Prue zu besänftigen – denn natürlich war sie zu spät.

»Der Lehrer hat überzogen, und dann musste ich noch dringend in die Bücherei, weil ich dieses Buch über Psychologie brauchte. Aber ich bin schon auf dem Weg, und ich schaffe es bestimmt«, keuchte sie gehetzt. »Ja ja, sehr witzig. Nein, das habe ich bei der Geburt noch nicht gesagt. Ich werde auf jeden Fall da sein, versprochen. Ich . . .«

Sie brach ab, denn an Prues Wagen stand Cole. »Muss los, tschüss.« Sie beendete die Verbindung und wandte sich freudestrahlend ihrem Freund zu. »Was machst du denn hier?«

Cole lächelte charmant. »Ich habe den Fall schneller erledigen können, als ich erwartet hatte und gönne mir jetzt einen freien Nachmittag.«

»Oh, wow«, sagte Phoebe beeindruckt. »Das muss aber eine tolle Idee gewesen sein, die du gestern Abend hattest.«

»War es auch«, bestätigte Cole. »Ich wollte mich auch entschuldigen, dass ich dich so abrupt verlassen habe. Das war nicht nett.«

»Stimmt, war es nicht«, bestätigte Phoebe.

»Ich würde es gerne wieder gut machen und habe uns im *Brazil's* einen Tisch für den frühen Abend bestellt.«

»Ich . . . ich muss Prue das Auto zurückbringen«, stammelte Phoebe zögernd. Zuverlässigkeit war nicht gerade ihre Stärke, aber sie hatte es doch versprochen.

Cole verzog sein Gesicht. »Ich hatte gehofft, wir könnten reden.«

»Worüber?«, fragte Phoebe vorsichtig, die eine weitere Abfuhr vermeiden wollte.

»Über die letzte Nacht. Über uns beide.«

Phoebes Widerstand schmolz dahin. Genau das wollte sie doch auch. Und das sollte platzen, bloß weil die egoistische Prue unbedingt ihren Wagen haben wollte?

86

»Ich würde auch gerne mit dir reden«, sagte Phoebe gequält, »aber ich habe Prue versprochen, heute das Treffen der Hauseigentümer zu betreuen.«

Während sie das sagte, kam sie sich unglaublich dumm vor. Traummann gegen Eigentümerversammlung – was gab es da lange zu überlegen?

Cole verbarg seine Enttäuschung nur mühsam. »Okay, ich verstehe schon. Es war einen Versuch wert.«

Er gab ihr einen flüchtigen Kuss und drehte sich um.

Phoebe hatte das Gefühl, mitten im Höllenfeuer zu stehen. Klar, sie tat das Richtige, aber warum fühlte sie sich deshalb so miserabel? Das war nicht fair.

Pfeif auf die Fairness, dachte sie.

»Cole?«, rief sie.

Er blieb stehen.

»Ich könnte Piper vielleicht dazu überreden, das Meeting zu übernehmen.«

Cole kam wieder auf sie zu. »Wird sie dann nicht sauer sein?«

Phoebe grinste schräg. »Sauer ist kein Ausdruck. Aber sie wird es runterschlucken, wie immer, und dann später an mir auslassen. Holst du mich in einer Stunde ab?«

Er lächelte wieder. »Ich bin da.«

Phoebe fühlte sich maßlos erleichtert. Sie sprang in Prues Wagen und fuhr davon.

Sie sah nicht, wie Cole durch eine kleine Handbewegung die Benzinleitung abknickte und so dafür sorgte, dass der Wagen mit leerem Tank am Halliwell-Haus ankommen würde.

Sie ahnte auch nicht, dass sie Cole und Andras gerade perfekt in die Hände gespielt hatte.

3

*E*s war ein Chaos. Armageddeon. Das Ende der zivilisierten Welt.

Piper holte tief Luft. Es war ja auch nicht anders zu erwarten gewesen – die Hauseigentümer balgten sich wie bei jeder Versammlung um die banalsten Kleinigkeiten. Jim Bedford wollte seinen Zaun höher ziehen, Miss Clarkson fürchtete um das Licht für ihre Petunien, Sean Peters beklagte den Hundekot, der natürlich nicht von Missy Cryders Köter kam – so behauptete sie zumindest – und der alte Ned verbreitete mal wieder die Befürchtung, dass die zugezogenen *Ausländer* die Grundstückspreise verdarben.

Man drohte sich, forderte, zitierte überbezahlte Anwälte und war sich generell nur darin einig, dass eine große Zeiteinsparung zu erreichen wäre, wenn das Meeting gleich vor Gericht abgehalten werden würde.

Es war wie immer.

Piper war froh, mit dem Tablett voller Schnittchen, die niemand angerührt hatte, aus dem Wohnzimmer flüchten zu können. In der Küche wartete Leo, der nach besten Kräften aushalf.

Sie lächelte ihren Verlobten an, als sie die Küche durchschritt.

»Vorsicht, das Stativ«, rief Leo, als Pipers Bein bereits Prues Kameraausrüstung berührte. Sie stolperte nach vorn, und das Tablett fiel ihr aus der Hand.

Eine Sekunde lang fühlte sie sich wie Phoebe – sie hatte eine Vision. Eine Vision von Schnittchen, die in der ganzen Küche über den Boden verstreut lagen.

Leo griff blitzschnell zu. Er packte das Tablett, bevor es zu Boden fallen konnte.

Piper rappelte sich auf und seufzte. War wohl nichts mit der Vision. Aber wenigstens brauchte sie jetzt keinen Besen. Sie deutete auf das Stativ. »Willkommen in Prues Welt der Chaos-Fotografie. Ich kann nicht glauben, dass ich mich dazu habe überreden lassen.«

»Wieso hast du dich überhaupt überreden lassen?«, wollte Leo wissen.

Piper stöhnte. »Die anderen beiden hatten keine Zeit.«

»Und dein Arzttermin?«, hakte Leo nach.

»Zählt nicht als dringlich«, knurrte Piper missgelaunt.

Leo sah sich in der Küche um. »Hättest du nicht wenigstens etwas Einfacheres zubereiten können – wie Pommes und Bockwurst?«

Piper sah ihn scharf an. »Leo, ich bin eine professionelle Köchin – ich *kann* keine Pommes mit Bockwurst machen.«

Leo spürte, wie gereizt seine Freundin war. »Vielleicht solltest du deinen Schwestern mal sagen, wie sehr dich so etwas nervt. Oder beim nächsten Mal gleich nein sagen.«

Piper rollte mit den Augen. »Du hast offensichtlich keine Schwestern. In einem Augenblick diskutierst du über ein aktuelles Problem mit ihnen, im nächsten Moment geht es wieder mal darum, wer wem 1979 die Barbie-Puppe geklaut hat.«

Aufs Stichwort genau kam Prue in die Küche. Sie war

offensichtlich in Eile. »Hi, ihr zwei. Ist Phoebe schon wieder da?«

»Nein«, antwortete Piper, während sie nach den Getränkevorräten sah. »Wo ist das ganze Mineralwasser hin?«

Prue packte ihre Kameratasche. »Es ist noch was im Keller, glaube ich.«

»Ich hole es schnell«, sagte Leo, als er den Gesichtsausdruck seiner Freundin sah, machte er sich sofort auf den Weg.

Piper nahm ein Tablett mit Pastetchen und trug es ins Wohnzimmer.

»Es ist unser Grundstück und damit unser Zaun, und den baue ich so hoch, wie ich will«, verkündete Jim Bedford zum zwanzigsten Mal.

Und zum zwanzigsten Mal hielt Miss Clarkson dagegen. »Dann werden meine Petunien sterben, Sie Blumenmörder. Aber dagegen gehe ich vor. Mein Neffe ist nämlich Anwalt«, trumpfte sie auf.

Piper versuchte abzulenken: »Okay, ich habe hier Ziegenkäse und Zwiebelküchlein für die Vegetarier, und . . .«

Weiter kam sie nicht, denn Jim geriet jetzt so richtig in Fahrt. »So wie Sie uns nachschnüffeln, ist es doch kein Wunder, dass wir einen höheren Zaun wollen. Erzählen Sie das mal Ihrem feinen Neffen!«

Miss Clarkson schnappte nach Luft. Piper wusste schon, was bevorstand: In zwei, drei Minuten würde die ältliche Dame sich ein paar Tränen rauspressen und dann leidend herumerzählen, dass niemand gewagt hätte, so mit ihr zu sprechen, als ihr Frederick noch lebte.

Piper startete einen weiteren Versuch. »Die Soße enthält Nüsse, falls jemand allergisch auf Nüsse reagiert.«

Sie wurde gar nicht beachtet. Das war aber auch nicht schlimm, denn so bemerkte sie wenigstens Phoebe, die sich gerade zur Haustür hereinschlich. »Oh Phoebe, wie nett von dir, auch noch vorbeizuschauen.«

Phoebe machte ein ertapptes Gesicht. »Ja, äh, schon recht. Du musst mir einen großen Gefallen tun. Kann ich kurz oben mit dir reden?«

Piper schäumte. Sie wusste, worauf das hinauslief. Angesichts des steigenden Lärmpegels im Raum war es allerdings schwierig, Phoebe die Meinung zu sagen.

»Phoebe!«, sagte Piper laut genug, um die keifenden Nachbarn zu übertönen, aber leise genug, um nicht alle Konversationen zum Stillstand zu bringen.

Phoebe war bereits auf dem Weg in ihr Zimmer.

Piper sah sich um. Die Nachbarn wurden immer mehr zur Plage, und sie hatte keine Geduld, in Phoebes Zimmer eine Grundsatzdiskussion zu führen.

Es musste hier sein.

Hier und jetzt.

Piper machte eine schnelle Handbewegung, und alles um sie herum fror ein – bis auf ihre Schwester.

»Phoebe!«, rief Piper noch einmal.

Die jüngste Halliwell-Schwester blieb unsicher auf der Treppe stehen. Dass Piper so energisch wurde, war selten genug. Und es war ein schlechtes Zeichen.

»Du wirst mich hier nicht mit den Nachbarn alleine lassen, das sage ich dir gleich.«

Phoebe ließ die Schultern hängen. »Piper, ich weiß,

was ich versprochen habe. Aber wie konnte ich denn ahnen, dass Cole mich heute einladen würde. Bitte, bitte, spring für mich ein.«

Piper konnte es nicht glauben. »Ich habe schon zweimal meinen Arzttermin verschoben!«

Phoebe sah das etwas lockerer. »Naja, Leo war doch auch Arzt, bevor er starb.«

»Darum geht es hier nicht«, beharrte Piper.

»Ich weiß«, quengelte Phoebe. »Und ich würde dich nicht bitten, wenn es nicht wichtig wäre. Cole will mit mir *reden*, verstehst du? Über uns. Ob wir ein Paar sind oder nur Freunde, die eine Affäre haben . . .«

»Ich hab's kapiert«, winkte Piper ab. Sie hatte weder Zeit noch Lust, das jetzt zu erörtern. Und letzten Endes wollte sie Phoebe ja auch nicht die Beziehung vermasseln.

Leo kam mit dem Mineralwasser aus dem Keller. Als Wächter des Lichts war er nicht von Pipers Magie betroffen. »Hast du vor, die Nachbarn auch mal wieder laufen zu lassen?«

»Piper, bitte«, bettelte Phoebe. »Du weißt doch, wie viel mir diese Beziehung bedeutet.«

»Da habe ich wohl kaum eine Wahl«, knurrte Piper.

Phoebe fiel ihrer Schwester um den Hals. Dann drehte sie sich um und rannte in ihr Zimmer.

Leo sah Piper an. Piper sah Leo an. »Jetzt musst du ran«, sagte sie.

Ihr Freund, der nicht gerne fremde Menschen um sich hatte, zögerte einen Moment. »Ich glaube, ich werde gerufen.«

»Oh nein, nicht jetzt«, rief Piper.

»Geht nicht anders«, sagte er und verschwand.

Eine einsame Mineralwasserflasche segelte zu Boden. Geistesgegenwärtig fing Piper sie auf.

»Feigling!«, rief sie, den Blick nach oben gerichtet. Dann atmete sie tief ein und erlöste die Nachbarn von ihrem Bann. Als wäre nichts gewesen, gingen die Streitereien weiter.

Piper musste jetzt sehr stark sein.

Cole parkte seinen teuren BMW direkt vor dem Haus der Halliwell-Schwestern. Er schaltete den Motor aus, legte den Kopf in den Nacken und schloss die Augen.

»Andras«, sagte er leise.

Einen Augenblick später materialisierte sich der Dämon des Hasses auf dem Beifahrersitz.

»Wenn Phoebe Recht hat, dann dürfte Piper jetzt genau in der richtigen Stimmung sein, um sich von dir aufstacheln zu lassen.«

»Ich dachte, wir fangen mit Phoebe an«, wandte Andras ein.

»Das haben wir auch. Ich zumindest. Sie ist der Grund, warum Piper so wütend ist, und sie wird auch der Grund sein, aus dem Prue ausrastet. Sorge du nur dafür, dass wir daraus Kapital schlagen können.«

Andras war sich noch nicht sicher. »Die Wut von allen dreien würde die Sache vereinfachen.«

Cole ließ sich nicht beirren. »Du infizierst Prue und Piper, und ich übernehme Phoebe. Man wird ihr für alles die Schuld geben.«

»Dein Ruf ist nicht unverdient«, sagte Andras anerkennend. »Für einen Dämon, der dabei ist, einen großen Sieg für die Schwarze Seite zu erringen, scheinst du aber nicht besonders glücklich zu sein.«

Cole sah seinen Gehilfen kalt an. »Mach deine Arbeit.«

Andras nickte und stieg aus dem Wagen.

Cole sah ihm nach.

Es ging ihm nicht gut.

Miss Clarkson und Jim Bedford waren kurz davor, sich an den Hals zu gehen.

»Wenn Sie einen Zaun bauen«, giftete die alte Dame, »werde ich ihn persönlich wieder einreißen. Persönlich!«

»Miss Clarkson, in Ihrem Alter sollten Sie solche Dummheiten unterlassen«, bemerkte Jims Frau spitz.

Piper versuchte jetzt zu vermitteln: »Miss Clarkson, können Sie Ihr Petunienbeet nicht etwas versetzen? Und Mr. Bedford, geht der Zaun nicht auch eine Nummer kleiner?«

Nun richtete sich die Aufmerksamkeit der Nachbarn auf Piper.

»Ein Zaun muss groß sein, sonst macht er ja keinen Sinn«, protestierte Bedford.

»Als ob meine Petunien das Problem wären«, schäumte Miss Clarkson.

Von allen Seiten wurde auf sie eingeredet.

Es klingelte an der Haustür.

»Würden Sie bitte alle versuchen, sich ein bisschen zu beruhigen?«, versuchte Piper gegen das Chaos anzugehen.

Phoebe huschte durch den Flur, um sich mit Cole aus dem Staub zu machen. Piper sah sie aus dem Augenwinkel. »Phoebe, sind das meine Ohrringe?«

Aber es war schon zu spät. Die Haustür schlug zu und Phoebe war verschwunden. Piper musste mit den Problemen allein klarkommen.

Auf diesen Moment hatte Andras gewartet. Er stand in den Rosenbeeten unter dem Wohnzimmerfenster und beobachtete das Geschehen. Es war seine Gabe zu erkennen, wann die Menschen kurz vor dem Siedepunkt standen.

Und bei Piper war es so weit.

Eine kleine blutrote Kugel formte sich vor Andras' Stirn. Es erforderte keine Anstrengung, sie durch die alten Mauern des Halliwell-Hauses zu schicken, wo sie unbemerkt in Pipers Körper eindrang.

Im ersten Moment schien sich nichts zu tun. Piper war umringt von wütenden Nachbarn, die alle durcheinander schrien.

Doch plötzlich versteifte sie sich. Ihr Gesichtsausdruck wurde düster, und ihre Augen zeigten ein kaltes Funkeln.

»Haltet die Klappe!«, tobte sie.

Die gesamte Meute wurde schlagartig still.

»Ich habe die Nase voll! Voll von euren Blumenbeeten und Zäunen und eurem dummen Geschwätz! Es gibt wichtigere Dinge im Leben! Werdet endlich erwachsen!«

Das Erstaunen machte jetzt der Entrüstung Platz. Sätze wie »Das können Sie mit uns nicht machen«, »So eine Unverschämtheit«, »Man sollte Sie verklagen« machten die Runde.

Piper nahm das Tablett mit den Pastetchen und warf es krachend auf den Boden.

»Raus hier! Alle zusammen, raus hier!«, schrie sie aus vollem Halse. »Und lasst euch hier nie mehr blicken!«

Mit diesen Worten drängelte sie die verdutzten Nachbarn zum Ausgang.

Als die Tür ins Schloss fiel, atmete Piper tief durch.

Das hatte gut getan.

Und sie hätte es schon viel früher tun sollen.

Jetzt war Schluss mit der naiven, ausgenutzten Piper.

Das würden auch ihre Schwestern zu spüren bekommen.

4

DAS BRAZIL'S WAR EINER der heißesten Schuppen der
Stadt. Die Band spielte den neuesten Latino-Pop, und
auf der Tanzfläche floss der Schweiß der Schönen und
Reichen von San Francisco. Hier war jede Nacht Party,
und manchmal kamen sogar echte Stars vorbei. Marc
Anthony, Gloria Estefan und sogar Ricky Martin waren
schon mal im *Brazil's* gesehen worden!

Im Moment hätte der berühmte Latin Lover von
Phoebe allerdings nicht einmal einen Seitenblick kas-
siert. Die junge Hexe war völlig ins Gespräch vertieft,
obwohl ihr kleiner Tisch so nahe an der Tanzfläche
stand, dass sie fast schreien musste, um sich zu verstän-
digen.

»Und du warst echt mal als Pinguin verkleidet?«,
fragte Cole nach.

»Klar«, rief Phoebe gegen die heißen Rhythmen an.
»Ich habe kleinen Kindern Luftballons geschenkt. Damals war ich fünfzehn und brauchte das Geld.«

Sie lachte herzhaft. Cole konnte nicht anders, als mit-
zulachen. »Du hast bestimmt süß ausgesehen.«

Phoebe hob abwehrend die Hand. »Warte, ich mache
dir mal den Gang vor.«

Cole konnte nicht mehr an sich halten. »Bitte, nicht!«

Aber Phoebe ließ keinen Einspruch gelten. Sie stand
auf und wackelte um den Stuhl herum.

Phoebe sah einfach bezaubernd aus. Die Haare hatte

sie wie eine Diva aus den vierziger Jahren hoch gesteckt, und ihr Oberteil bestand aus einem geschnürten Mieder, welches ihre Figur besonders gut betonte. So mancher Mann am Nebentisch warf Cole einen neidischen Blick zu.

Cole fiel fast vom Stuhl vor Begeisterung. Er hatte sich noch nie so gut amüsiert. Naja, Unterhaltung sollte auch nicht der Lebenszweck eines mörderischen Dämons sein. Aber mit Phoebe war alles anders. Er fühlte diesen Hass nicht mehr, diesen Drang, Böses zu tun. Er sah die junge Frau an, und ein warmes, weiches Gefühl floss durch seine Adern. Ein Gefühl, das er noch nie erlebt hatte. Aber eines, das er nie wieder verlieren wollte.

Phoebe nahm wieder Platz, und Cole wurde ernst. Er war entschlossen, ihr die Wahrheit zu sagen. Hier und jetzt. »Du hast dich seit damals wohl sehr verändert.«

»Naja«, winkte Phoebe ab, »in ein paar Sachen schon. Andererseits lebe ich immer noch mit meinen Schwestern unter einem Dach und gehe zur Schule.«

»Lebst du nicht gerne bei deinen Schwestern?«, hakte Cole nach.

Phoebe dachte einen Moment lang nach. Sie konnte ja schlecht auf die Notwendigkeit der Hexen-WG verweisen. »Es ist praktisch. Aber genug von mir. Was ist mit dir? Bin ich die einzige Person mit einer Vergangenheit?«

Cole atmete tief ein. In der Gestalt des erfolgreichen Staatsanwalts Cole Turner hatte er tatsächlich keine Vergangenheit. Schließlich existierte Cole Turner nur, um die *Zauberhaften* zu vernichten. »Meine Vergangenheit ist nicht besonders interessant«, erwiderte er.

»Noch mehr Geheimnisse«, stellte Phoebe scherzhaft fest, obwohl ihr die Antwort nicht gefiel.

Cole merkte, dass Phoebe enttäuscht war. »Ich spreche einfach nicht gerne über meine Vergangenheit oder meine Familie. Ich habe sie vor langer Zeit verloren.«

»Das tut mir Leid«, sagte Phoebe und wurde ernst. »Ich weiß, wie das ist. Ich habe meine Mutter nie wirklich gekannt und auch nicht den Rest der Familie. Wir sind von unserer Großmutter erzogen worden, die vor ein paar Jahren starb.«

Cole verspürte echtes Mitgefühl – eine weitere Emotion, die neu für ihn war. »Aber du hast doch noch deine Schwestern.«

Phoebe lächelte sanft. »Das stimmt. Ich danke Gott jeden Tag dafür. Ich wüsste nicht, was ich ohne sie anfangen würde.«

Sie bemerkte, dass Cole etwas auf der Seele lag. »Alles okay?«

»Phoebe, ich ... ich ...«, druckste Cole herum, »ich muss dir etwas sagen.«

Phoebe sah ihn aufmerksam an. Jetzt wurde es spannend.

»Ich bin in Wirklichkeit ... ein ganz furchtbarer Tänzer.«

Cole atmete aus. Er hatte den Elfmeter geschossen – und nicht getroffen. Er hatte es nicht über sich bringen können.

Phoebe runzelte die Stirn. »Du bist ein furchtbarer Tänzer? Warum habe ich das Gefühl, dass du eigentlich etwas ganz anderes sagen wolltest?«

Die Band hatte ihre schnelle Tanznummer beendet

und begann nun, ein Liebeslied zu spielen. Phoebe blickte Cole in die Augen. »Lass uns tanzen.«

Sie stand auf und hielt ihm ihre Hand hin. »Los.«

Cole sah sich unsicher um. »Das kann ich nicht.«

Phoebe hatte keine Ahnung, wie ernst es Cole damit war, aber sie wollte keine Ausrede gelten lassen. »Wenn du nicht über uns reden willst und auch nicht über dich, dann musst du wenigstens mit mir tanzen.«

Widerwillig stand Cole auf, und eine lachende Phoebe zog ihn auf den schwarzweiß gekachelten Tanzboden. »Keine Sorge, das klappt schon. Was sollen wir auch in einem Tanzlokal, wenn wir nicht tanzen?«

Sie zog Cole nah an sich heran, schlang die Arme um ihn und legte den Kopf an seine Schulter. Langsam drehten sie sich zum Takt der spanischen Ballade.

Phoebe war glücklich. Cole war zwar immer noch schwierig, aber sie hatte den Eindruck, dass er langsam auftaute. Es schien ihn nicht mehr so sehr zu verunsichern, mit ihr zusammen zu sein.

Cole hingegen war froh, dass Phoebe seinen Gesichtsausdruck nicht sehen konnte. Schwere Sorgenfalten zeichneten sich auf seiner Stirn ab.

Er hatte sich selbst in die Sackgasse manövriert. Mit der Tatsache, dass er Phoebe liebte, konnte er vielleicht leben. Eventuell würde er es auch schaffen, ihr die Wahrheit über sich zu erzählen.

Aber dass er einen Hass-Dämon auf die Schwestern angesetzt hatte, mit dem Ziel, sie zu vernichten, würde Phoebe wohl nie verzeihen.

Es war hart für Prue. Sie war es nicht gewohnt, sich für ein Versäumnis entschuldigen zu müssen – schließlich war sie die disziplinierteste der drei *Zauberhaften*. Aber nun hatte sie den Chefredakteur wegen des Foto-Shootings am Apparat – und der war sauer. »Es tut mir Leid, dass ich es noch nicht geschafft habe. Nein, ich habe es nicht vergessen.«

Piper kam in die Küche mit einem Tablett voll unangetasteter Pastetchen. Sie sah wütend aus.

Prue seufzte.

»Hören Sie, ich habe mein Auto verliehen und anscheinend wurde es danach nicht wieder voll getankt.«

Piper hörte Prues Entschuldigung und ließ das Tablett mit einem lauten Knall auf den Küchentisch fallen.

»Geht das auch leiser?«, zischte Prue. »Nein, nicht Sie. Geben Sie mir noch eine Chance?« Sie hielt eine Hand über das Mundstück des Telefons. »Wo ist Phoebe?«

»Die kleine Hexe ist noch nicht ins Knusperhäuschen zurückgekehrt«, antwortete Piper schnippisch.

Prue wandte sich wieder dem Telefonat zu. »Was? Nein, morgen um 15.00 Uhr im *P3* ist kein Problem. Ich werde dann ...«

In diesem Moment trat Piper hinzu und drehte Prue kurzerhand den Hörer aus der Hand. »Wissen Sie was?«, fragte sie spöttisch in das Mobilteil. »Es ist doch ein Problem« und unterbach die Verbindung.

Prue sah ihre Schwester entgeistert an. Unter normalen Umständen hätte sie sich vielleicht Sorgen gemacht – Piper war nie aufbrausend oder bösartig. Aber Prue hatte gerade dank ihrer Schwester einen wichtigen

Auftrag verloren, und jetzt kochte es in ihr. »Hast du irgendeine Vorstellung davon, wer das gerade war?«

»Interessiert mich nicht«, teilte ihr Piper lässig mit.

»Was zum Teufel ist dein Problem?«, sagte Prue und versuchte mühsam, ihre Wut zu unterdrücken.

»Du bist mein Problem«, gab Piper zurück. »Wenn du einen Club brauchst, besorg dir einen eigenen. Das *P3* gehört mir!«

Prue hob abwehrend die Hände. Das war jetzt ein wenig zu viel. »Sieht aus, als ob hier jemand dringend ein Glas Milch mit Honig braucht.«

Aber Piper kam gerade erst in Fahrt. »Und räum endlich mal deine Sachen hier weg! Ich habe mir an dem Stativ fast das Genick gebrochen. Ich schmeiße sonst den Kram selber raus!«

Mit diesen Worten griff sie sich ein teures Objektiv, das auf dem Hackbrett neben der Spüle lag, und warf es auf den Kachelboden, wo es in diverse Einzelteile zersprang.

Prue holte tief Luft. Einerseits war Pipers Verhalten Grund genug, einen richtigen Streit vom Zaun zu brechen. Andererseits hatte ihre Schwester anscheinend ein ernsthaftes Problem, sonst würde sie sich nicht so aufführen.

Prue entschied sich, die Sache vernünftig anzugehen. Aber Andras, der genau auf diesen Moment gewartet hatte, schleuderte jetzt einen seiner Hass-Bälle vom Garten aus in das Halliwell-Haus. Die leuchtende Kugel durchdrang die Mauern und fand zielsicher, aber unbemerkt den Weg in Prues Körper.

Mit einem Mal war Prues Vernunft wie weggeblasen.

Sie hatte die Nase voll von Pipers Zicken! Und das Objektiv war verdammt teuer gewesen. Sie war sauer, sauer, sauer!

Prue sah sich hektisch um. Ihr Blick fiel auf den teuren Profi-Mixer, den Piper seinerzeit noch aus dem Bestand des *quake* übernommen hatte. Sie wuchtete das schwere Teil über ihren Kopf. »Für wen zum Teufel hältst du dich eigentlich?«, schrie sie hysterisch und ließ den Mixer krachend auf dem Boden aufschlagen.

Piper begann vor Aufregung zu hyperventilieren.

Das war's.

Das bedeutete Krieg!

Phoebe und Cole hatten keine Ahnung, was sich im Halliwell-Haus abspielte, als sie vorfuhren. Sie hatten die Heimfahrt vom *Brazil's* sehr genossen.

»Es war ein wundervoller Abend«, sagte Phoebe, auch wenn sie nicht verheimlichen konnte, dass sie das Beziehungsgespräch vermisst hatte.

»Hoffentlich war es besser als die Eigentümerversammlung«, witzelte Cole.

»Ein bisschen.« Dann platzte es aus Phoebe heraus: »Du bist verheiratet.«

»Was?«, antwortete Cole verdattert.

»Das ist das große Geheimnis«, fuhr Phoebe fort. »Du bist verheiratet, hast drei Kinder, zwei Hunde und eine wirklich süße Katze. Und jetzt kommst du in die Midlife-Crisis, stimmt's?«

Cole nickte ernst. »Du hast es erfasst.«

Phoebe atmete tief durch. »Mir entgeht eben nichts.« Erst Coles Lächeln beruhigte sie wieder. Er hatte nur einen Scherz gemacht.

»Neulich nachts ...«, setzte sie an. »Tut es dir Leid, dass wir ...?«

»Überhaupt nicht«, fiel Cole ihr ins Wort. Und das war die Wahrheit. »Tut es dir Leid?«

»Das kommt darauf an, was jetzt geschieht«, antwortete Phoebe.

Cole sah ihr tief in die Augen. »Zu schade, dass du nicht in die Zukunft sehen kannst.«

Phoebe zwinkerte. »Sagt wer?«

Sie küsste ihn leidenschaftlich. Cole gab sich seiner Liebe ganz hin, doch als er kurz die Augen öffnete, sah er Andras am Straßenrand stehen!

Der Dämon beobachtete das Liebespaar mit sichtlichem Abscheu.

Cole beendete den langen Kuss.

»Bist du sicher, dass du nicht mit hineinkommen willst?«, bettelte Phoebe.

Cole, der sich beobachtet wusste, hielt sich zurück. »Ich muss mich wieder um den Fall kümmern, von dem ich dir erzählt habe.«

Sie nickte und küsste ihn erneut, um ihm wenigstens den Abschied so schwer wie möglich zu machen. Was ihr auch gelang.

Dann drehte sie sich zur Wagentür. Es fiel ihr nicht leicht. Sie war von dem Ausgang des Abends enttäuscht.

»Phoebe«, begann Cole.

»Ja?« Sie drehte sich hoffnungsvoll um.

»Gute Nacht«, sagte er sichtlich um Fassung bemüht.

»Nacht«, gab sie ebenso traurig zurück.

Er lächelte ihr noch einmal zu. Dann wandte sie sich wieder dem Haus zu und ging die steinernen Stufen hinauf.

Cole fuhr davon.

Er wollte nicht wissen, was jetzt kam.

»Klar können wir das *P3* für ein Foto-Shooting nutzen. Kein Problem«, keifte Piper, die jetzt mächtig in Fahrt war. »Und wer fragt die Besitzerin?«

Prue machte eine ablehnende Handbewegung und versuchte, sich aus dem Staub zu machen. Doch Piper lief ihr nach. Die beiden streitenden Schwestern stampften hintereinander durch das Wohnzimmer, als Phoebe in den Raum trat.

»Oh, du arme, arme Piper«, höhnte Prue. »Weißt du was? Diese Märtyrer-Nummer wird langsam wirklich langweilig.«

Phoebe spürte sofort die dicke Luft. Das war nicht gut. Schließlich wollte sie sich ja noch bei Prue wegen dem Wagen und bei Piper wegen der Versammlung entschuldigen. Kein guter Zeitpunkt, wie es schien.

»Hi, ihr beiden, was ist denn los?«, fragte sie so unschuldig wie möglich.

»Klappe!«, riefen ihre beiden älteren Schwestern synchron – und noch dazu sehr laut.

Entgeistert trat Phoebe einen Schritt zurück. Was war denn hier los?

»Tut mir Leid, dass ich dich nicht wegen des Clubs gefragt habe«, sagte Prue in einem beißenden Tonfall, »aber ich war zu beschäftigt damit, mir als Einzige von uns Gedanken über die *Triade* zu machen!«

»Aber klar«, konterte Piper. »Prue, die Mächtige, ohne die wir alle schon längst tot wären! Nun komm aber mal wieder auf den Teppich!«

Phoebe hob autoritär die Hände. »Moment mal, Mädels. Was ist denn in euch gefahren?«

»Und du«, schwenkte Prue herum, »schuldest mir Geld für den Abschleppdienst und das Benzin.«

Phoebe versuchte, die Fassung zu behalten.

»Blitzmeldung!«, zischte Piper. »Die Welt dreht sich nicht nur um dich, Phoebe.«

»Und weil du lieber die Nacht mit deinem Staatsanwalt verbringst, müssen wir den ganzen Ärger ausbaden!«, sprang Prue Piper bei.

Andras stand im Vorgarten der Halliwells und grinste. Es lief genau, wie Cole geplant hatte. Die Aggressionen von Piper und Prue auf Phoebe waren leicht in rasende Wut zu verwandeln. Jetzt fehlte nur noch der Tropfen, der das Fass zum Überlaufen brachte. Er konzentrierte sich, und Sekundenbruchteile später schlug eine seiner Hass-Energien in Phoebe ein.

Jetzt hatte er sie alle in der Hand!

»Was geht es dich an?«, giftete Phoebe jetzt, obwohl sie gerade noch versucht hatte zu vermitteln. »Zu viel Arbeit und zu wenig Vergnügen? Wenn du nicht so langweilig wärst, könntest du es ja auch mal mit ein bisschen Spaß versuchen!«

Jetzt holte Prue aus. »Klar, das musst du gerade sagen. Die Schwestern abzocken, noch zur Schule gehen und kein eigenes Geld verdienen – tolle Leistung!«

»Großmutter meinte immer, dass aus dir nichts werden würde«, warf Piper fast beiläufig ein. Sie wusste, das saß.

»Ich bin es so leid, den Rest meines Lebens an euch beide gebunden zu sein«, schäumte Prue.

»Okay, das war's. Ich gehe«, verkündete Phoebe.

»Klar tust du das«, ätzte Piper. »Wie immer, wenn es Stress gibt, und du nicht daraus deinen Vorteil ziehen kannst.«

»Was hält mich denn hier noch?«, schoss Phoebe zurück.

Prue goss Öl ins Feuer. »Ganz der Vater. Wenn es eng wird, einfach abhauen.«

Das eröffnete die nächste Runde. Für Phoebe gab es jetzt kein Halten mehr. »Das liegt daran, dass wir beide es einfach nicht mehr ertragen konnten, mit euch beiden unter einem Dach zu leben!«

»Dafür bin ich wenigstens nicht so dumm, dass ich die Schule gleich zweimal durchlaufen musste«. Auch Piper kannte kein Mitleid mehr.

Das ließ Phoebe nicht gelten. »Wenigstens hatte ich den Mut, es mal in der wirklichen Welt zu probieren – ganz im Gegensatz zu dir. Was ist los, Piper? Angst vor der Realität? Ich habe die Nase voll. Ständig tut ihr euch zusammen, um mich runter zu machen!«

»Und ich bin es leid, euch ständig das Leben retten zu müssen«, polterte Prue in ganz untypisch direkter Art.

»Wo wir dabei sind – ich bin es leid, ständig übergangen zu werden. Und das sind *meine* Ohrringe!« Mit einem Ruck riss Piper ihrer Schwester das silberne Schmuckstück direkt aus dem Ohrloch.

»Autsch!«, schrie Phoebe und hielt sich das blutende Ohr. »Du Miststück!«

Sie setzte zu einem Fußtritt an, aber Piper duckte sich schnell weg. Phoebe kam ein wenig ins Taumeln. Piper nutzte das aus und stieß ihre Schwester gegen Prue.

Da Prue kein Interesse hatte, den Streit aufzuhalten, schubste sie Phoebe von sich. Als Phoebe sich wieder aufrichtete, nachdem sie auf einen der Biedermeier-Sessel gefallen war, hatte sie eine von Prues Kameras in der Hand. Mit aller Kraft warf sie das Gerät nach ihrer Schwester.

Prue machte eine lässige Handbewegung, und die Kamera blieb einen Meter vor ihr in der Luft stehen. Es brauchte nur einen Gedanken, und die Kamera schoss in die entgegengesetzte Richtung zurück.

Phoebe sprang mit aller Kraft hoch und machte in der Luft eine Grätsche, sodass die Kamera zwischen ihren Beinen hindurchflog – exakt auf Piper zu!

Gerade noch rechtzeitig konnte Piper die Zeit anhalten, um sich zur Seite zu drehen. Dann krachte die Kamera gegen ein altes Familienfoto an der Wand, das scheppernd zu Boden fiel.

Die drei *Zauberhaften* standen sich jetzt regungslos, wie Kämpferinnen in einer Arena, gegenüber. Sie atmeten schwer.

Die erste Runde im Schwesternkrieg war unentschieden ausgegangen.

Unbemerkt von den Halliwells geschah auf dem Dachboden des Hauses etwas Ungewöhnliches. Während sich die Schwestern im Erdgeschoss bekämpften, begann das *Buch der Schatten*, die Quelle und Inspiration der *Zauberhaften*, leicht zu vibrieren. Es schien, als läge es in Krämpfen. Immer stärker warf es sich hin und her und schien beinahe von seinem Podest zu fallen.

Als Prue, Piper und Phoebe ihren Zank unterbrachen, überzog ein graues Leuchten den alten Band. Ein Knistern erfüllte die Luft, und ganz langsam bewegte sich das Zeichen für die *Macht der drei*. Die drei Halbkreise auf dem Einband lösten sich voneinander und durchbrachen den Kreis, der sie zusammengehalten hatte. Die Linien verschoben sich so lange, bis am Ende die drei Zeichen alleine standen.

Allein, uneins und verwundbar.

5

»*I*CH MACH DAS SCHON.« Piper bückte sich, um Prue zu helfen, die Scherben ihrer Kamera mit dem Handbesen aufzufegen.

»Danke«, murmelte Prue.

Es herrschte eine gespannte und auch peinliche Stille im Halliwell-Haus. Nachdem der erste Zorn verflogen war, konnten die drei Schwestern kaum fassen, dass sie sich körperlich angegriffen hatten. Es brodelte zwar immer noch in ihnen, aber so etwas durfte einfach nicht passieren!

Ein leichtes Klingeln und ein blauer Funkenregen kündigten die Rückkehr von Pipers Verlobtem Leo an, der sich eine Sekunde später im Wohnzimmer materialisierte.

»Was ist los?«, fragte Piper, die sich über das unerwartete Auftauchen ihres Freundes wunderte.

»Das würde ich gerne von euch wissen«, sagte Leo.

Piper seufzte. Er wusste es. »Na ja, wir hatten einen kleinen . . .«

»Zank«, vollendete Prue den Satz.

»Es muss wohl ein bisschen mehr gewesen sein, denn sie haben bis oben die Spannungen gespürt«, sagte Leo.

»Was meinst du damit?«, fragte Piper.

»Was auch immer hier los war, es hat die *Bande der Zauberhaften* und damit die *Kraft der drei* zerstört«, erklärte Leo.

»Das ist unmöglich«, widersprach Prue.

Leo nahm eine Glasschüssel von der Anrichte. »Dann halte doch mal kurz die Zeit an.«

Er ließ die Schüssel fallen. Instinktiv machte Piper die oft studierte Handbewegung, mit der sie ihre Kräfte gewöhnlich unterstrich – aber nichts geschah! Die Schüssel zersprang in tausend Scherben.

Piper fasste sich an den Kopf. Das war ein Schock. Wie war das nur möglich?

Prue machte einen Schritt auf den Scherbenhaufen zu und versuchte, ihn mit Gedankenkraft wieder zusammenzusetzen. Wieder ohne Erfolg.

»Was ist mit unseren Kräften passiert?«, wollte Prue von Leo wissen.

»Das wüsste ich auch gerne. Aber euer kleiner *Zank* scheint mir ein guter Ausgangspunkt für die Beantwortung dieser Frage zu sein«, schlug Leo vor.

Piper wand sich. »Na ja, klein ist untertrieben. Es war schon ein handfester Krach.«

»Wie handfest?«, hakte Leo nach.

»Erinnerst du dich an Pearl Harbor?«, versuchte Prue zu scherzen und machte dabei die Handbewegung einer explodierenden Bombe.

Leo schüttelte verständnislos den Kopf. »Wodurch wurde der Streit ausgelöst?«

Damit war sowohl Piper als auch Prue überfordert. »Na ja«, fing Piper an, »es waren Kleinigkeiten. Ich wollte das blöde Meeting nicht abhalten ...«

»Und mein Auto hatte kein Benzin mehr, und ich konnte deshalb einen Termin nicht mehr wahrnehmen«, fiel Prue ein.

»Das ist alles?«, fragte Leo entgeistert.

»Stimmt eigentlich«, gab Prue zu. »Wir waren wütend, aber so wütend nun auch wieder nicht. Es schien, als wäre etwas ...«

»... oder jemand über uns gekommen«, vollendete Piper den Satz.

»Jemand wie Balthasar«, brachte Prue den Gedanken zu Ende.

Leo schüttelte den Kopf. »Das passt nicht ins Bild. Was immer Balthasar auch versucht – er kann euch eure Kräfte nicht nehmen. Also zurück zu dem Streit. Ihr habt euch angeschrien und euch mit Gegenständen beworfen?«

Piper wurde es langsam richtig peinlich. »Na ja, und noch etwas anderes.«

»Etwas anderes?«

»Wir haben unsere Kräfte benutzt«, gab Prue zu.

Leo taumelte, als würde er ohnmächtig werden. »Ihr habt eure Kräfte *gegeneinander* benutzt? Dann ist ja alles klar. Eure Kräfte hängen direkt mit dem *Band der Schwesternschaft* zusammen. Die Angriffe gegen euch selbst haben dieses Band zerschnitten.« Er fuhr sich nervös mit der Hand durch die Haare. »Okay, ihr müsst eure Beziehung so schnell wie möglich wieder in den Griff bekommen, denn sonst seid ihr verwundbar. Ihr müsst sofort Phoebe ...«

»Phoebe ist weg«, sagte Prue schuldbewusst.

»Weg? Weg wohin?«, fragte Leo gereizt.

Das war nicht gut.

Gar nicht gut.

Balthasar stand vor dem Schrein, den er im Innern eines kleinen Schranks in seinem Apartment eingerichtet hatte. Er genoss es, wieder seine Dämonengestalt zu haben. Diese vielen menschlichen Gefühle verwirrten ihn, als Balthasar fühlte er sich wohler.

Er hielt den Dolch hoch, den ihm die *Triade* geschickt hatte. Den Dolch, der das Ende der *Zauberhaften* besiegeln sollte.

Balthasars rot-schwarze Fratze verzog sich, als er heiser ein paar teuflische Beschwörungen murmelte. Er brauchte mehr Kraft. Auch wenn die *Zauberhaften* durch den Fluch von Andras geschwächt waren, durfte man sie nicht unterschätzen. Diesen Fehler hatten schon viele Dämonen gemacht – und einen hohen Preis bezahlt.

Balthasar setzte zu einem neuen Gesang an, als ein heißer Schmerz seinen Körper durchfuhr. Wie war das möglich?

Er trat einen Schritt von seinem Schrein zurück. Wollten die dunklen Mächte ihm die Kraft verweigern?

Der hünenhafte Dämon dachte nach. Er hatte die üblichen Gesänge und Beschwörungen verwendet. Die Bitte um Stärke, die Zauberkraft, die Eliminierung all dessen, was gut ist ... das musste es sein!

Balthasar war froh, dass ihn in diesem Moment niemand sehen konnte. Der Zauber war nach hinten losgegangen. Die Kraft, die das Gute ausmerzen sollte, hatte ihn selbst getroffen. In seinem Dämonenkörper hatte sich also schon das Gute ausgebreitet!

Balthasar hob den Dolch vor seine Augen. Das durfte nicht sein, er musste die *Zauberhaften* töten, wenn er ...

Es klopfte.

Gerade jetzt!

Andras? Nein, der wäre einfach in dem Apartment aufgetaucht. Der Hauswirt? Nein, Balthasar hatte sich schließlich dieses Haus deshalb ausgesucht, weil man hier in Ruhe gelassen wurde.

Es war doch nicht etwa ... ?

»Cole?«, hörte er Phoebes leise Stimme durch die Wohnungstür.

Auch das noch!

Balthasar sah sich unsicher um. Vielleicht hatte Phoebe ihn von draußen gehört.

Wenigstens hatte er auf Schwefel-Räucherstäbchen verzichtet, den Gestank hätte er nicht rechtzeitig aus dem Zimmer bekommen.

Was jetzt? Balthasar sah auf den Dolch in seiner Hand. Eigentlich war die Gelegenheit günstig, um den Auftrag zumindest teilweise auszuführen. Er müsste nur öffnen, Phoebe in sein Bett lassen – und zustechen.

Je mehr Balthasar darüber nachdachte, desto klarer wurde ihm, dass er keine Wahl hatte. Er musste es tun – und zwar jetzt! Er legte den Dolch in den Schrein, schob die Tür zu und riss sich zusammen.

Leise ging der Dämon auf die Wohnungstür zu.

»Cole?«, hörte er wieder.

Cole! Er konnte den Namen nicht ausstehen. Menschen hatten wirklich lächerliche Namen.

Er legte die Hand auf den Türknauf. Fast meinte er, spüren zu können, wie Phoebe angesichts des leisen Geräuschs den Atem anhielt.

Er hatte die Tür schon einen Spalt offen, als ihm einfiel, dass Phoebe kaum erwartete, einem scheußlichen

Dämon gegenüberzustehen. Praktischerweise dauerte die Verwandlung nur einen Moment und als Phoebe ihn sah, war er wieder der gut aussehende Staatsanwalt.

»Phoebe«, sagte er und gab sich überrascht. »Was machst du hier?«

»Ich weiß nicht so recht.« Phoebe sah wirklich unglücklich aus. »Ich bin die ganze Zeit herumgelaufen. Ich weiß, es ist spät, aber kann ich reinkommen?«

Für den Bruchteil einer Sekunde hatte Cole gehofft, Phoebe würde nicht fragen. Dann wäre ihm das erspart geblieben.

»Klar, komm rein«, sagte er stattdessen.

Sie trat in sein Apartment, und er schloss die Tür.

Kaum war die Tür zu, brach Phoebe hemmungslos in Tränen aus. Er nahm sie vorsichtig in den Arm. »Ist schon okay. Ich bin froh, dass du hier bist. Was ist denn passiert?«

Phoebe schniefte lautstark. »Nachdem du mich zu Hause abgesetzt hast, haben meine Schwestern und ich ... wir hatten einen furchtbaren Krach.«

Cole strich ihr über das Haar. Sein Blick fiel auf den Schrank mit dem Schrein – er war nicht ganz geschlossen! Durch den Spalt konnte man das rote Leuchten der bösen Energie sehen, die von dem schwarzen Altar ausging. Cole schluckte und drehte Phoebe vorsichtig um, sodass sie den Schrank nicht mehr im Blickfeld hatte.

»Hier bist du sicher«, sagte er.

Das Pendel in Pipers Hand zitterte leicht über der Karte von San Francisco. Doch leider war es keine magische

Energie, die das Pendel leitete, sondern Pipers Nervosität.

Sie stand mit ihrer Schwester und Leo auf dem Dachboden, um Phoebe mit Hilfe weißer Magie ausfindig zu machen. Doch es lief nicht gut.

»Nichts. Ich kann sie einfach nicht finden«, seufzte Piper. »Selbst unsere simpelsten Kräfte sind weg.«

»Das kann doch nicht wahr sein«, sagte Prue frustriert.

Piper legte das Pendel weg. »Ich verstehe nicht, wie Balthasar uns so wütend gemacht hat. Das dürfte doch gar nicht in seiner Macht liegen.«

Leo sah vom *Buch der Schatten* auf, das er währenddessen durchgeblättert hatte. »Balthasar nicht, aber der hier könnte es gewesen sein.«

Prue und Piper kamen zu ihm und blickten auf den Eintrag, den er ihnen hinhielt.

»Andras, der Geist der Wut«, las Piper. »Nutzt die Wut seiner Opfer, um Gewalttätigkeiten zu provozieren.«

Prue blieb skeptisch. »Das erklärt aber noch nicht alles. Andras kann Wut in Raserei verwandeln, aber er kann die Wut nicht einfach aus der Luft zaubern.«

»Wir haben ihm in die Hände gespielt«, stellte Piper fest.

»Und er hat das perfekt ausgenutzt«, fügte Leo hinzu.

Sie klappten das *Buch der Schatten* zu und sahen traurig auf das auseinander gerissene Symbol.

Phoebe schien sich langsam wieder zu fangen. Sie war jetzt in der Lage, Cole den Hergang des Abends zu schildern, ohne wieder in Tränen auszubrechen. »Ich war so wütend und habe schlimme Dinge zu meinen Schwestern gesagt. Aber ich habe es nicht so gemeint.«

Cole nahm sie wieder in den Arm. Er blickte zu dem Schrein im Schrank, während sein Unterhemd unter Phoebes Tränen lansgam nass zu werden begann.

»Tut mir Leid«, sagte sie und blinzelte ihn aus aufgequollenen Augen an.

»Das ist schon okay«, antwortete Cole. »Ich hole dir schnell ein Taschentuch.«

Er drückte sie sanft auf die Couch und ging dann zum Schrank. Er achtete darauf, ihn nur wenig zu öffnen, damit Phoebe nicht hineinsehen konnte.

»Ich weiß gar nicht, warum ich all diese Dinge gesagt habe«, erzählte Phoebe weiter, während Cole vorsichtig den Zeremoniendolch aus dem Schrank holte. »Klar, es gab ein paar Unstimmigkeiten, aber die gibt es doch immer. Vielleicht ist heute nur das hoch gekommen, was wir all die Jahre einfach heruntergeschluckt haben.«

»Ist so etwas vorher noch nie passiert?«, wollte Cole wissen, während er leise die Tür zum Schrank schloss und den Dolch hinter dem Rücken in seinen Gürtel steckte.

»So schlimm noch nie«, sagte Phoebe. »Als wir klein waren, haben wir uns oft gestritten. Seit wir zusammengezogen sind, ist es aber viel besser geworden. Wir haben ja auch eine Menge zusammen durchgemacht.«

Cole setzte sich neben sie auf die Couch und sah in ihre Augen, während sie fortfuhr. »Danke, dass du mir zuhörst. Danke, dass du da bist.«

Er streichelte sanft ihr Gesicht und sie beugte sich nach vorne, um ihn zu küssen. Vielleicht war es die

Dankbarkeit, vielleicht auch die Verletzlichkeit, aber der Kuss fiel wesentlich heißer aus, als Cole es erwartet hatte. Doch das war ihm nur recht, denn seine Freundin sollte abgelenkt sein, damit er unbemerkt den Dolch hervorziehen konnte.

Phoebe wurde leidenschaftlicher. Ihre Hand strich über seine Brust und glitt langsam nach unten.

»Ich kann nicht«, keuchte Cole plötzlich leise.

Phoebe hielt inne. Sie konnte nicht sehen, wie Cole den Dolch in den Kissen des Sofas versteckte. Sie missverstand die Situation.

»Was? Wieso nicht?«, fragte sie verwundert.

Cole atmete tief durch. In seinem Kopf drehte sich alles. »Du bist momentan zu verletzlich. Ich . . . wir sollten das nicht tun. Du musst nach Hause. Finde heraus, was mit deinen Schwestern los ist.«

Phoebe war zwar überrascht, aber Coles Sorgen gefielen ihr. »Du hast Recht.«

Sie stand auf, sammelte sich einen Moment und machte sich dann auf den Weg zur Tür. Cole begleitete sie.

»Danke«, sagte Phoebe leise und unterstrich ihre Dankbarkeit mit einem weiteren Kuss. Dann war sie weg.

Cole lehnte sich an die geschlossene Tür.

Verdammt! Verdammt, verdammt, verdammt!

Er konnte es nicht. Er liebte diese Frau. Und wenn es für ihn die ewigen Qualen im Feuer der Hölle bedeutete – er konnte ihr nichts antun.

Er liebte sie. Er liebte Phoebe. Zum ersten Mal gestand er es sich selber ein.

»Es stimmt also, was man sich erzählt«, ertönte plötzlich eine Stimme aus der Ecke des Apartments. »Du bist in eine Hexe verliebt.«

Es war Andras, der unbemerkt aufgetaucht war! Er grinste ölig.

»Was machst du hier?«, herrschte Cole ihn an. »Raus hier!«

»Der große Balthasar«, lästerte Andras gehässig. »Wer hätte das gedacht? Ich kann es kaum erwarten, der *Triade* davon zu berichten!«

Cole schlenderte die drei Schritte zur Couch und zog den Zeremoniendolch hervor. »Ich werde dich töten, bevor du die Gelegenheit dazu hast.«

Andras war nicht beeindruckt. »Dann bist du also wirklich ein Verräter.«

Cole verwandelte sich in sein dämonisches Double.

»Bist wohl ganz schön fertig, was?«, höhnte Andras. Er wusste, wie er Balthasar reizen konnte. »Gut, denn es gibt etwas, das du nicht weißt – ich kann von meinen Opfern auch Besitz ergreifen!«

Mit einer fast beiläufigen Drehung löste sich Andras auf und fuhr als schwarzer Schatten in Balthasars Körper.

Einen Moment lang stand Balthasar verwirrt da. Dann rollte er den Kopf, als wolle er seine Nackenmuskeln entspannen. Er ging zur Kommode und sah in den Spiegel. Dann sprach er mit Andras' Stimme. »Nun wollen wir die Sache mal zu Ende bringen.«

Doch irgendwo, tief im Körper von Balthasar gefangen, schrie Cole so laut er konnte.

6

PRUE WURDE LANGSAM NERVÖS. »Wenn Sie von ihr hören, dann sagen Sie uns bitte Bescheid«, sprach sie in das schnurlose Telefon. »Es ist ein Notfall. Danke.«

Sie unterbrach die Verbindung. Dann drehte sie sich zu Piper um. »Sie ist weder im Club noch bei einem ihrer Bekannten.«

»Hast du es bei Cole versucht?«, wollte Piper wissen.

»Da geht keiner ran.«

Piper rieb sich die Augen. »Wenn ihr etwas passiert ist, werde ich mir das nie verzeihen.«

Leo, der immer noch auf der Suche nach einer Antwort im *Buch der Schatten* blätterte, schaute seine Verlobte an: »Es wird schon nichts passiert sein.«

Piper hielt dagegen. »Leo, meiner Großmutter ist etwas zugestoßen, meiner Mutter ist etwas zugestoßen – das hat Tradition in unserer Familie.«

In diesem Moment ging die Haustür und alle Blicke richteten sich auf den Flur. Und tatsächlich, es war Phoebe! Blass und verheult, aber ganz eindeutig Phoebe.

»Phoebe, Gott sei Dank!«, rief Prue.

Piper ging auf ihre Schwester zu und nahm sie in den Arm. »Geht es dir gut?«, fragte sie erleichtert.

»Geht schon wieder«, antwortete Phoebe leise.

»Wo warst du?«, wollte Prue wissen.

»Ich war bei Cole. Nach einem langen Gespräch und

vielen Tränen hat er mich überzeugt, nach Hause zu gehen und die Angelegenheit mit euch zu klären.«

Prue platzte heraus. »Es war Balthasar.«

Phoebe konnte es nicht glauben. »Was?«

Piper lieferte die Erklärung. »Kurz gefasst: Er hat die Macht eines Unterdämons genutzt, um uns gegeneinander aufzubringen. Dadurch haben wir unsere Kräfte verloren – keine *Macht der drei*, keine Hexerei.«

»Wir haben keine Kräfte mehr?« Phoebe war das noch gar nicht aufgefallen, denn sie hatte sowieso keine Kontrolle über ihre Visionen. »Aber das heißt ja, dass . . .«

»... dass Balthasar mit Sicherheit versuchen wird, uns zu töten. Als du nicht nach Hause kamst, dachten wir schon, es wäre etwas passiert.«

Phoebe schüttelte den Kopf. »Nein, bei Cole war ich sicher. Was machen wir denn jetzt? Einen Zaubertrank?«

Leo schaltete sich in das Gespräch ein. »Ihr müsst euer schwesterliches Band wieder herstellen. Ich lasse euch dafür besser mal in Ruhe.«

Er legte das *Buch der Schatten* auf den Tisch und verließ das Wohnzimmer.

Die drei jungen Frauen sahen sich an. Die bösen Worte, die gewechselt worden waren, schmerzten noch immer. Keine wusste so recht, wie sie beginnen sollten.

»Ein Bannspruch wäre am besten«, stellte Prue lakonisch fest, um die Stille zu durchbrechen.

»Ganz sicher«, pflichtete Piper bei, die Phoebes gekränkten Gesichtsausdruck sah. »Phoebe, Großmutter hat nie gesagt, dass aus dir nichts wird. Ich wollte nur gemein sein. Sie war und ist sehr stolz auf dich.«

»Wir wissen doch alle, dass ich nicht gerade die zuverlässigste Person auf dem Planeten bin.«

Prue widersprach. »Phoebe, das ist doch Schnee von gestern. Du bist viel erwachsener und reifer, als wir es wahrhaben wollen.«

Phoebe senkte den Kopf. »Ist schon okay. Seit Mom tot ist, hast du dich ...«

»... dich immer um uns gekümmert«, sprang Piper ein. »Du hast eine Menge für uns aufgegeben, und manchmal sagen wir vielleicht nicht laut genug danke.«

»Ich brauche keinen Dank. Ich weiß, wie ihr fühlt. Und was Piper für uns tut, ist leider auch schon zu selbstverständlich für uns geworden.« Prue begann plötzlich zu grinsen. »Wer braucht schon Talkshows – das können wir selbst viel besser.«

Nun grinsten auch Piper und Phoebe. Das Eis war gebrochen!

»Glaubt ihr, wir haben jetzt unsere Kräfte wieder?«, wollte Phoebe wissen.

In diesem Augenblick krachte die Verandatür aus den Angeln, und Balthasar trat in den Raum.

»Oh, verdammt!«, keuchte Piper.

Der hatte ihnen gerade noch gefehlt.

Mit einem ziemlich gefährlich aussehenden Dolch kam der Dämon auf die Hexen zu. Prue machte eine Handbewegung, um Balthasar telepathisch zur Seite zu werfen – doch ohne Erfolg. »Es klappt bei mir nicht! Piper?«

Piper streckte ihre Hände nach vorn, um die Zeit anzuhalten. Aber auch das funktionierte nicht.

Phoebe wurde nervös. »Ich dachte, wir hätten unseren Streit beigelegt!«, sagte sie mit einem Blick gen Himmel.

In diesem Augenblick kam Leo ins Wohnzimmer zurück. Er hatte den Lärm gehört und sich Sorgen gemacht.

Die *Zauberhaften* mussten zusehen, wie Balthasar Leo packte und wie ein Spielzeug durch die Luft wirbelte. Der Wächter des Lichts krachte in eine Wand.

»Leo!«, rief Piper entsetzt. Sie wollte ihm zu Hilfe eilen, aber Prue hielt sie am Arm fest. »Nein, ihr bringt euch in Sicherheit. Ich bleibe hier und versuche, ihn aufzuhalten!«

Phoebe schüttelte energisch den Kopf. »Nein, das hier ziehen wir gemeinsam durch. Als Schwestern!«

Prue sah Piper an. Auch Piper nickte.

Balthasar kam immer näher.

»Seht nur!«, rief Phoebe auf einmal und deutete auf das *Buch der Schatten*, das auf dem Boden lag.

Das Hexensymbol – es bewegte sich! Langsam vereinigten sich die Halbkreise, bis sie wieder ein Ganzes waren. Der Einband leuchtete strahlend auf.

Die *Kraft der drei*, sie war zurückgekehrt!

Prue, Piper und Phoebe waren wieder die *Zauberhaften!*

Prue gelang es als Erste ihre Kraft unter Beweis zu stellen. Sie lächelte Balthasar kalt an, der ein wenig mehr Todesangst seitens seiner Opfer erwartet hatte.

»Jetzt geht's rund!« Mit einer schnellen Handbewegung riss Prue ihm den Zeremoniendolch aus der Hand!

Der Dämon reagierte völlig verwirrt. Die Schwestern hatten eigentlich etwas mehr Autorität von diesem

Super-Dämon erwartet. Doch Balthasar fing sich ziemlich schnell wieder und rannte brüllend auf die jungen
Frauen zu. Dabei formte sich in seiner rechten Hand ein
blauer Feuerball, den er auf seine Gegnerinnen abschoss.

Wieder war es Prue, die am schnellsten reagierte. Mit
Hilfe ihrer Kräfte blockte sie die Energie-Attacke auf
halbem Weg ab und schickte sie schnurstracks zurück
an den Absender.

Balthasar taumelte nach hinten, und eine dunkle
Gestalt wurde von der Wucht der Energie aus seinem
Körper herausgerissen. Es war Andras.

Die *Zauberhaften* waren jetzt völlig verblüfft. »Das
ist mal was Neues«, sagte Prue unsicher.

»Ein Dämon mit Dämonenfüllung«, bemerkte
Phoebe.

Balthasar drehte sich um und sah den Hass-Dämon,
der hilflos am Boden lag. »Niemand stellt sich mir in
den Weg«, sagte er eiskalt und hob die Hand. Mit einem
Feuerstoß tötete er ihn.

Dann nahm Balthasar seinen Dolch wieder auf. Vielleicht konnte er seinen Auftrag doch noch erfüllen.

»Mädels, nehmt eure Positionen ein«, rief Prue, als
sie sah, dass der Dämon wieder kampfbereit war.

Die *Zauberhaften* stellten sich nebeneinander auf –
Prue in die Mitte, Piper und Phoebe an den Flanken.

Balthasar ging zielstrebig auf Phoebe zu. Doch mit so
viel Gegenwehr hatte er nicht gerechnet. Der Tritt unter
das Kinn überraschte ihn. Er stolperte einen Schritt
zurück, und Phoebe versetzte ihm einen weiteren
Schlag. Balthasar drehte sich und warf seinen Dolch in
Pipers Richtung.

»Vorsicht!«, schrie Prue, doch ihre Schwester wusste bereits, was zu tun war. Es bedurfte nur einer Handbewegung und die Waffe blieb in der Luft stehen.

Leider war Balthasar nicht so einfach zu überwältigen, auch wenn die plötzliche Wiederherstellung der Hexen-Kraft ihn überrascht hatte.

Prue schloss die Augen und konzentrierte sich. So, wie sie es geübt hatte, erschien ihre Astral-Projektion hinter dem Dämon und verpasste ihm einen kräftigen Tritt.

»Piper, das Messer!«, rief Prue. Ihre Schwester verstand sofort, was gemeint war und packte den Zeremoniendolch, der immer noch in der Luft hing. Damit trat sie beherzt auf den Dämon zu, der ihnen ein paar Schritte entgegengestolpert war. Sie holte weit aus und schaffte es, Balthasar einen tiefen Schnitt zu verpassen. Ein weiterer Schnitt und ein kleines Stück Dämonenfleisch fiel zu Boden.

Balthasar brüllte auf. Normale Waffen hätten ihm nichts anhaben können, aber gegen den Zeremoniendolch konnte selbst er nichts ausrichten.

Im selben Moment schnappte er sich Pipers Arm und drehte ihn herum. Er schlug die Halliwell-Schwester so kräftig, dass sie quer durch den Raum flog.

Prue ließ ihr Astral-Abbild wieder verschwinden und konzentrierte sich ganz auf ihre telekinetischen Kräfte. Stärker als jemals zuvor stieß sie mit ihren Gedanken zu.

Balthasar hatte nicht einmal genug Zeit, um zu schreien. Die Wucht des telepathischen Schlages ließ ihn direkt durch die Verandatür in den Garten krachen, wo er mit einem dumpfen Knall außer Sichtweite aufschlug.

Phoebe und Leo, der Wächter des Lichts, kamen langsam wieder zur Besinnung.

Im Garten versuchte der verletzte Balthasar auf die Füße zu kommen. Doch sein geschundener Dämonenkörper verwandelte sich ohne sein Zutun wieder in den Staatsanwalt Cole Turner.

Cole blickte sich verwirrt um. Was zum Teufel war passiert? Er spürte seine Wunde und wie das Blut langsam das Unterhemd verfärbte. Als er Geräusche hörte, teleportierte er sich an einen anderen Ort.

Bevor Prue oder Phoebe ihn sehen konnten, war er auch schon weg.

»Er ist nicht hier«, stellte Phoebe fassungslos fest, als sie in den Garten sahen.

»Wenigstens etwas«, bemerkte Prue grimmig.

Leo half Piper auf die Beine, die sich den schmerzenden Kopf rieb. »Bist du okay?«, fragte sie ihren Verlobten.

Leo nickte. »Es hilft, wenn man sowieso schon tot ist. Hast du ihn erwischt?«

Piper blickte auf den Fleischfetzen am Boden. »Und wie. Igitt. Dämon scheibchenweise.«

»Brust oder Keule?«, fragte Prue.

»Na ja, besser er als ich«, bemerkte Leo, der sich noch gut an den Zwischenfall während des Trainings erinnerte.

»Jetzt können wir wenigstens an einem dauerhaften Bannspruch arbeiten«, sagte Phoebe erleichtert.

Prue stimmte zu. »Wir sollten uns beeilen, bevor Balthasar sich wieder erholt und die zweite Runde einläutet.«

7

*E*S WAR WIEDER VIEL LOS IM P3. Die coole neue Band
»Fastball« stand auf der Bühne und gab ihren Hit »You're
an ocean« zum Besten. Piper mochte ihren Club deshalb
so gerne, weil hier *normale* Dinge geschahen, solange
es das Tanzen, Trinken und Flirten betraf. Inmitten dieses Lärms war das der Alltag – und manchmal brauchte
das eine *Zauberhafte*.

Prue kam herein und lief direkt auf ihre Schwestern
zu, die wieder auf ihrer Stammcouch in der Ecke saßen
und dem Treiben zusahen.

»Wie ist das Foto-Shooting gelaufen?«, fragte Piper,
während Prue sich auf das Sofa fallen ließ.

»Nicht so gut, wie es hier gelaufen wäre«, bemerkte
Prue spitz, aber sie lächelte dabei. »Um unserer Beziehung willen war ich aber zum Kompromiss bereit.«

Piper hielt genauso spielerisch dagegen. »Nächstes
Mal musst du halt rechtzeitig um einen Termin bitten,
dann schaue ich mal, was ich einrichten kann.«

»Versprochen«, sagte Prue. »Wie war es beim Arzt?«

»Gut«, verkündete Piper. »Nur mein Stresswert ist
seltsamerweise sehr hoch.«

Sie sah ihre beiden Schwestern betont tadelnd an.

»Ich will dich ja nicht noch mehr stressen«, begann
Phoebe, »aber ich habe Jim Bedford getroffen. Er hat
sich mit Mrs. Clarkson wegen des Zauns geeinigt. Was
hast du denn zu den beiden gesagt?«

»Nichts«, tat Piper unschuldig. »Nur meine Meinung.«

»Vielleicht solltest du in Zukunft immer die Meetings organisieren«, schlug Prue vor.

»Auf keinen Fall!«, widersprach Piper.

Sie lachten.

»Wow, du wirst immer besser, wenn es darum geht, nein zu sagen«, meinte Phoebe anerkennend.

»Danke«, gab Piper zurück.

»Wie dem auch sei«, fuhr Phoebe fort, »ich denke, es ist gut, dass wir die ganzen Sachen mal ausgesprochen haben. Das sollten wir in Zukunft öfter machen, um weiterhin die Unschuldigen in aller Welt beschützen zu können.«

»Aber nicht immer«, widersprach Piper. »Sonst bringen wir uns irgendwann um.«

»Okay«, lenkte Phoebe ein. »Dann nur so viel, dass es uns nicht schadet und den Dämonen keinen Vorteil verschafft.«

»Da stimme ich zu«, verkündete Prue.

Phoebe sah sich um. Sie wartete mal wieder auf Cole. Sie hatte gehofft, dass er nach der letzten Nacht eigentlich ein bisschen mehr Intimität wünschte. Aber stattdessen herrschte Funkstille.

Prue bemerkte den Blick ihrer Schwester. »Hast du immer noch nichts von Cole gehört?«

»Nein«, sagte Phoebe enttäuscht. »Ich werde einfach nicht schlau aus ihm. Aber das wird schon noch werden.«

Es war eine jener Höllenszenarien, wie sie auf mittelalterlichen Gemälden dargestellt werden: dunkel, schmutzig, Schwefelgeruch in der Luft und brodelnde Quellen auf dem Boden. Nur wenige Fackeln erleuchteten den Raum.

Das war die Welt der *Triade*. Hier herrschten die Dämonen, und jeder Mensch, der in diese Dimension eintrat, war des Todes.

Die Mitglieder der *Triade* standen um ihren Beschwörungskreis herum, sangen Choräle und beschworen ihre dunkle Macht. Der Boden innerhalb des Kreises schien Nebel auszuschwitzen.

Die *Triade* war wütend und es war an der Zeit, die Ursache dieser Wut auszumerzen.

Cole materialisierte sich mit einem kurzen Lichtblitz. Er war von den in Kutten gehüllten Mitgliedern der *Triade* umgeben. In der schwarzen Hose und dem weißen Unterhemd wirkte er seltsam deplatziert.

Cole atmete schwer. Die Wunde schmerzte erheblich mehr, wenn er seine menschliche Gestalt annahm. Die *Triade* wusste das und blockierte deshalb seine Verwandlung in einen Dämon. Außerdem war er in diesem Zustand bedeutend schwächer.

»Wir haben dich gewarnt«, begann der erste Dämon zu sprechen. »Du wusstest um dein Schicksal, wenn du versagst.«

»Du hast aber mehr getan, als nur zu versagen«, dröhnte eine zweite Stimme. »Du hast uns betrogen. Du hast die *Quelle* betrogen!«

»Du hast dich auf die Seite der Hexen gestellt!«, keifte der dritte Dämon.

»Und damit eine günstige Gelegenheit verspielt, die *Zauberhaften* auszuschalten.«

In der Hand des zweiten Triaden-Mitglieds erschien

ein gleißender Feuerball – die dämonische Variante der Guillotine. »Du darfst ein letztes Mal sprechen.«

Einen Moment lang war Cole still. Er stand nur da, schwer atmend. Er schien Kraft zu sammeln. Oder hatte er schon resigniert? Schließlich raffte er sich doch auf. »Ich habe nichts zu sagen. Außer . . .«

In diesem Moment machte er eine blitzschnelle Bewegung, und ein silberner Pfeil schoss durch die Dunkelheit – der Zeremoniendolch!

Der Dämon, der gerade noch gesprochen hatte, stürzte zu Boden, als der Dolch in seinen Körper eindrang. Der Feuerball in seiner Hand erlosch.

»Verräter!«, schrie der Nächste und formte ebenfalls einen Feuerball, um Cole zu bestrafen. Doch Cole teleportierte sich sekundenschnell aus dem Weg und erschien direkt hinter dem anderen Triaden-Mitglied. Er packte hart zu, und mit einem hässlichen Knirschen brach er dem Dämon das Genick.

Der Letzte hatte kaum realisiert, wo sich Cole befand, als ihn auch schon ein blauer Blitz traf. Es war Balthasars Allzweckwaffe gegen dämonische Feinde. Und so starb auch das letzte Mitglied der *Triade*.

Cole war allein. Die *Triade* war ausgelöscht.

Er wusste nicht, was jetzt kommen würde. Die Vernichtung der *Triade* war aus reinem Selbsterhaltungstrieb passiert. Es konnte möglich sein, dass man ihm höllische Heerscharen auf den Hals hetzte. Es konnte aber auch sein, dass keiner der Satansjünger das Ende der *Triade* bemerken würde. Es gab so viele Teufel, so viele Dimensionen und so unendlich viel Zeit.

Cole sah sich unsicher um. Diese Dimension war jetzt verlassen, er konnte sie in Besitz nehmen. Aber was dann? Hier leben als Balthasar, in einer einsamen, öden Welt?

Keinesfalls! Er hatte ein neues Lebensziel. Eines, das nicht aus Zerstörung, Mord und Schmerz bestand. Ein Ziel, von dem er nicht einmal wusste, ob ein Dämon es jemals erreichen konnte.

Sein Ziel war die Liebe einer Frau.

Phoebe.

Cole hob die Hände und schrie ihren Namen in die Endlosigkeit dieser toten Welt.

Balthasar

1

PIPER HALLIWELL BLICKTE MIT EINEM Stirnrunzeln auf die frei stehende Kochstelle, die einen großen Teil der sonnendurchfluteten Küche einnahm. Normalerweise war Piper stolz darauf, ihre beachtlichen Kochkünste an diesem modernen Herd auszuprobieren. Doch heute hielt sich ihr Enthusiasmus in Grenzen. Auf der Holzplatte stapelten sich Zutaten, die sogar einem Avantgarde-Koch eine Gänsehaut über den Rücken gejagt hätten: rohe Schweinefüßchen, seltsam duftende Gewürze und Töpfe mit schimmernden Saucen, von denen Piper gar nicht wissen wollte, aus was sie gemacht worden waren.

Ihre Schwester Prue schnitt gerade etwas, das verdächtig nach getrockneten Fledermausflügeln aussah, mit einem scharfen Messer in kleine Stücke.

Wenn die Gäste im P3 wüssten, was wir hier in unserer Freizeit zusammenbrauen, dachte Piper, dann würden sie den »Donnerstags-Spezial-Eintopf« sicher nicht mehr so vollmundig loben. Andererseits ging es bei dieser Kochstunde auch nicht um kulinarische Gaumenfreuden, sondern um einen Abwehr-Zauber für ihren Erzfeind Balthasar.

Allein der Gedanke an dieses Höllenmonster erfüllte Piper mit einer Woge des Abscheus. Seit Monaten machte dieser skrupellose Dämon den drei Schwestern das Leben schwer. Irgendwann musste damit Schluss sein. Und dieser Abwehrzauber würde den Halliwell-Hexen – wenn er funktionierte – eine kleine Verschnaufpause verschaffen, in der sie sich weitere Schritte überlegen konnten. Aber Piper machte sich nichts vor, denn im Grunde ging es um die Frage, wer wen zuerst tötete. Bislang hatten sie seinen magischen Attacken trotzen können, aber irgendwann würde Balthasar Erfolg haben. Doch der Gedanke, eine ihrer Schwestern zu verlieren, war so entsetzlich, dass Piper ihn sofort wieder verdrängte.

Mit spitzen Fingern nahm sie eine Alraunwurzel und ließ sie in einen Topf fallen, in dem ein rotbrauner, dickflüssiger Brei vor sich hin köchelte. Ohne Vorwarnung schoss eine Stichflamme hervor, der sie gerade noch ausweichen konnte. Das war knapp. Wenn sie mit dem Kopf etwas näher an dem Topf gewesen wäre, hätte sie ihre Augenbrauen die nächsten Wochen mit dem Schminkstift auftragen müssen.

»Okay, selbst wenn dieser Zauber funktioniert, müssen wir zuerst Balthasar finden.« Piper wischte sich die Finger an einem Tuch ab und blickte auf Prue.

Prue lächelte verschmitzt. »Tja, ich habe schon eine Idee, wie das funktionieren könnte, aber immer schön eins nach dem anderen. Die Herzmuscheln, bitte.«

Prue hielt Piper erwartungsvoll eine Hand entgegen.

Piper zog irritiert eine Augenbraue hoch. »Herzmuscheln?«

Prue hatte sich bereits wieder der Zerkleinerung von Zauberzutaten zugewandt und deutete nur mit dem Daumen über ihre Schulter auf den Küchenschrank.

»Sie stehen drüben, bei den Grillen.«

Piper machte eine verständnislose Geste. »Und was genau soll das sein?«

Prue warf ihr einen unschuldigen Blick zu. »Kleine, hüpfende Insekten, die ›Tschirp, Tschirp‹ machen.«

Piper ging zum Schrank und verdrehte die Augen. Nach den Ereignissen der letzten Tage war ihr wirklich nicht nach Scherzen zu Mute.

»Sehr witzig, Prue. Ich meinte diese Herzmuscheln, nicht die Grillen.«

»Ehrlich gesagt, weiß ich das auch nicht genau«, antwortete Prue, »aber solange sie uns dabei helfen, Balthasar zu vernichten, ist mir das auch herzlich egal.«

Piper gab Prue das kleine Einmachglas mit den getrockneten Muscheln. Mit einem ›Plopp‹ drehte Prue den Deckel auf und warf drei der Muscheln in den Topf. Keine Stichflamme diesmal, nur ein ganz leises Zischen.

Piper gab einen lang gezogenen Seufzer von sich. »Es wäre schön, wieder so leben zu können wie früher. Ohne Balthasar.«

Ohne aufzusehen, deutete Prue nun auf die Glasschüssel, die vor Piper stand.

»Schweinepfötchen.«

Pipers Gesicht verzerrte sich vor Ekel. Klar, solche rosigen Schweinshaxen konnte man in jeder Metzgerei-Auslage im Supermarkt sehen, aber inmitten der anderen magischen Zutaten sahen sie irgendwie abstoßend aus.

»Igitt!«

»Igitt?«, echote Prue erstaunt.

»Igitt!«, wiederholte Piper mit Nachdruck.

Prue blickte ihre jüngere Schwester erstaunt an. »Du kannst also einem Dämon ein Stück seines Fleisches herausschneiden, aber du ekelst dich vor ein paar Schweinshaxen?«

Piper musste unwillkürlich daran denken, wie Balthasar vor etwa einer Woche im Wohnzimmer des Anwesens aufgetaucht war, und sie ihn mit seinem eigenen Messer schwer verletzt hatte – aber leider nicht schwer genug.

»Ich bin Vegetarierin.«

»Ach ja? Seit wann?«, spottete Prue. Auch ihr war nicht wirklich zum Scherzen zu Mute, aber wozu war man die Älteste, wenn man seine Geschwister nicht aufziehen durfte?

»Seit jetzt«, erwiderte Piper trotzig und stemmte die Arme in die Hüften.

Prue griff nach einer silbernen Küchenzange und hob damit eine der Schweinshaxen aus der Glasschüssel. »Jetzt ist kaum der richtige Zeitpunkt, um zimperlich zu werden, okay? Die Rezeptur ist sehr wichtig. Wir müssen sie bis ins kleinste Detail befolgen.«

Die rosige Schweinshaxe verschwand in der brodelnden Zaubermixtur und erzeugte eine weitere Stichflamme. Die beiden Schwestern machten einen Satz zurück. Der Geruch von verbranntem Fleisch erfüllte die Luft.

Piper machte ein trauriges Gesicht. »Armes Schweinchen.«

»Jetzt sind alle Zutaten im Topf.« Prue wischte sich zufrieden die Finger ab. »Wir brauchen nur noch das Stück von Balthasars Fleisch, und wir können loslegen. Phoebe?«

Der Ruf nach ihrer jüngsten Schwester blieb ohne Antwort.

Piper strich sich eine Strähne aus der Stirn. »Irgendetwas sagt mir, dass sie nicht in der Stimmung ist, um Dämonen zu vernichten.«

»Ach, und warum nicht?«, fragte Prue.

»Sie macht sich Sorgen wegen Cole. Sie hat seit über einer Woche nichts von ihm gehört.«

»Und das ist schlecht?«, erwiderte Prue mit Unschuldsmiene.

»Prue!« Piper gab sich Mühe, ihrer Stimme einen tadelnden Tonfall zu verleihen, aber sie wusste genau, was Prue meinte. Dieser Mann, so attraktiv er auch war, trieb irgendein falsches Spiel mit ihrer jüngsten Schwester.

»Weißt du was? Ich mag ihn nicht, und ich traue ihm nicht!« Prue schien ihre Gedanken zu erraten. »Und das hat nichts damit zu tun, dass er ein schmieriger Staatsanwalt ist.«

Als Phoebe in die Küche trat, machte Piper eine versteckte Geste, um Prue zu bedeuten, den Mund zu halten. Phoebe war mit ihrem traurigen, fast abwesenden Blick wirklich ein Bild des Jammers. Allein dafür, dass er ihre kleine Schwester so unglücklich machte, hätte Piper diesen Cole am liebsten in einen Frosch verwandelt – Hexen-Codex hin oder her. Aber es machte keinen Sinn, über diesen gewissenlosen Kerl auch noch in Phoebes Anwesenheit herzuziehen.

»Wer ist schmierig?«, fragte Phoebe mit leiser Stimme.

Piper räusperte sich. »Ähm, der Zaubertrank. Auf dem Zaubertrank ist eine dicke Schmierschicht.«

»Zu viel Alraunwurzel«, bestätigte Prue.

Piper versuchte die Situation zu retten. »Okay,

warum fangen wir nicht einfach mit der Beschwörung an?«

Phoebe seufzte. »Hauptsache, wir werden Balthasar los, bevor Cole wieder zurückkommt.« Eine lange Pause. »Und er wird zurückkommen.«

Piper und Prue tauschten einen stillen, viel sagenden Blick aus.

»Okay«, sagte Piper wenig überzeugt und ging zum Küchentisch, auf dem das aufgeschlagene *Buch der Schatten* lag. Deutlich abgebildet war dort eine Zeichnung von Balthasars hässlichem, rot gezacktem Gesicht. Direkt daneben hatte das magische Buch einen Zauberspruch erscheinen lassen, der die Macht haben sollte, den Dämon zu bannen.

Prue, Piper und Phoebe nahmen sich bei den Händen und begannen, den Spruch in einem harmonischen Singsang anzustimmen:

> *»Ihr mächtigen Geister hier auf Erden,*
> *von diesem Dämon befreit wir nun werden.*
> *Geschöpfe ihr seid böse,*
> *fahrt zur Hölle unter großem Getöse.«*

Voller Erwartung blickten die drei Schwestern auf den Topf mit der Zaubermixtur. Die dickflüssige Masse zischte, begann zu Brodeln, und dann . . .

Nichts.

»Uh-oh, es funktioniert nicht«, stellte Phoebe enttäuscht fest.

Prue stieß die Luft aus und schüttelte tadelnd den Kopf. »Nein, du hast Balthasars Fleisch vergessen, Piper.«

Ihre Schwester zog eine Grimmasse. Wie peinlich. Sie hatte die wichtigste Zutat tatsächlich vergessen.

»Oh, ja«, beeilte sie sich zu sagen und ging mit schnellen Schritten zum Kühlschrank.

»Wie konnten wir nur das Fleisch von Balthasar vergessen?«

Piper nahm die Frischhaltebox aus dem Kühlschrank und ignorierte Phoebes vorwurfsvolle Frage.

»Werden wir einfach nur schlampig, oder müssen wir uns ernsthaft Sorgen machen?«

»Eine Sekunde, Ladies, okay?« Pipers Stimme hatte jetzt den Tonfall, mit dem sie sich manchmal ungeduldige Gäste im *P3* vom Leib hielt. Sie öffnete die Plastikdose und nahm das widerliche dämonische Fleischstückchen mit spitzen Fingern heraus. »Seid ihr bereit?«

Die drei blickten sich entschlossen an, und Piper ließ das Fleischstückchen in die Zaubermixtur fallen.

Die kleine Explosion traf Piper wie eine Druckwelle. Noch bevor sie den Lichtblitz überhaupt richtig wahrnehmen konnte, fühlte sie bereits, wie sie von einer unsichtbaren Hand quer durch die Küche geschleudert wurde. Ein paar Stühle dämpften den Aufprall. Trotzdem würde sie ein paar hübsche blaue Flecken davontragen.

»Piper!«, riefen Prue und Phoebe gleichzeitig und rannten zu ihr.

Piper griff nach den Händen ihrer Schwestern und ließ sich von ihnen aufhelfen.

»Bist du in Ordnung?«, fragte Prue besorgt.

Piper nickte nur mit dem Kopf und deutete in Richtung Kochplatte. Der Topf war zerborsten und die herausgespritzte Zaubermixtur schmorte auf der heißen Koch-platte fest. Der Zauber hatte leider nicht so funktioniert, wie die drei sich das vorgestellt hatten.

Piper strich sich ein paar zerzauste Strähnen aus der Stirn. »Das war die Attacke der Killer-Schweinshaxen«, sagte sie und legte die Hände auf die Schultern ihrer Schwestern. »Erinnert mich bitte daran, dass ich nächstes Mal etwas zurücktrete.«

Die drei betrachteten das Chaos, das die kleine Explosion auf dem Küchentisch angerichtet hatte. Die Zeichnung von Balthasar im *Buch der Schatten* schien die drei jungen Hexen höhnisch anzugrinsen.

2

DIE TIEFE STIMME DES PRIESTERS tönte über das offene Grab, in das gerade der Sarg abgesenkt wurde. Ergriffen lauschte die Trauergemeinde den Worten des schwarz gekleideten Mannes. Die tröstenden Zitate aus der Bibel wurden nur von einem gelegentlichen Schluchzen unterbrochen.

Vertieft in Trauer bemerkte keiner der Anwesenden, wie die Luft neben einer großen Engelsstatue plötzlich zu flimmern begann. Mit leisem Zischen erschien eine Gestalt aus dem Nichts. Es war eine Gnade für alle Anwesenden, dass niemand die furchtbare Kreatur sah, die sich dort im Schatten des Marmorengels materialisierte. Sie war über zwei Meter groß, breitschultrig und ganz in Schwarz gekleidet. Der haarlose Kopf schimmerte blutrot, durchzogen von schwarzen Zacken, die sich von der Augenpartie bis zum Hinterkopf zogen.

Der Dämon Balthasar stöhnte wütend auf, als sein Körper wieder Gestalt annahm. Das magische Teleportieren erforderte viel Kraft, doch im körperlosen Zustand spürte er wenigstens nicht die tiefe Wunde, die ihm diese kleine Hexe beigebracht hatte. Mit einem kehligen Knurren presste er die Handfläche gegen den blutenden Einstich an seiner Hüfte. Piper Halliwell hatte ihn schwerer verletzt, als sie wahrscheinlich ahnte, und die Flucht vor den Häschern der *Triade* hatte ver-

hindert, dass er sich sorgsam um die Stichwunde kümmern konnte.

Der Blutverlust und die Erschöpfung ließen Balthasar taumeln. Mit der Handfläche stützte er sich an dem
Marmorsockel des Grabsteins ab und blickte sich vorsichtig um. Der Friedhof lag im strahlenden Schein der
Morgensonne. In der Entfernung war ein Gärtner damit
beschäftigt, Unkraut zu jäten. Er sah eine Trauergemeinde, die sich nicht weit von ihm um ein offenes
Grab versammelt hatte. Doch sie waren alle zu sehr mit
ihrem eigenen Schmerz beschäftigt, um ihn zu bemerken.

Ich brauche ein Versteck, dachte Balthasar, als sein
Blick auf ein steinernes Mausoleum fiel. Sein Verfolger
musste ihm dicht auf den Fersen sein, und in seinem
geschwächten Zustand hätte er in einem offenen Kampf
keine Chance gehabt. Eiskalte Wut durchzuckte ihn. Er,
der mächtige Balthasar, musste sich vor einem niederen
Dämon auf einem Friedhof verstecken. Wie hatte es nur
so weit kommen können? Das alles war nur die Schuld
dieser drei Halliwell-Schwestern, und dafür sollten sie
büßen. Und doch, wenn er an Phoebe, die jüngste der
drei Hexen dachte, schien sich der Hass sofort aufzulösen und in ein unbekanntes Gefühl zu verwandeln.
Ein Gefühl, das ihm Angst einjagte. Ein Gefühl, das die
menschliche Seite in ihm zum Vorschein brachte.

Balthasar schüttelte den Kopf und unterdrückte den
Gedanken an Phoebe. Er brauchte seinen Hass, denn
nur darin würde er die Kraft finden, die nächsten Stunden zu überstehen. Stöhnend rannte der Dämon auf das
kleine Mausoleum zu.

Als er die halbe Distanz überwunden hatte, schimmerte die Luft hinter der Engelsstatue erneut auf. Ein etwa vierzig Jahre alter Mann mit kurzen, silbergrauen Haaren und einer lässigen Wildlederjacke materialisierte sich genau an der Stelle, an der vorhin Balthasar aus dem Nichts aufgetaucht war. Der Mann, der mit seinem runden Gesicht und den tief liegenden dunklen Augen etwas von einer Ratte an sich hatte, blickte sich mit eiskalten blauen Augen um. Auf dem Grabstein schimmerte ein dunkelroter Fleck in der Sonne. Dämonenblut. Der Mann strich mit dem Finger darüber und roch daran. Wie ein Raubtier, das seine Witterung aufnahm. Seine Beute war hier ganz in der Nähe, daran bestand kein Zweifel. Der Verfolger grinste triumphierend, als er bemerkte, wie sich am anderen Ende des Friedhofs die Tür eines Mausoleums schloss. Mit der Selbstsicherheit eines erfahrenen Jägers setzte er sich langsam in Bewegung.

Im Mausoleum drängte sich Balthasar in der dunkelsten Ecke des Gebäudes gegen einen Steinsarg. Die Kühle tat ihm gut. Der Dämon betrachtete die blutende Wunde an seiner Hüfte. Lange würde er es nicht mehr aushalten können. Seine Gedanken rasten. Er war ein gehetztes Tier, das bald durch die Hand des Jägers sterben würde.

In diesem Moment wurde die Tür des Mausoleums aufgestoßen. Eine hoch gewachsene, schlanke Gestalt zeichnete sich schemenhaft vor dem einfallenden Licht ab. Balthasar glitt zurück in die Dunkelheit. Er hatte gehofft, noch etwas mehr Zeit zu haben, um neue Kräfte sammeln zu können.

Der Jäger machte ein paar Schritte in den Raum hinein. Seine Stimme klang sanft, als er vorsichtig in die Dunkelheit trat.

»Du weißt, was ich bin, Balthasar. Du weißt, dass du mir nicht entkommen kannst. Du bist zu schwach, um dich noch zu teleportieren.«

Balthasar versuchte, seinen keuchenden Atem zu unterdrücken. Der Jäger hatte Recht. Die letzte Teleportation hatte ihn bereits zu sehr erschöpft.

»Du kannst stolz sein, Balthasar«, fuhr der Jäger fort. »Der Preis auf deinen Kopf wurde von der *Quelle* selbst ausgeschrieben.«

Balthasar biss die Zähne zusammen. Der Jäger war nur noch wenige Schritte entfernt.

»Du bist verwundet und machtlos. Denke an dein Vermächtnis, Balthasar.«

Balthasar spannte seine Muskeln an, als der Jäger jetzt fast vor ihm stand. Jeden Augenblick musste er ihn sehen und angreifen.

»Sterbe als Legende – nicht als Feigling!«

Mit einem Schrei sprang Balthasar aus seiner Deckung und hetzte zur Tür. Der Jäger hob seine Hand und schoss einen Energieblitz auf den fliehenden Dämon ab. In allerletzter Sekunde sprang Balthasar hinter einen steinernen Sarkophag und entging so dem tödlichen Energiestrahl. Überrascht von seinen eigenen Kraftreserven rollte Balthasar sich ab und wirbelte wieder auf die Füße. Noch aus der Drehung heraus schleuderte er eine Energiekugel auf den Jäger.

Sein Gegner duckte sich mühelos weg, doch sein Grinsen erlosch, als Balthasars Energieball sein eigentliches Ziel traf. Eine große Marmorsäule zerbarst unter dem Aufprall der magischen Energie und stürzte um. Die Trümmer begruben den fluchenden Jäger unter sich. Als der Mann sich wieder aufrappelte, war seine Beute bereits verschwunden.

Balthasar stürzte ins Freie und taumelte gegen einen Grabstein. Er wusste, dass sein Gegenangriff den Jäger nicht lange würde aufhalten können. Er musste fliehen – aber er war tatsächlich viel zu schwach, um auf magische Weise zu reisen. Gehetzt blickte er sich um und sah die Beerdigungsgesellschaft, deren Mitglieder langsam zu dem angrenzenden Parkplatz gingen. Das war sein Ticket für die Flucht. Doch als Dämon würde er wohl kaum eine Mitfahrgelegenheit finden. Balthasar zog scharf die Luft ein und konzentrierte sich. Seine Konturen begannen zu verschwimmen. Für Sekundenbruchteile verwandelte sich der Dämon in seine menschliche Erscheinung – dann schimmerte er wieder zurück in seine dämonische Gestalt. Selbst diese einfache Verwandlung brachte ihn an den Rand seiner Kräfte. Er biss die Zähne zusammen und versuchte es erneut. Diesmal war die Verwandlung dauerhaft.

Wo gerade noch ein stöhnender Dämon lag, rappelte sich jetzt der attraktive Staatsanwalt Cole Turner auf und torkelte auf die Trauergemeinde zu.

Mühsam setzte Cole einen Schritt vor den anderen und zog seinen eleganten Designermantel unauffällig über die blutende Wunde. Zum Glück war die Kleidung Bestandteil der magischen Verwandlung.

Cole räusperte sich und sprach so beiläufig wie möglich eine ältere Dame an, die gerade in ihren Wagen steigen wollte.

»Könnten Sie mich wohl mitnehmen?«

Die Frau musterte den bleichen jungen Mann, den die Trauerfeier offenbar ziemlich mitgenommen hatte.

»Wollen Sie auch auf die Beerdigungsfeier?«, fragte sie und bedeutete Cole einzusteigen.

»Ja, sicher, sicher«, antwortete Cole matt und stieg in den Wagen. Er war gerettet. Vorerst.

Der Jäger trat auf den kleinen Hügel vor dem Mausoleum und klopfte sich den letzten Marmorstaub von seinem Mantel. Diese Runde geht an dich, Balthasar, dachte er grimmig, aber wir sehen uns bald wieder.

3

PHOEBE RANNTE DIE STUFEN der Treppe hinunter. Wie so oft in den letzten Wochen war sie wieder einmal viel zu spät dran. Die Aufgaben als Hexe, der Kampf mit Balthasar, ihre Beziehung zu dem geheimnisvollen Cole und das College – all das wuchs ihr langsam über den Kopf. Trotzdem wollte sie nichts davon aufgeben.

Na ja, mal abgesehen von den Scharmützeln mit Balthasar, natürlich.

Im Erdgeschoss angekommen, stieß sie fast mit Prue zusammen, die gerade in den Flur trat.

»Ich komme nachher wieder«, rief Phoebe ihr kurz zu. Für Diskussionen mit ihrer älteren Schwester hatte sie jetzt wirklich keine Zeit. Das Seminar fing in einer Viertelstunde an, und danach hatte sie noch etwas anderes vor, von dem Prue nicht unbedingt wissen musste.

Aber Prue ließ sich nicht so leicht abwimmeln. »Ähm, wo willst du denn hin?«

Phoebe stopfte ein paar Bücher in ihren Rucksack. »Wonach sieht es denn aus? Ich gehe zum Unterricht.«

Prue blickte sie stumm an.

Ach, wem mache ich etwas vor, dachte Phoebe. Ihre ältere Schwester hatte diese unangenehme Eigenschaft, Heimlichkeiten sofort zu entdecken.

»Und dann gehe ich rüber zu Cole.«

Prue holte tief Luft. »Hast du nicht etwas vergessen?«, fragte sie. »Zum Beispiel Balthasar vernichten?«

»Aber ich dachte, du müsstest erst noch einen funktionierenden Spruch finden, um ihn herbeizurufen«, entgegnete Phoebe.

»Schon erledigt«, erklärte Prue. »Ich benutze einfach den, mit dem wir damals Melinda aus der Vergangenheit zurückgerufen haben. Ich habe ihn nur ein wenig umgeschrieben.«

»Wirklich? Und das funktioniert?« Zeit gewinnen, dachte Phoebe, Zeit gewinnen. Und dann nichts wie raus hier, bevor sie *die* Frage stellt.

»Na ja, Magie ruft Magie, das sollte klappen. Auch wenn es in diesem Fall schwarze Magie ist.«

Prue blickte ihre kleine Schwester ernst an. Jetzt kommt es, dachte Phoebe.

»Phoebe, warum gehst du schon wieder zu Cole? Ich meine, was erhoffst du dir davon?«

Phoebe schlug die Augen nieder. Das wusste sie selber nicht so genau. Sie liebte diesen Mann von ganzem Herzen, aber trotzdem hatte er eine Mauer aus Geheimnissen zwischen ihnen aufgebaut.

»Ich wollte in seinem Büro nach ihm fragen. Und woher weißt du eigentlich, dass ich schon bei ihm zu Hause war?«

Prue verzog die Mundwinkel zu einem ironischen Grinsen. »Tja, du hast einen Strafzettel bekommen, als du dir gestern meinen Wagen geliehen hast.«

»Uops, tut mir Leid. Ich zahle das natürlich«, sagte Phoebe etwas gereizt.

Aber Prue ließ nicht locker. »Phoebe, darum geht es nicht. Hör mal, bitte nimm es mir nicht übel, dass ich mir Sorgen mache, okay? Ich bin nicht deine Feindin.«

»Ich weiß«, erwiderte Phoebe zögernd und sah ihrer Schwester in die Augen. »Ich könnte nur etwas Unterstützung gebrauchen und etwas Verständnis.«

Prue schüttelte traurig den Kopf. »Ich kann dich nicht unterstützen, wenn ich glaube, dass du dir selbst schadest. Ich muss ehrlich zu dir sein. Wir alle müssen ehrlich zueinander sein – das ist das Versprechen, das wir uns gaben, als Balthasar uns auseinander bringen wollte.«

»Stimmt, aber es hilft mir nicht, wenn du Cole von Anfang an keine Chance gibst.«

Ein feines Lächeln umspielte Prues Mundwinkel. »Tja, andererseits konntest du meine Verehrer auch nie leiden.«

Nun musste auch Phoebe lächeln. Die beiden Schwestern nahmen sich in die Arme.

»Das stimmt allerdings«, sagte Phoebe. Prue mochte mit ihrer Bevormundung manchmal etwas nervig sein, aber sie meinte es wirklich nur gut mit ihr. Und dafür war ihr Phoebe dankbar.

»Es tut mir Leid«, lenkte Prue ein. »Das Ganze ist deine Entscheidung, nicht meine.«

In diesem Augenblick betrat Piper den Flur. In den Händen hielt sie ein paar kleine Flakons mit einer leuchtenden Flüssigkeit. »Okay,« sagte sie resolut. »Legen wir los, oder was?«

»Äh, wir schon«, sagte Prue, bevor Phoebe etwas erwidern konnte, »aber Phoebe nicht.«

Phoebe hätte ihre große Schwester am liebsten noch einmal umarmt. »Bist du sicher?«, fragte sie.

Prue deutete auf die Tür. »Klar, geh du nur zu Cole. Wir, äh, brauchen die *Macht der drei* nicht, um den Dämon zu vernichten. Nur diese Zauber-mixtur.«

Piper blickte etwas erstaunt zwischen ihren Schwestern hin und her und drückte Phoebe dann einen der Flakons in die Hand. »Tja, dann ... warum nimmst du nicht einen davon mit? Nur für alle Fälle.«

Phoebe nahm das Fläschchen entgegen und ließ es in ihren Rucksack gleiten. Sie atmete tief durch.

»Okay, aber bitte versprecht mir eins: kein Flüstern mehr, okay? Es ist schon schwer genug für mich, dass Cole Geheimnisse vor mir hat. Ich könnte es nicht ertragen, wenn ihr beide auch noch damit anfangt.«

Ohne eine Antwort abzuwarten, schulterte Phoebe ihren Rucksack und trat auf die Straße.

»Oh, Cole«, dachte sie, und ihr Herz zog sich zusammen. »Wo bist du nur?«

Cole torkelte mit schmerzverzerrtem Gesicht durch die dunkle Gasse. Er spürte, wie das Blut durch das Hemd drang. Wenn er nicht bald einen improvisierten Verband anlegte, würde er in dieser elenden, stinkenden Gegend verbluten. Cole lehnte sich gegen eine schmierige Steinmauer, schlüpfte aus seinem Kaschmirmantel und ließ ihn zu Boden fallen. Sein Gefühl hatte ihn nicht getäuscht, die Wunde war während seiner Flucht noch weiter aufgerissen. Seltsam, dachte er, dass Menschen- und Dämonenblut nicht voneinander zu unterscheiden war. Mit einer Handbewegung zog er sich das durchgeschwitzte weiße Hemd vom Oberkörper und versuchte, es auseinander zu reißen. Vergeblich zerrte er an der Naht, aber das teure Designerhemd hielt allen Anstrengungen stand. Es war sinnlos, zumal er in seiner menschlichen Gestalt nicht über seine dämonischen Kräfte verfügte.

Cole lehnte sich zurück und entspannte sich. Fast von selbst glitt er in seine dämonische Gestalt zurück. Knurrend riss er nun das Hemd mit Leichtigkeit in Streifen und wickelte es um die klaffende Wunde.

Ein klapperndes Geräusch ließ ihn aufschrecken. Irgendjemand näherte sich aus einer Seitengasse. War es der Jäger? Balthasar konnte kein Risiko eingehen. Den improvisierten Verband an seine Seite pressend, verschwand er in den Schatten.

Ein Obdachloser, kaum älter als zwanzig, bog im selben Moment um die Ecke. Einen Augenblick lang erstarrte der junge Mann, weil er glaubte, einen gewaltigen rot-schwarzen Schatten in der Dunkelheit verschwinden zu sehen. Doch dann zog etwas ganz anderes seine Aufmerksamkeit auf sich.

Unglaublich! Irgendein Trottel hatte einen nagelneuen Mantel in der Ecke liegen lassen! Der Obdachlose hob ihn ungläubig auf und befühlte den feinen Stoff. Das musste Kaschmir sein. Zumindest hatte er davon gehört. Er schlüpfte in den Mantel. Etwas groß zwar, aber mit diesem Stück war er sicher der bestgekleidete Obdachlose der Stadt. Fröhlich grinsend machte sich der Mann davon. Was für ein Tag.

Mit einem Ruck wuchteten Piper und Prue den schweren Holztisch im Wohnzimmer um. Schnaufend und zufrieden betrachteten die beiden Schwestern ihr Werk. Die schwere Eichenplatte bildete ein perfektes Schutzschild. Und sie würden es brauchen können, so viel stand fest.

»Das könnte ziemlich hässlich werden«, sagte Piper.

»Deshalb verbarrikadieren wir uns ja auch.«

Prue drückte ihrer Schwester einen dieser kleinen Flakons mit der Zaubermixtur in die Hand. Wenn der neue Beschwörungszauber klappte – und davon ging Prue aus – würde in wenigen Sekunden der Dämon Balthasar vor ihnen erscheinen. Und die Mixtur in den Fläschchen würde ihn endgültig ins Jenseits schicken.

»Bist du bereit?«, fragte Prue.

»So bereit, wie ich nur sein kann«, antwortete Piper entschlossen.

Die beiden gingen hinter der Tischplatte in Deckung und begannen mit der gemeinsamen Rezitation des Zauberspruchs.

»Magische Kräfte,
ob schwarz oder weiß,
die ihr wirkt durch den Raum des Erdenreichs,
befehlt dem Dämonen Balthasar,
vor uns zu erscheinen, wo immer er war.«

Kaum war die letzte Silbe verklungen, brauste ein hell schimmernder Wirbelsturm im Wohnzimmer auf. Ein ohrenbetäubender Sturm erfüllte das ganze Haus. Im Zentrum der Windhose nahm etwas Gestalt an.

»Es funktioniert!«, schrie Piper.

Prue holte tief Luft und schloss ihre Hand fest um den Flakon mit der Zaubermixtur. Piper tat dasselbe. Hinter ihre Barrikade gekauert, sahen sie aus wie zwei Soldaten in ihrer Deckung, die sich darauf vorbereiteten, ihre

Granaten auf einen übermächtigen Gegner zu schleudern.

Das Brausen verwandelte sich in einen hohen Pfeifton und die Schwestern sahen einen Dämon, der sich zu materialisieren begann.

»Auf drei!«, rief Piper.

Die beiden Schwestern zählten gemeinsam.

»Eins – zwei – drei!«

Piper und Prue sprangen gleichzeitig auf, schleuderten ihre Flakons gegen die Gestalt und stürzten wieder hinter den Tisch. Die Zaubermixtur würde den Dämon mit einer gewaltigen Explosion vernichten.

Die Fläschchen sausten im hohen Bogen durch die Luft – und zerplatzen am Wildledermantel des grauhaarigen Jägers. Feine, weiße Rauchwölkchen stiegen an den Stellen auf, an denen die Mixtur den Mantel verbrannt hatte. Eine Rauchwolke nebelte das Gesicht des Mannes ein und brachte ihn zum Husten.

Hinter ihrer Barrikade blickten Prue und Piper sich erstaunt an.

»Ich höre keinen Knall. Warum gibt es keinen Knall?«, fragte Piper erstaunt.

»Keine Ahnung«, erwiderte Prue.

Vorsichtig blickten die beiden über die Kante des umgekippten Tisches. Statt eines Dämons stand ein älterer Mann mit einem angesengten Mantel vor ihnen.

»Ihr dämlichen Hexen!«, schrie der Fremde und ließ einen knisternden Blitzstrahl aus seinen Händen schießen.

Mit einem Aufschrei sprangen Piper und Prue wieder in Deckung. Der Energieblitz riss ein tiefes Loch in die Tischplatte.

»Was soll denn das?«, rief Prue wütend aus. Sie sprang wieder auf und schleuderte den Angreifer mit einer Handbewegung durch die Luft. Bevor der Fremde wusste, wie im geschah, flog er in rasendem Tempo durch den Raum, direkt auf eine alte Standuhr zu.

»Nein!« Jetzt war auch Piper wieder aufgesprungen. Ohne groß nachzudenken, setzte sie ihre Kräfte ein, um den Fremden in der Luft erstarren zu lassen.

»Nicht die Uhr!«, keuchte sie. »Wir können es uns nicht leisten, das Ding andauernd reparieren zu lassen!«

Die beiden machten ein paar vorsichtige Schritte auf den Mann zu, der mit einem erstauntem Gesichtsausdruck in der Luft schwebte.

»Das ergibt doch keinen Sinn«, sagte Prue. »Wie konnten wir den falschen Dämon herbeirufen?« Plötzlich hatte sie eine Idee. »Hey, Piper, meinst du, du kannst nur seinen Kopf wieder aus der Erstarrung lösen? Dann könnten wir ihn einfach fragen.«

Piper blickte ihre Schwester an. Eine brillante Idee. Und es war einen Versuch wert.

Sie konzentrierte sich darauf, ihre Kraft genau zu dosieren und im nächsten Augenblick sah sich der Mann erstaunt um, während der Rest seines Körpers noch immer erstarrt in der Luft hing.

Die beiden Schwestern konnten sich ein Kichern nicht verkneifen.

»Öfter mal was Neues«, grinste Piper.

Ihr Opfer war allerdings weniger begeistert. »Was habt ihr denn mit mir gemacht, ihr verdammten Hexen?«, fauchte er die beiden Schwestern an.

Prue stemmte die Arme in die Seiten und trat vor ihn. »Hi, weißt du was?«, fragte sie streng. »*Du* bist derjenige, der hier in der Luft hängt, und *wir* sind deshalb diejenigen, die hier die Fragen stellen. Also, wer bist du?«

»Jemand, der euch gleich abschlachten wird, wenn ihr diesen Zauber nicht sofort von mir nehmt!«, knurrte der Fremde.

Piper gab einen kurzen Seufzer von sich und löste den Bann.

»Okay.«

Im selben Augenblick vollendete der Fremde seine Flugbahn und knallte mit voller Wucht in die alte Standuhr.

Prue warf Piper einen tadelnden Blick zu.

»Was?«, fragte Piper und zuckte mit den Achseln. »Das war es wert.«

Während der Fremde sich noch aus den Trümmern der antiken Uhr befreite, trat Prue zu ihm und drückte ihn mit dem Fuß zu Boden. »Na schön, also rede – sonst gibt es eine Bonusrunde.«

Der Fremde gab ein unterdrücktes Knurren von sich.

»Ich bin Krell, ein Zotar.«

Prue zog eine Augenbraue hoch. »Hi, ich bin Prue, ein Skorpion. Wo ist Balthasar?«

Ohne Vorwarnung zog der Fremde, Krell, Prues Bein von seiner Brust und sprang blitzschnell auf.

Piper und Prue machten einen Schritt zurück, bereit, den Mann endgültig zu vernichten.

Krell hob eine Hand. Doch anstatt einen weiteren Energieblitz loszuschleudern, machte er den Schwestern ein überraschendes Angebot. »Wartet!«, rief er. »Ich werde euch nicht angreifen, wenn ihr mich nicht angreift. Ich bin ein Kopfgeldjäger. Ich jage abtrünnige Dämonen – und es sieht ganz so aus, als wären wir hinter demselben her!«

4

»Cole Turner, Assistenz-Staatsanwalt.«

Der Name und der Titel prangten auf einer Bronze-platte, die an der Tür zu Coles Büro hing. Es war fast ein Schock für Phoebe, seinen Namen so nah vor sich zu sehen. Sie spürte das Bedürfnis, die Finger nach der Bronzeplatte auszustrecken und die Buchstaben zu berühren, nur um sich zu vergewissern, dass dort Coles Name stand. Aber war Cole Turner wirklich die Person, die sie kannte? Welches Geheimnis verbarg er vor ihr, und warum vertraute er ihr nicht?

Der Gong einer Fahrstuhltür am anderen Ende des Flures riss sie aus ihren Gedanken. Phoebe fasste sich ein Herz und öffnete vorsichtig die Tür.

Hinter der breiten Lehne des lederbezogenen Büro-sessels saß mit dem Rücken zu ihr ein Mann.

»Cole?«, fragte Phoebe heiser. Ihre Stimme schien in dem repräsentativen Raum mit seinen wuchtigen Möbeln und Bücherregalen fast unterzugehen.

Der Bürosessel schwang langsam herum, und ein for-mell gekleideter Mann schwarzer Hautfarbe blickte Phoebe forschend an.

Phoebe erstarrte eine Sekunde lang. Zur Hälfte, weil sie nicht damit gerechnet hatte, plötzlich einem Frem-den gegenüberzustehen, zur anderen Hälfte aus purer Enttäuschung.

»Oh, tut mir Leid. Ich suche nach Cole Turner.«

Der Mann erhob sich aus dem Sessel und ging auf Phoebe zu. Dabei zog er eine Dienstmarke aus der Tasche seines Anzugs.

»Na, so ein Zufall«, sagte er mit feiner Ironie, »das tue ich auch. Mein Name ist Reese Davidson, von der Abteilung für Inneres der Staatsanwaltschaft.«

Phoebe schluckte. Sie hatte zwar keine Ahnung, was für eine Dienststelle das war, aber die Tatsache, dass der Mann sich für Cole interessierte, verhieß nichts Gutes.

»Und Sie sind?«, fragte der Mann.

»Phoebe.«

»Phoebe?« Der Beamte runzelte die Stirn. »Ist das so wie bei Cher oder Madonna – oder haben Sie auch einen Nachnamen?«

Phoebe kam sich vor wie ein kleines Mädchen. Der Beamte war höflich, aber bestimmt. »J-ja, natürlich. Halliwell. Phoebe Halliwell. Ist Cole okay?«

»Woher kennen Sie ihn?«

»Sie haben meine Frage nicht beantwortet«, entgegnete Phoebe mit dem Versuch, trotzig zu sein.

»Ich weiß.« Reese ließ sich nicht aus der Reserve locken. Doch Phoebes trauriger Blick schien ihn schließlich etwas zu erweichen. »Hören Sie, ich habe keine Ahnung, ob es ihm gut geht oder nicht«, fuhr er in einem einfühlsameren Tonfall fort. »Genau das versuche ich ja herauszufinden. Seit letztem Montag hat niemand mehr etwas von ihm gehört. Sind Sie seine Freundin?«

Phoebe stockte der Atem. Tausend Gedanken schossen ihr durch den Kopf. War sie seine Freundin? Konnte sie sich da sicher sein? Kannte sie Cole überhaupt?

»Ja«, antwortete sie schließlich leise. Und dann überzeugter: »Ja, ich bin seine Freundin.«

Reese quittierte Phoebes Aussage nur mit einem Stirnrunzeln, ohne einen Kommentar abzugeben.

»Tja, hat er irgendetwas über seine Arbeit erzählt? Oder über ein bestimmtes Reiseziel?«

Phoebe schüttelte den Kopf. »Nein. Vor ein paar Wochen hatte er einen Koffer gepackt, aber er meinte, seine Pläne hätten sich geändert.«

»Welche Pläne?« Reese ließ nicht locker.

»Ich weiß nicht, irgendetwas über einen großen Fall, an dem er arbeitete?«

»Hmm ...« Reese nahm einen großen, aber fast leeren Aktenordner vom Schreibtisch und blätterte ihn durch. »Diesem Ordner nach zu urteilen, hat er seit Monaten an überhaupt keinem Fall mehr gearbeitet. Da fragt man sich schon, was der Gute mit seiner Zeit so anfängt.« Reese zog eine Visitenkarte aus seiner Brusttasche und reichte sie Phoebe. »Wenn Ihnen irgendetwas einfällt, das uns vielleicht weiterbringt, rufen Sie mich an, okay?«

»Sicher«, murmelte Phoebe und ging niedergeschlagen aus dem Büro.

Als sie die Tür hinter sich schloss und wieder in den Flur trat, fühlte sie sich einsamer als je zuvor.

5

DIE SONNE STRAHLTE DURCH die bleiverglasten Scheiben des Wintergartens. Piper liebte diesen Teil des Hauses ganz besonders, umso mehr widerstrebte es ihr, den Raum mit einem dämonischen Kopfgeldjäger zu teilen. Auch Krell schien sich – immerhin ein kleiner Trost – in seiner Haut nicht besonders wohl zu fühlen. Mit wütenden Schritten, in Selbstgespräche vertieft, ging er zwischen Piper und Prue hin und her.

»Ich hätte ihn niemals unterschätzen dürfen. Aber ich dachte, wenn Balthasar sich nicht mehr teleportieren kann, hätte er auch seine anderen Kräfte verloren.«

»Du hast also nicht die Macht, ihn zu vernichten?«, fragte Piper herausfordernd.

Krell blieb stehen und blickte Piper an. »Ganz offensichtlich nicht«, zischte er mit zusammengebissenen Zähnen. »Sonst hätte ich nicht als ungebetener Gast auf eure kleine, magische Einladung reagieren müssen, oder?«

»Hey, weißt du was?«, fragte Piper, die gar nicht daran dachte, sich durch den bösen Blick des Kopfgeldjägers einschüchtern zu lassen, »nächstes Mal lasse ich einfach nur deinen Kopf erstarren und dann trete ich dir in den …«

»Piper.« Prue unterbrach den Streit der beiden. Das Auftauchen des Kopfgeldjägers brachte sie auf neue Gedanken. »Ich habe das also richtig verstanden, ja?

Balthasar wurde von der *Triade* gesandt, um uns zu töten. Aber woher wissen wir, dass du nicht ebenfalls von ihnen geschickt wurdest?«

Krell erstarrte und sah die Hexe mit ehrlicher Überraschung an. Dann machte sich ein höhnisches Grinsen auf seinem Gesicht breit. »Das ist nicht euer Ernst, oder?«, spottete er. »Ich glaube das einfach nicht. Ihr wisst es tatsächlich noch nicht? Euer Wächter des Lichts muss wirklich eine ziemliche Schlafmütze sein.«

»Moment mal, Kumpel«, setzte Piper empört an. Sie würde nicht zulassen, dass dieser schmierige Kopfgeldjäger sich über Leo lustig machte. »Was glaubst du eigentlich, wer . . .«

Aber Prue unterbrach sie erneut. Krells Reaktion nach zu urteilen, musste tatsächlich etwas Unglaubliches passiert sein.

»Was wissen wir nicht?«, fragte sie lauernd.

Krell schnaubte verächtlich. »Balthasar hat die *Triade* getötet. Deshalb ist er auf der Flucht, und deshalb bin ich hier.«

Prue traute ihren Ohren nicht. »Warum sollte er das getan haben?«

Krell machte ein Gesicht, als hätte er es mit kleinen Kindern zu tun, die in einem Universum der Unwissenheit lebten. »Wahrscheinlich, weil sie sonst ihn getötet hätten. Schließlich hat er seinen Auftrag, euch zu töten, nicht erfüllt. Ironischerweise hat seine Unfähigkeit zu schimmern ihn davor bewahrt, von euch getötet zu werden.«

»Und stattdessen haben wir jetzt dich am Hals«, stieß Prue mit einem trockenen Lachen hervor.

»Glaubt mir«, entgegnete Krell, »der Gedanke, von euch abhängig zu sein, dreht mir die Mägen um.«

Prue und Piper wechselten einen angewiderten Blick. *Mägen?*

»Aber im Augenblick«, fuhr Krell fort und baute sich drohend vor den beiden auf, »bin ich mehr daran interessiert, Balthasar zu töten, als irgendwelche Hexen.«

Piper und Prue hielten Krells Blick stand.

»Ob es euch gefällt oder nicht«, sagte der Kopfgeldjäger, »wir brauchen uns gegenseitig. Ihr könnt ihn ohne mich nicht finden, und ich kann ihn ohne euch nicht vernichten.«

»Du weißt also, wo er ist?« Prue begann damit, die möglichen Optionen einer Zusammenarbeit innerlich abzuwägen.

Piper war entsetzt. »Prue, du kannst doch nicht ernsthaft darüber nachdenken!«

Prue ignorierte die Frage ihrer Schwester und blickte Krell prüfend an. »Beantworte meine Frage.«

Der Kopfgeldjäger setzte ein überlegenes Grinsen auf. »Ich kann seine Witterung aufnehmen, zumindest in seiner dämonischen Form. Zum Glück kann er sein menschliches Ich nicht lange aufrechterhalten, besonders nicht, wenn er verwundet ist. Das kostet ihn zu viel Kraft.«

Piper hatte genug gehört. Sie winkte ihre Schwester zu sich herüber und flüsterte ihr etwas zu. Der Kopfgeldjäger beobachtete die beiden misstrauisch.

»Prue, wir haben schon früher versucht, mit Dämonen zusammenzuarbeiten, und es hat schon damals nicht geklappt. Es ist ganz sicher keine gute Idee.«

Prue zog die Luft ein und dachte darüber nach. Natürlich hatte ihre Schwester Recht, aber was für andere Möglichkeiten blieben ihnen denn noch?

»Wir sagen dir Bescheid«, sagte sie durch den Raum zu Krell.

Mit zwei schnellen Schritten stürzte Krell auf die Schwestern zu. Einen Augenblick lang sah es so aus, als würde er sie wieder angreifen. Aber als er wahrnahm, wie Prue und Piper die Handflächen hoben, um ihren Zauber anzuwenden, überlegte er es sich anders. Sie waren ihm überlegen, aber seine Zeit würde kommen.

»Ihr solltet nicht zu lange warten«, knurrte er. »Balthasar wird weiter versuchen, euch zu töten. Denn nur eure Köpfe werden die *Quelle* davon überzeugen können, ihn selbst zu verschonen.«

Genussvoll machte Krell eine Handbewegung, als ob er ihnen den Hals abtrennen wollte. Dann löste er sich in einem Lichtblitz auf und verschwand.

Prue und Piper sahen sich ratlos an. Was sollten sie von all dem halten? Aber eins stand fest: Es gab da jemanden, der ihnen einiges zu erklären hatte. Die beiden erhoben gleichzeitig ihre Stimme und riefen:

»Leo!«

6

MIT BIS ZUM HALS klopfendem Herzen stand Phoebe erneut vor einer verschlossenen Tür, diesmal vor Coles Apartment. Nach der Begegnung mit dem Beamten in Coles Büro hatte sie vor Angst und Sorge an nichts anderes mehr denken können, als hierher zu kommen. Irgendetwas war passiert, das wusste sie. Es *musste* etwas passiert sein, sonst hätte sich Cole schon längst bei ihr gemeldet. Zu denken, dass sein seltsames Verhalten ein Versuch sein könnte, mit ihr Schluss zu machen, brach ihr das Herz. Doch die Vorstellung, dass ihm etwas zugestoßen sein könnte, war noch viel schlimmer.

Phoebe nahm ihren Mut zusammen und klopfte an die Tür.

»Cole?«, rief sie. »Bist du da drin?«

Fast augenblicklich öffnete sich die Tür zur Nebenwohnung. Eine junge Frau blickte hinaus und warf Phoebe einen missbilligenden Blick zu.

»Sorry«, sagte Phoebe.

Die Frau schüttelte nur kurz den Kopf und verschloss ihre Wohnungstür wieder hinter sich.

Phoebe seufzte. Das hatte keinen Sinn. Cole war nicht hier.

Sie wendete sich ab und ging zurück zum Aufzug, als ihr Blick auf ein paar dunkle Flecken auf dem Flurteppich fielen. Sie stutzte. Ein schmutziger Teppich – das passte nicht zu dieser edlen Apartment-Anlage. Es sei denn ...

Phoebe strich sich die Haare aus der Stirn und kniete sich hin, um die Flecken näher zu begutachten. Ein Gefühl des Schwindels überkam sie. Das waren Blutstropfen! Und die feine Spur führte genau zu Coles Wohnung.

Phoebe sprang auf und rannte zurück zu Coles Tür.

»Cole!«, rief sie. Diesmal war es ihr egal, was die Nachbarn dachten. Cole war etwas zugestoßen, vielleicht schwebte er in Lebensgefahr. Oder er ... nein! Daran mochte sie nicht einmal denken!

Sie drehte am Türknauf und stellte zu ihrer Überraschung fest, dass die Wohnung gar nicht abgeschlossen war. Vorsichtig trat sie ein. Das Apartment erschien ihr leer und fremd. Phoebe blickte auf den Boden und entdeckte eine weitere Blutspur, die quer durch die Wohnung führte. Ins Badezimmer hinein. Phoebe schluckte hart und folgte der Spur mit unsicheren Schritten. Ihre Beine zitterten, am liebsten hätte sie sich hingesetzt.

Im Badezimmer versteckte sich eine Gestalt hinter der halb geöffneten Tür. Ihr rot-schwarzes Gesicht schien zu glühen. Balthasar fletschte die Zähne und versuchte, so gut es ging, ein Keuchen zu unterdrücken. Die Wunde an seiner Hüfte hatte sich entzündet. Ihm blieb nicht viel Zeit. Warum konnte sie ihn nicht einfach in Ruhe lassen. Diese kleine Hexe. Phoebe ...

Balthasar gab ein leises Grollen von sich und konzentrierte sich.

Nur noch wenige Schritte trennten Phoebe vom Badezimmer. Irgendjemand war darin. Es war Cole, das spürte sie. Und doch schien dort noch irgendetwas anderes zu sein.

Phoebe drückte die Badezimmertür vorsichtig auf. Jemand machte einen Schritt auf sie zu.

Cole.

Er blickte sie mit fiebrig glänzenden Augen an. Schweiß stand auf seiner Stirn, als hätte er eine unglaubliche Anstrengung hinter sich. Cole trug nur Boxershorts und einen Bademantel, den er gerade zuknotete. Einen Augenblick lang konnte Phoebe den Verband sehen, durch den sich ein dunkelroter Blutfleck abzeichnete. Phoebes Herz setzte einen Schlag lang aus. Cole war verletzt!

Sie stürzte auf ihn zu, gerade rechtzeitig. Cole hatte einen weiteren Schritt nach vorn gemacht und war dabei ins Taumeln geraten. Phoebe stützte ihn ab. Sein ganzer Körper glühte.

»Cole«, flüsterte sie.

»Du hättest nicht herkommen dürfen«, war seine abweisende Antwort, aber seine Augen sagten etwas anderes. Dann stöhnte er auf, als Phoebe ihn vorsichtig ins Schlafzimmer führte.

»Komm, leg dich hin«, beruhigte sie ihn. »Bist du in Ordnung?«

»Sehe ich so aus?«

Phoebe zuckte einen Moment lang zurück. Coles Stimme klang aggressiv.

»Tut mir Leid«, schluckte sie und wollte vorsichtig nach dem Verband greifen.

»Nein, nicht!«, rief Cole.

Phoebe schüttelte sanft den Kopf. »Glaub mir, ich habe Schlimmeres gesehen!«

Urplötzlich schloss sich Coles Faust um ihr Handgelenk und drückte fest zu.

»Nein!«

Phoebe erstarrte. Das war keine Bitte, sondern ein Befehl. Seine Augen blickten eiskalt.

Doch als er ihren Schreck bemerkte, lockerte sich sein Griff. Von einer Sekunde zur anderen wurde er zärtlich.

»Bitte«, fügte er leise hinzu.

Phoebe blickte ihn traurig an. So wie die Wunde aussah, konnte sie sowieso nichts machen. Cole brauchte professionelle Versorgung.

»Wir müssen dich in ein Krankenhaus bringen«, sagte sie.

»Nein! Es ist dort nicht sicher. Sie werden mich finden!«

Sie? Phoebe blickte ihn ratlos an. Wer waren *sie*? Was verbarg er nur vor ihr?

»Wer wird dich finden?«, fragte sie ihn eindringlich. »Wer ist hinter dir her?«

Der Beamte in Coles Büro fiel ihr wieder ein.

»Da ... da war jemand in deinem Büro, der nach dir gesucht hat. Eine Art Ermittler.«

Mit einem Ruck richtete Cole sich auf und zuckte zusammen, als die Wunde durch die plötzliche Bewegung wieder aufriss.

»Du hast ihm doch nichts gesagt, oder?«

Phoebe schüttelte traurig den Kopf. »Cole – ich *weiß* nichts.«

»Wie sah er aus? Bist du sicher, es war kein Dä ...«

Cole stockte. Phoebe blickte ihn stumm an.

»...kein Beamter?«, beendete er den Satz.

»Na ja, er sagte, er wäre einer. Und er meinte, er müsste ...«

Diesmal war es Phoebe, die den Satz nicht beendete. Cole stöhnte auf. Seine Wunde schien mehr zu schmerzen als zuvor. So ging das nicht weiter. Sie musste ihm helfen. Und wenn er nicht zu einem Arzt wollte, musste der Arzt eben hierher kommen.

Phoebe stand von der Bettkante auf und machte ein paar Schritte ins Zimmer hinein.

»Leo?«, flüsterte sie.

Nichts geschah. Wenn der Wächter des Lichts ihren Hilferuf nicht hörte, dann musste er gerade auf der Existenzebene sein. Wahrscheinlich war er zu Hause bei Piper und Prue.

Sie drehte sich wieder zu Cole und blickte ihm fest in die Augen.

»Cole, ich werde nicht einfach zusehen, wie du stirbst. Ich gehe jetzt nach Hause und hole Leo. Er ist Arzt. Er kann dir helfen.«

Müde sank Cole auf das Kissen zurück. Er schien erleichtert zu sein, sie endlich verschwinden zu sehen.

Phoebe ignorierte diesen Gedanken. »Wirst du hier sicher sein?«, fragte sie besorgt.

Cole nickte matt. »Sie haben bereits hier nach mir gesucht und werden nicht wiederkommen. Jedenfalls nicht so bald.«

Phoebe kniete sich neben das Bett und küsste ihn. Als ihre Lippen sich berührten, war er wieder der alte Cole. Der Mann, den sie liebte. Und der sie liebte, was immer er auch für Probleme hatte. Sie brauchte keine magischen Kräfte, um das zu spüren.

»Du solltest auf jeden Fall hier sein, wenn ich zurück-komme«, drohte sie ihm mit einem traurigen Lächeln und eilte aus dem Apartment.

Kaum hörte Cole, wie sich die Tür hinter Phoebe schloss, stöhnte er auf. Ohne dass er es verhindern konnte, glitt er wieder in seine Gestalt als Balthasar zurück.

7

»*I*CH VERSTEHE DAS NICHT, Leo«, sagte Piper und ging gereizt auf dem Dachboden des Halliwell-Hauses auf und ab. Prue blickte vom *Buch der Schatten* auf und beobachtete, wie ihre Schwester Leo zurechtwies. Der Junge konnte einem Leid tun, aber er hatte tatsächlich Mist gebaut.

»Wie kannst du nicht wissen, dass die *Triade* tot ist?«, fuhr Piper mit ihrem Verhör fort. »Meinst du nicht, das wäre wichtig für uns gewesen? Besonders weil sie seit zwei Jahren versuchen, uns umzubringen.«

Leo schwitzte Blut und Wasser. Er liebte Piper, aber wenn sie in dieser Stimmung war, teleportierte man sich am besten ganz schnell ganz weit weg. Aber das war jetzt wohl kaum möglich. Er schuldete den Schwestern eine Erklärung.

»Nun ja, es gab Gerüchte«, rechtfertigte er sich, »aber nichts Konkretes.«

»Tja, aber jetzt ist es wohl konkret geworden, oder?«, herrschte sie ihn an. »Meine Güte, hast du während deiner Arbeit gepennt, oder was?«

Prue räusperte sich. »Denk dir nichts dabei, Leo. Sie ist etwas gereizt.«

Aber Piper ließ nicht locker. »Tja, und wisst ihr was? Ich reagiere immer ein wenig gereizt, wenn ein Dämon versucht, uns umzubringen!«

»Piper, ich glaube nicht, dass Krell uns umbringen

wollte«, warf Prue ein. »Sonst hätte er es mittlerweile bestimmt versucht.«

Piper stemmte trotzig die Arme in die Hüften. »Ach ja? Und der Wohnzimmertisch?« Ihr lag noch jetzt der Geruch von verkohltem Holz in der Nase.

Leo atmete tief durch und ging hinüber zu Prue, die in den letzten Stunden das *Buch der Schatten* studiert hatte. Wie immer hatte es auf magische Weise die Seiten mit den wichtigen Informationen von selbst aufgeschlagen.

»Steht irgendetwas über Zotare im Buch?«, fragte Leo und blickte über Prues Schulter.

»Ja«, bestätigte Prue. »Was Krell erzählte, scheint zu stimmen. Und deshalb denke ich, dass alles andere, was er gesagt hat, auch der Wahrheit entspricht.«

»Auch wie gerne er Hexen tötet?«, fragte Piper scharf.

»Auch seine Absicht, mit uns zusammenarbeiten zu wollen«, erwiderte Prue.

»Bist du bereit, dein Leben darauf zu verwetten, Prue?« Piper war noch immer nicht überzeugt.

»Bist *du* bereit, nichts zu tun?«

Prue ließ ihrer Gegenfrage eine lange Pause folgen, in der sie ihrer Schwester in die Augen sah. Sie konnte Pipers Abwehr verstehen, aber hatten sie eine Wahl?

»Hör mal, Piper, wenn wir nichts tun und Balthasar seine Kräfte wieder zurückbekommt, werden wir nie wieder ruhig schlafen können. Und ich habe langsam die Nase voll davon, ständig in Angst zu leben.«

Leo stellte sich wie zur Bestätigung neben Prue. Piper blickte die beiden ernst an. »Okay, Leo, ich weiß, du glaubst, dass sie Recht hat, aber . . .«

Leo sah Piper tief in die Augen. »Wenn ihr ihn jetzt nicht vernichtet«, sagte er ruhig, »werdet ihr vielleicht nie wieder die Chance dazu bekommen.«

In Gedanken versunken, ging Phoebe die Treppen des Halliwell-Anwesens hinauf. Im Wohnzimmer brannte Licht, das war gut. Mit etwas Glück war auch Leo da, und sie konnte ihn unauffällig dazu überreden, Cole zu helfen. Es mochte zwar gegen die Regeln verstoßen, aber das war ihr im Augenblick herzlich egal. Sie hatte mit ihren Schwestern schon so oft Gutes getan, warum sollte sie nicht auch einmal die Magie nutzen, um jemandem zu helfen, der ihr so sehr am Herzen lag wie Cole? Und schließlich war ja auch er ein Unschuldiger, der gerettet werden musste. Oder?

Phoebe schob diesen Gedanken beiseite und schloss die Haustür auf. Einen Moment lang glaubte sie, im Inneren einen melodischen Singsang zu hören – wie für eine Beschwörungsformel. Dann drückte sie die Tür auf.

Innerhalb von Sekunden brachen die Eindrücke über sie herein. Mitten im Wohnzimmer standen Prue, Piper und Leo und starrten wie gebannt auf einen kleinen Wirbelsturm, aus dem sich eine Gestalt materialisierte.

Dafür gab es nur eine Erklärung – ein Dämon hatte sich Zutritt ins Halliwell-Haus verschafft. Aber warum warteten ihre Schwestern und gingen nicht in Abwehrstellung? Standen sie unter einem Bann? Phoebe hielt die Luft an.

Aus dem Luftwirbel materialisierte sich ein älterer

Mann mit grauen Haaren und einem Wildledermantel. Noch immer reagierte keiner. Und Piper sah eher genervt als verängstigt aus. Was immer hier los war, Phoebe war offensichtlich die Einzige, die noch handeln konnte.

»Achtung, Dämon!«, rief sie und stürmte vorwärts. Der Fremde und ihre Schwestern drehten sich überrascht um. Ohne auf ihre seltsamen Blicke zu achten, machte Phoebe einen gewaltigen Satz, griff im Sprung an die verzierte Strebe über der großen Wohnzimmertür und nutzte den Schwung, um dem Dämon die Absätze ihrer Schuhe ins Gesicht zu treten.

»Phoebe! Nein!«, hörte sie Piper noch rufen, aber es war zu spät. Von der Attacke völlig überrascht, flog der Dämon quer durch den Raum und krachte auf einen der antiken Stühle. Benommen blieb er liegen.

Phoebe deutete keuchend auf ihn. »W-was ist hier los? Wer ist das?«

Der Mann hielt sich knurrend das Kinn und blickte Phoebe funkelnd an.

Prue trat neben sie. Keiner der Anwesenden machte Anstalten, dem Fremden beim Aufstehen zu helfen.

»Das ist Krell«, erklärte Prue, »ein dämonischer Kopfgeldjäger, der uns dabei helfen wird, Balthasar zu finden.«

Phoebe traute ihren Ohren nicht.

»Aber . . .«

»Wir haben keine Zeit für Erklärungen«, bellte der Kopfgeldjäger. »Ich habe gerade Balthasars Witterung aufgenommen!«

Prue winkte ab und nahm Phoebe zur Seite. »Gib uns eine Minute, Krell! Okay, Phoebe, hör zu. Balthasar hat die *Triade* getötet und nun will die *Quelle* seinen Tod. Krell will sich bei der *Quelle* beliebt machen und deshalb Balthasar töten.«

Hinter ihr stehend nickte Piper mit dem Kopf.

»Balthasar will uns töten, damit er nicht selbst von der *Quelle* beseitigt wird.«

»Und wenn ihr mit Krell zusammenarbeitet«, fuhr Leo fort, »könnt ihr Balthasar zuvorkommen.«

Was für ein Chaos, dachte Phoebe, aber sie hatte jetzt weder die Zeit noch die Lust, dieses Durcheinander zu entwirren. Etwas anderes – jemand anderes – war viel wichtiger.

»Ist mir recht«, sagte sie nur und wandte sich dann an den Wächter des Lichts. »Leo, ich muss kurz mit dir reden.«

Leo sah sie überrascht an, aber ein wütendes Aufheulen unterbrach Phoebe.

»Wie bekommt ihr Hexen eigentlich jemals etwas zu Stande?«, fauchte Krell. »Wenn wir zusammenarbeiten wollen, müssen wir sofort loslegen. Die Zeit drängt!«

»Okay, wir sind bereit!«, gab Prue zurück.

»Habt ihr die Zaubermixtur?«, fragte Krell mit der Ruhe eines Erwachsenen, der mit einem einfältigen Kind spricht.

»Hast du die Witterung?«, fragte Piper zurück.

Krell verdrehte die Augen. »Das habe ich doch gesagt. Ihr zwei kommt mit mir!« Er deutete auf Piper und Prue. »Die anderen sollten zum alten Friedhof gehen.«

Leo trat einen Schritt vor. »Wir sollen uns aufteilen? Warum?«

Krell stand kurz vor der Explosion. Seine Stimme bebte. »Weil er sich dort verstecken könnte. Dort ist es

schwierig, die Witterung eines einzelnen Dämons auf-
zuspüren und Balthasar weiß das.«

Phoebe begriff zwar immer noch nicht ganz, was
genau hier vorging und verstand auch nicht, wie ihre
Schwestern diesem widerlichen Kerl vertrauen konnten, aber sie erkannte ihre Chance. Wenn sie sich aufteil-
ten, konnte sie mit Leo vorher einen Abstecher zu Cole
machen, ohne dass die anderen davon wissen mussten.

»Okay«, sagte sie gelassen, »dann begleitet ihn und
wir gehen zum Friedhof.«

»Bist du sicher?«, fragte Piper.

»Absolut.«

»Okay, machen wir uns auf den Weg«, sagte Prue.
Dann blickte sie sich noch einmal um. »Oh, Phoebe«,
fragte sie, »ich hätte fast vergessen, dich zu fragen, ob du
irgendetwas über Cole herausgefunden hast?«

Phoebe schluckte. Sie hasste es, ihre Schwestern
anzulügen, aber Prue würde nie zulassen, dass Leo
seine Kräfte einsetzte, um Cole zu retten. »Nein«, sagte
sie leise. »Nein, gar nichts.«

Prue warf Phoebe noch einen verständnisvollen Blick
zu, dann verschwand sie mit Piper und Krell in einem
magischen Luftwirbel.

Es gab ein pfeifendes Geräusch, als die Luft in das
plötzlich entstandene Vakuum hineinströmte.

Phoebe blickte Leo an, der offensichtlich ahnte, dass
irgendetwas nicht stimmte.

»Wir müssen gehen«, sagte sie nur.

8

»*P*HOEBE, WIR SOLLTEN NICHT HIER SEIN«, sagte Leo, als sie gemeinsam den Flur zu Coles Apartment entlang-gingen. »Balthasar ...«

»... kann warten!«, schnitt Phoebe ihm das Wort ab. Sie wusste, dass Leo sich nicht wohl in seiner Haut fühlte, und es tat ihr in der Seele weh, den Wächter des Lichts vor so einen Gewissenskonflikt zu stellen. Aber sie hatte keine andere Wahl.

»Leo, Cole wird ohne deine Hilfe sterben.«

»Dann gehört er in ein Krankenhaus!«, erwiderte Leo.

Wenn das so einfach wäre, dachte Phoebe. »Er will aber in keins. Du bist seine einzige Hoffnung.«

Phoebe blickte den Wächter des Lichts flehend an.

Leo seufzte. »Phoebe, ich kann keine Sterblichen hei-len, das weißt du. Es sei denn, sie wurden vom Bösen verletzt. Es ist gegen die Regeln.«

Phoebe blieb stehen und blickte Leo fest an. »Dann brich die Regeln! Du hast es doch schon einmal getan!«

Sie bereute den Satz, noch bevor sie ihn ganz ausge-sprochen hatte. Das war ein Tiefschlag gewesen. Und der hatte gesessen. Sie konnte das an Leos Reaktion ablesen.

»Es tut mir Leid«, entschuldigte sie sich. »Das war nicht fair. Es ist nur ... ich ... ich kann ihn nicht einfach sterben lassen«, stotterte sie verzweifelt.

Die beiden standen jetzt vor der Tür zum Apartment und zögerten.

»Du solltest mich nicht darum bitten, das zu tun«, flüsterte Leo fast flehentlich.

»Aber ich tue es«, sagte Phoebe bestimmt. Sie konnte sich auch später noch mit ihren Gewissensbissen herumschlagen, jetzt gab es Wichtigeres.

Phoebe stieß die Tür zum Apartment auf.

Cole lag bewusstlos auf dem Boden. Schweißtropfen schimmerten auf seiner Stirn. Sein Atem ging schwer.

Phoebe rannte zu ihm und nahm seinen Kopf in den Arm. Coles Stirn schien zu glühen. Das Blut war erneut durch den Verband gedrungen und hinterließ einen großen roten Fleck.

»Cole!«, rief sie aus und warf einen verzweifelten Blick auf Leo.

Der Wächter des Lichts zögerte keine Sekunde. Es verstieß gegen alle Regeln, aber sein natürliches Bedürfnis zu helfen, war größer als alle Vorbehalte. Er kniete neben dem Bewusstlosen nieder und riss mit einem Ruck den Verband herunter. Eine aufgebrochene Wunde kam zum Vorschein. Leo hob seine Handflächen und konzentrierte sich. Augenblicklich begannen seine Hände zu glühen. Von ihnen ging ein Lichtstrahl aus, der sich sanft auf die Wunde legte. Cole, obgleich immer noch bewusstlos, zuckte zusammen.

Phoebe beobachtete mit angehaltenem Atem, wie der Lichtstrahl die Wunde veränderte. Plötzlich zuckten kleine Lichtblitze zwischen Leos Händen hin und her.

Sie spürte, wie Coles Körper in ihren Armen erzitterte.

Phoebe hatte schon oft beobachtet, wie Leo einen Menschen heilte, aber was hier geschah, war irgendwie anders. Leos erstaunter Blick bestätigte dieses Gefühl.

»Leo, was ist los?«

Leo antwortete ihr, ohne sie anzublicken. Seine Augen waren auf die Wunde gerichtet, die sich dem Heilungsprozess zu widersetzen schien.

»Ich weiß nicht. Irgendetwas stimmt nicht!«

Wie von einer unsichtbaren Macht getroffen, wurde Leo plötzlich nach hinten geschleudert. Zum Glück landete der Wächter des Lichts in einem dicken Polstersessel, mit dem er nach hinten umkippte.

Phoebe sprang auf. Was war hier passiert?

»Leo, bist du in Ordnung?«, rief sie erschrocken.

Der Wächter des Lichts rappelte sich benommen, aber unverletzt auf. »Ja, ich glaube schon.«

Cole gab ein leises Stöhnen von sich. Phoebe beugte sich zu ihm hinunter, und im selben Augenblick schlug er die Augen auf. Ihre Blicke trafen sich. Eine Welle der Erleichterung erfüllte Phoebes Herz.

»Cole!«

»Phoebe.« Cole hob den Kopf, und Phoebe strich über seine Stirn.

»Alles wird gut«, flüsterte sie. »Alles ist in Ordnung.«

Leo trat zu den beiden und blickte schweigend auf die Narbe, die von Coles tiefer Wunde zurückgeblieben war. Es war ein Wunder.

Phoebe half Cole aufzustehen und sich vorsichtig in den Sessel zu setzen. Sie war erleichtert, aber Leos Blick sagte ihr, dass irgendetwas nicht stimmte.

Mit schnellen Schritten eilte Phoebe in die Küche, um Cole ein Glas Wasser zu holen. Als sie damit zurückkam, blickten Cole und Leo sich abschätzend an. Die angespannte Atmosphäre im Raum war fast mit Händen greifbar.

»Hier bitte.« Phoebe gab Cole das Wasserglas, das er dankbar entgegennahm.

»Danke. Ich fühle mich, als wäre ich von einem Lastwagen überrollt worden.«

»Du kannst dankbar sein, dass du überhaupt etwas fühlst.« Phoebe deutete mit einer Kopfbewegung in Richtung Leo.

»Ja, ich weiß.« Cole bedachte Leo mit einem anerkennenden Kopfnicken und einem Lächeln. Sein Blick blieb kühl. »Sie müssen ein sehr guter Arzt sein, Leo.«

Die beiden Männer blickten sich schweigend an.

»Das ist er«, beeilte sich Phoebe zu sagen.

»Phoebe«, sagte Leo nur, »kann ich dich kurz draußen sprechen?«

Phoebe schluckte. Was war los? Irgendetwas bedrückte Leo. Sie warf Cole einen fragenden Blick zu. Der lächelte nur.

»Geh nur, Phoebe. Ich bin okay.«

Phoebe küsste Coles Stirn und folgte Leo in den Flur.

»Okay, Leo, was gibt es?«

Leo ergriff ihren Arm und sprach mit gedämpfter Stimme. »Phoebe, hör mir zu. Ich denke, wir sollen sofort hier verschwinden.«

War es das, was Leo Sorgen machte? Rechnete er damit, Coles Verfolgern zu begegnen?

»Du hast Recht«, stimmte sie zu, »wer immer hinter ihm her ist, könnte zurückkommen.«

Leo schüttelte den Kopf. »Das meine ich nicht. Du hast selbst gesehen, was da drinnen passiert ist.«

»Ja, du hast ihn geheilt.« Auf was wollte Leo hinaus?

»Nein, Phoebe, ich habe ihn nur zum Teil geheilt. Es ist eine Narbe zurückgeblieben. Das ist noch nie zuvor passiert.«

Ein ungutes Gefühl stieg in ihr auf. »Na ja, vielleicht liegt das daran, dass er so schwach war.«

»Das ist nicht der Grund.« Leo blickte Phoebe eindringlich an. »Ich kann Sterbliche vollständig heilen. Es gibt keine andere Erklärung – er ist nicht, was er zu sein scheint!«

»Nein. Ich verstehe dich nicht.« Phoebe schüttelte den Kopf.

»Er ist ein Dämon, Phoebe. Er könnte sogar der Dämon sein, den ihr gerade vernichten wollt.«

Phoebe blickte den Wächter des Lichts entsetzt an. Was redete Leo da nur?

»Das ist lächerlich!«

»Denk doch darüber nach, Phoebe! Sie sind beide verletzt und auf der Flucht. Und Coles Wunde ist an derselben Stelle, an der Piper Balthasar verletzt hat!«

Phoebe wurde schwindelig. Sie konnte nicht glauben, was Leo da sagte. Sie *wollte* es nicht glauben.

»Das ist Unsinn, Leo«, sagte sie lauter und schärfer, als sie es beabsichtigt hatte. »Vielleicht solltest du jetzt besser gehen.«

»Ich werde dich nicht allein zurücklassen.«

»Ich habe die Zaubermixtur dabei, schon vergessen? Geh jetzt.«

Leo blickte Phoebe ein paar Sekunden schweigend an, dann begann er, sich in einen Lichtstrahl aufzulösen.

Phoebe war allein im Flur. Ihr Herz raste. Was Leo da

behauptet hatte, war unglaublich. Es war *undenkbar*. Und doch würde es vieles erklären.

Mit zitternden Händen öffnete Phoebe die Tür zum Wohnzimmer.

Cole war verschwunden. Panisch blickte sie sich um.

»Cole?!«

Ein Schatten trat hinter der offenen Tür hervor. Phoebe zuckte zusammen.

Es war Cole. Er blickte Phoebe mit einem seltsamen Blick an.

»Alles in Ordnung, Phoebe?«, fragte er fast herausfordernd.

Phoebe schluckte.

»Ja«, sagte sie. »Alles bestens.«

9

PRUE UND PIPER TRATEN aus dem Wirbel heraus, mit dem Krell sie hergebracht hatte. Die beiden Schwestern sahen sich um. Hier sollte Balthasar sich versteckt haben? Der Gestank in der dunklen Gasse war überwältigend. Überall türmten sich Müllberge und Plastiksäcke voller Abfall. Ein paar Straßen weiter heulte eine Polizeisirene auf. Die Gasse war verlassen, nur ein paar Ratten huschten davon, erschrocken von den drei Gestalten, die plötzlich aus dem Nichts aufgetaucht waren.

Krell drängte sich zwischen Prue und Piper durch und reckte seine Nase in die Luft. Er wirkte selbst wie ein Tier, das die Witterung seiner Beute aufnahm.

Prue wollte lieber nicht wissen, wie Krell in seiner wahren Gestalt aussehen mochte.

»Er ist ganz in der Nähe«, bestätigte er. »Ich kann sein Blut riechen!«

»Wo?«, fragte Prue. Die beiden Schwestern blickten sich um.

»Nehmt die Phiolen mit der Zaubermixtur heraus«, knurrte Krell als Antwort und ging mit zielstrebigen Schritten auf ein paar Pappkartons zu, die jemand in einer besonders düsteren Ecke der Gasse aufgestapelt hatte.

Krell knurrte kurz auf und fegte die Kartons zur Seite. Eine menschliche Gestalt zuckte erschrocken hoch. Es war der junge Obdachlose, der ein paar Stunden zuvor Coles Mantel gefunden hatte.

»Vernichtet ihn!«, brüllte Krell.

»Hey, Mann«, stotterte der Obdachlose. »Was soll das? Was geht hier ab?«

Prue und Piper stürmten vor, blieben aber stehen, als sie die jämmerliche Gestalt des vor Angst zitternden jungen Mannes sahen. Der arme Kerl blickte sie mit großen, schmutzigen Augen an.

»Das ist ein Trick!«, rief Krell. »Er hat sich in seine menschliche Gestalt verwandelt! Werft eure Phiolen, verdammt!«

Die beiden Schwestern tauschten einen Blick aus. »Ich weiß nicht, Krell. Meinst du nicht, er hätte sich eine etwas repräsentativere menschliche Form ausgesucht?«

Prue wurde augenblicklich klar, was sie da gesagt hatte und entschuldigte sich bei dem Obdachlosen. »Oh, das war nicht böse gemeint.«

»Hey, schon okay«, erwiderte er und zupfte sich seine speckige Mütze zurecht.

Fauchend riss Krell die Phiole mit der Mixtur aus Pipers Hand und warf sie gegen den überraschten Obdachlosen. Nichts geschah. Der Mann blickte Krell nur fragend an.

Die Situation war so absurd, dass Piper sich ein Lachen nicht verkneifen konnte. »Und du bist ein Zotar«, spottete sie.

Krell ignorierte Piper, zog einen langen, eleganten Mantel aus der Pappkarton-Höhle des Obdachlosen und schnüffelte daran.

»Woher hast du diesen Mantel?«, herrschte er den Jungen an.

»Ich ... ich habe nichts getan, Mann!«

Bevor die Schwestern eingreifen konnten, hatte Krell ihn an der Kehle gepackt und ihn gegen den Drahtzaun geschmettert. »Sag es mir!«

»Ich habe ihn gefunden!«, röchelte der Obdachlose.

Prue trat einen Schritt vor. »Lass ihn in Ruhe, er weiß nichts, Krell!«

»Ja, genau«, keuchte der junge Mann und schrie im nächsten Augenblick gequält auf.

Krell hielt ihn immer noch mit einer Hand an der Kehle fest und feuerte mit der anderen mehrere Energieblitze auf ihn ab. Der Geruch von verschmortem Fleisch erfüllte die Luft.

Was zu viel ist, ist zu viel, dachte Prue und ging in die Hocke. Mit einer eleganten, tausendfach geübten Drehung schlug sie dem Kopfgeldjäger mit dem Schienbein gegen das Knie. Krell stürzte zu Boden und ließ sein Opfer los.

Sekundenbruchteile später stand Krell wieder auf den Füßen und baute sich vor Prue auf. Der Obdachlose nutzte die Gelegenheit und rannte davon.

»Fass mich noch einmal an, Hexe, und ich werde dich töten!« Krells Stimme war ein tiefes Grollen.

»Du hattest keinen Grund, diesem Mann wehzutun«, erwiderte Prue bestimmt.

»Ich bin ein Dämon, es liegt in meiner Natur, Menschen wehzutun.«

»Schön«, sagte Prue. »Und es liegt in unserer Natur, sie zu beschützen.«

Krell deutete mit dem Daumen in die Richtung, in die der Obdachlose verschwunden war. »Er war nur ein armseliger Wurm. Sein Leben ist bedeutungslos. Hättest du mich ihn foltern lassen, dann wüssten wir jetzt, wo er diesen Mantel gefunden hat.«

»Und du tust immer, was du für notwendig hältst, wie?«, fragte Prue.

»Ganz genau.« Krell grinste selbstgefällig.

»Von nun an«, sagte Prue drohend, »werden wir die Dinge auf unsere Art erledigen.«

Der Kopfgeldjäger lachte laut auf. »Dann werden wir versagen. Eure lächerliche Moral steht euch im Wege. Sie macht euch blind vor dem, was getan werden muss.«

»Es gibt auch andere Möglichkeiten, um Antworten zu erhalten.« Prue hob den Mantel auf. »Vielleicht hat Phoebe eine Vision, wenn sie den Mantel berührt.«

»Tja,«, sagte Piper scherzhaft, als sie den Mantel betrachtete, »zumindest wissen wir schon einmal, dass Balthasar einen teuren Geschmack hat.«

Prue blickte auf den Mantel in ihrer Hand. Trotz der Dunkelheit in der Gasse konnte Piper sehen, wie ihre Schwester plötzlich erblasste.

»Was?«, fragte sie. »Was ist denn, Prue?«

»Wann ungefähr hat die *Triade* Balthasar geschickt, um uns zu töten?«, fragte Prue.

»Vor etwa zwei Monaten«, antwortete Krell. »Warum?«

Prue schluckte. »Weil Cole genau denselben Mantel hat.«

Piper wurde plötzlich schwindelig. »Cole? Du glaubst, dass Cole ...«

»... Balthasars menschliche Form ist.«

10

PHOEBE HÖRTE, WIE COLE im Badezimmer seines
Apartments das Wasser andrehte. Nachdem, was Leo
gesagt hatte, brauchte sie etwas Zeit, um ihre Gedanken
zu ordnen und ihre widerstreitenden Gefühle unter
Kontrolle zu bringen.

»Zu schade, dass Leo so schnell gehen musste. Ich
hatte gar nicht die Gelegenheit, ihm angemessen zu
danken«, rief Cole ins Wohnzimmer hinein.

»Er weiß es«, sagte Phoebe leise.

Coles Kopf erschien in der Tür zum Wohnzimmer. Er
hatte sich frisch gemacht und trug eine schwarze Hose
und ein Unterhemd. Kaum zu glauben, dass dies der-
selbe Mann war, der vor ein paar Minuten noch im Sterben lag.

»Er weiß was?«, fragte Cole.

»Er weiß, wie dankbar du bist.«

»Oh, gut«, erwiderte Cole und verschwand wieder im
Badezimmer.

Phoebe nutzte die Gelegenheit, um sich etwas umzu-
sehen. Vielleicht fand sie etwas, um Leos Verdacht zu
widerlegen – oder ihn zu bestätigen.

Sie hob seine Aktentasche hoch, die auf einem Bei-
stelltisch stand. Die lederne Mappe war verdächtig
leicht. Phoebe öffnete sie. Leer. Das war mehr als ungewöhnlich für den Assistenten des Staatsanwaltes.

»Ich frage mich immer noch, wie er das gemacht hat.«

Phoebe zuckte zusammen, als sie Coles Stimme hörte. Schnell legte sie die Tasche wieder an ihren Platz. »Ich würde zu gern wissen, was sein Geheimnis ist«, rief Cole.

»Das glaube ich gern«, antwortete Phoebe zu sich selbst.

»Entschuldigung?« Der Wasserhahn plätscherte weiter.

»Äh, nichts. Solltest du dich nicht ein wenig ausruhen? Ich meine, du bist immer noch verletzt.«

»Nein«, rief Cole durch die geöffnete Tür. »Ich muss mich immer noch um die Leute kümmern, die mir das angetan haben.«

Phoebe öffnete eine Schublade von Coles Schreibtisch. Auch das Schubfach war leer. Es war, als ob Cole Turner gar nicht wirklich existieren würde, als ob dieses Apartment nur eine geschickte Fassade war.

»Und du willst mir wohl nicht verraten, wer das war, oder?«

»Das kann ich wirklich nicht, Phoebe.« Das Rauschen des Wasserhahns verstummte.

»Das Ganze hat nicht zufällig etwas mit dem Fall zu tun, an dem du gerade arbeitest? Ich komme nur darauf, weil mich dieser Beamte in deinem Büro dasselbe gefragt hat und mir dabei aufgefallen ist, dass ich überhaupt nichts von deiner Arbeit weiß.«

Phoebe zog eine weitere Schreibtischschublade auf. Ein einsamer Bleistift, mehr nicht.

»Suchst du etwas?«

Phoebe zuckte zusammen. Cole stand in einem strengen, schwarzen Rollkragenpullover in der Tür und blickte sie forschend an.

Phoebe überlegte fieberhaft, nahm dann den Bleistift aus der Schublade und präsentierte ihn mit einem verlegenen Grinsen.

»Äh, nur noch ein Stück Papier«, stotterte sie. »Ich möchte mir eine Notiz machen.«

Cole deutete verwundert auf den Schreibtisch vor ihr. »Da ist ein Block. Genau vor dir, neben dem Telefon.«

»Oh, ja. Wie dumm von mir.« Phoebe lachte dünn auf und griff hektisch nach dem Block. Mit einem Blick auf Cole begann sie, sinnlose Linien auf das Papier zu kritzeln.

Cole runzelte die Stirn und ging zurück ins Badezimmer.

Ein Schauer durchfuhr sie. Hatte er gemerkt, dass sie seine Wohnung durchsucht hatte? Und wenn ja, was würde er tun? Phoebe ging zu ihrer Handtasche, die auf dem Sofa lag und nahm die Phiole mit der Zaubermixtur heraus.

Was hatte Piper noch gesagt? Für alle Fälle . . .

Prue, Piper und Krell betraten die Eingangshalle von Coles Apartment-Gebäude.

»Was sollen wir tun?«, fragte Piper.

Prue zuckte mit den Schultern. »Wir werden ihn vernichten, was sonst?«

»Wir werden Phoebes Freund vernichten?« Piper holte tief Luft. »Das könnte Probleme geben.«

»Wenn ihr zögert«, fuhr Krell dazwischen, »wird er uns alle töten!«

»Entschuldige mal«, Piper drehte dem Kopfgeldjäger die Schulter zu. »Ich führe hier ein Privatgespräch.«

Krell grollte.

»Ich kann gar nicht glauben«, sagte Prue niederge-schlagen, »dass ich ihn aus dieser Dämonenfalle ent-kommen ließ, nachdem ich ihn schon geschnappt hatte. Was habe ich mir nur dabei gedacht?«

Piper legte ihrer Schwester eine Hand auf die Schul-ter. »Prue, wir wissen noch gar nichts mit Sicherheit. Wir... Leo! Was willst du denn hier?«

Prue, Piper und Krell erstarrten, als die Luft vor ihnen plötzlich vibrierte und ein verstörter Leo sich vor ihnen materialisierte.

Leo schien sich davor zu scheuen, den beiden Schwestern in die Augen zu schauen. Er räusperte sich.

»Ich, äh, wollte euch nicht so überfallen, aber ich wusste nicht mehr, was ich tun sollte.«

Prue blickte ihn fest an. »Was ist denn?«

Leo biss sich auf die Lippen. »Ich glaube, Cole ist...«

»... Balthasar in seiner menschlichen Form«, been-dete Prue den Satz. »Deswegen sind wir hier.«

Leos Mund klappte auf. »W-woher wisst ihr das?«

»Wo ist Phoebe?«, fragte Piper nur, ohne auf Leos Überraschung einzugehen. Für Erklärungen war jetzt keine Zeit.

»Sie ist oben bei Cole, Apartment Nummer Sieben.«

Mit einem drohenden Blick drängte sich Krell zwi-schen den beiden Schwestern hindurch und baute sich vor Leo auf.

»Sag mir, dass du ihn *nicht* geheilt hast!«

Leo schien zu einem Häufchen Elend zusammenzu-schrumpfen. »Na ja, nicht vollständig«, sagte er leise.

»Idiot!« Der Kopfgeldjäger warf Leo einen vernich-tenden Blick zu und stapfte in Richtung Aufzug.

»Leo!« Nun trat Piper vor den Wächter des Lichts. Unter ihrem tadelnden Blick schien Leo sogar noch mehr zusammenzuschrumpfen. »Phoebe hat mich darum angebettelt«, verteidigte er sich. »Ich wusste nicht, was ich tun sollte.«

Piper schüttelte nur den Kopf.

»Du bleibst hier«, fuhr sie ihn streng an. »Wir gehen hoch und regeln das.«

Phoebe blickte Cole in seine dunklen Augen. Hinter ihrem Rücken hielt sie die Phiole mit der Zaubermixtur in den Händen. Die beiden umkreisten sich wie zwei Raubtiere, die auf einen unachtsamen Moment ihres Gegenübers lauerten.

»Stimmt irgendetwas nicht, Phoebe?«, fragte Cole. »Etwas, dass du mir nicht sagen willst?«

Das musste gerade er sagen, dachte Phoebe verbittert. »Glaubst du nicht, dass du die Tatsachen verdrehst?«

»Wie meinst du das?«, erwiderte er.

»Du bist derjenige mit den Geheimnissen.«

»Ach ja? Bist du dir da so sicher?«

Cole machte einen Schritt auf sie zu. Phoebe umklammerte die Phiole. Würde sie es schaffen, die Zaubermixtur auf Cole zu schleudern und ihn zu vernichten?

»Ich weiß nicht mehr, was ich glauben soll«, flüsterte Phoebe.

»Ja, ich weiß, was du fühlst.« Coles Stimme klang jetzt wieder ganz sanft. War das ein Trick, um sie in Sicherheit zu wiegen?

»Das bezweifle ich«, widersprach Phoebe.

Cole griff nach Phoebes Schultern.

»Ich glaube, ich weiß sehr wohl, was hier vorgeht, Phoebe, und es tut mir Leid, dass es so weit kommen musste.« Coles Stimme klang aufrichtig und voller Leidenschaft. »Aber was zwischen uns war, bedaure ich keine Sekunde. Das musst du wissen.«

Phoebe wollte ihm so gerne glauben. Aber sie konnte nicht. Es gab zu viele Fragen, zu viele Geheimnisse.

»Du hast mir nie gesagt, woher du kommst«, erklärte sie, indem sie sich aus seinem Griff befreite.

»Du hast mich nie gefragt.«

»Ich frage dich jetzt!«

Cole sah sie einen Augenblick stumm an. »Warum fragst du mich nicht, was du wirklich wissen willst, Phoebe?«, sagte er mit leiser Stimme. »Ich werde dich nicht anlügen.«

Phoebes Puls raste. Sie spürte, wie sich ihre Augen mit Tränen füllten. Ihre Kehle schien wie zugeschnürt. Dies war die eine, alles entscheidende Frage:

»Wer bist du?«

Cole atmete durch und setzte zu einer Antwort an.

In dem Moment flog mit einem Knall die Tür des Apartments auf. Prue, Piper und Krell stürmten in das Apartment. Phoebe erstarrte. Nicht jetzt! Nicht jetzt!

Cole wirbelte herum.

»Krell!«, rief er nur.

Im selben Augenblick schien Cole zu verschwimmen. Phoebe beobachtete entsetzt, wie Coles Körper sich verformte – und seine wahre Gestalt annahm. Ein glatzköpfiger, rotgesichtiger Hüne knurrte den Kopfgeldjäger an.

Balthasar.

Einen Augenblick lang fühlte Phoebe überhaupt

nichts. Alles, woran sie geglaubt hatte, alles, was sie sich erhofft hatte, war eine Lüge gewesen. Dann schien sie in ein tiefes Loch zu fallen. Als ob sie nur eine unbeteiligte Beobachterin wäre, sah sie, wie in Balthasars Hand ein Messer auftauchte. Der Dämon packte sie an der Schulter und hielt sie als lebendes Schutzschild vor sich. Die Klinge an ihrer Kehle spürte sie kaum.

Der Kopfgeldjäger hob seine Hand, um einen Energieblitz abzufeuern, aber Prue reagierte blitzschnell. Mit einem Aufschrei schlug sie die Hand des Mannes beiseite.

Dann begann die Atmosphäre zu leuchten. Der Dämon – Balthasar, Cole – verschwand mit Phoebe als Geisel.

Aber ihr war es egal.

11

*D*ER KOPFGELDJÄGER TOBTE durch Coles Apartment.

»Ihr habt Balthasar entkommen lassen!«, herrschte er Prue und Piper an.

»Du hättest beinahe unsere Schwester getötet!«, sagte Prue.

Krell schüttelte nur den Kopf. »Eure Schwester ist sowieso schon tot. Er brauchte sie nur für seine Flucht.«

Piper und Prue blickten sich an.

»Ich glaube nicht, dass Cole ihr etwas tun wird«, sagte Piper leise.

»Cole nicht«, erwiderte Prue mit gesenktem Blick, »aber Balthasar vielleicht schon.«

»Warum hat er es dann nicht längst getan? Er hatte schon so viele Gelegenheiten dazu.«

»Er hat sie benutzt, um euch alle drei zu kriegen.« Krell schüttelte den Kopf vor so viel Einfältigkeit. »Die *Zauberhaften* ... Warum er seinen Plan nicht durchgezogen hat, werde ich nie begreifen.«

»Vielleicht hat er sich verliebt«, sagte Piper.

»Oder das Ganze war nur ein Trick.« Prue klang hoffnungslos. »Ich meine, ein Dämon tut, was immer notwendig ist, richtig?« Prue erinnerte sich daran, wie Krell den armen Obdachlosen foltern wollte, um Informationen aus ihm herauszupressen.

»Gut zu wissen, dass ich auch einen positiven Einfluss auf euch habe«, grinste Krell. »Ich kann eure Schwester retten, wenn es noch nicht zu spät ist.«

»Warum solltest du das wollen?«, fragte Prue misstrauisch.

»Von Wollen kann nicht die Rede sein. Aber ich werde es tun, wenn das die einzige Möglichkeit ist, um Balthasar zu töten.«

Der Kopfgeldjäger streckte fordernd die Hand aus. »Gebt mir die Zaubermixtur. Ich kann ihn schneller finden, wenn ich allein bin.«

Piper schüttelte den Kopf. »Netter Versuch. Vergiss es.«

»Aber du hast doch gesagt, du kannst ihn nicht verfolgen, wenn er schimmern kann.«

Der Kopfgeldjäger verdrehte die Augen. Die endlosen Erklärungen zerrten an seinem dämonischen Nervenkostüm. »Aber er kann noch nicht besonders gut schimmern. Er braucht noch Zeit, um seine Energie aufzuladen. Euer Wächter des Lichts hat nur seine menschliche Hälfte geheilt.«

Piper und Prue trauten ihren Ohren nicht.

»Wie war das?«, fragte Piper. »Seine *menschliche* Hälfte?!«

»Genau deshalb hat die *Triade* ihn geschickt«, knurrte Krell. »Er versteht euch Menschen. Er kann sich euch anpassen. Ein echter Vollblut-Dämon hätte sich nie so nahe an euch heranpirschen können. Gebt mir jetzt die Zaubermixtur!«

Zögernd übergab Prue dem Dämon die geforderte Phiole. »Wenn du ihr etwas tust, werden wir *dich* jagen«, sagte sie leise.

Statt einer Antwort grinste der Kopfgeldjäger sie nur an und verschwand.

»Glaubst du ihm wirklich?« Piper trat an ihre Schwester heran.

»Nein. Gehen wir.« Prue stürmte entschlossen aus dem Apartment.

»Wohin denn?«

»Zum beliebtesten Dämonenversteck der Stadt.«

Phoebe wusste nicht, wie lange sie mit Balthasar durch das Nichts geschimmert war, aber das seltsame Gefühl, körperlos zu sein, hatte ihren Kopf wieder klar gemacht. Als sie wieder festen Boden unter den Füßen hatte, spürte sie auch den harten Griff des Dämons und das scharfe Messer an ihrer Kehle wieder.

Ihre Apathie war verflogen und wurde durch einen brennenden Hass gegenüber demjenigen ersetzt, der mit ihren Gefühlen gespielt hatte.

»Können wir mit dieser Schimmerei endlich aufhören?«, fragte sie mit zusammengebissenen Zähnen.

»Mir wird gleich schlecht!«

Der Dämon Balthasar knurrte nur und blickte sich um. Der nächtliche Friedhof war menschenleer.

Phoebe nutzte den Moment, in dem Balthasar abgelenkt war und rammte ihm den Ellbogen in die Seite. Genau dort, wo sich die Narbe befand. Der Dämon stöhnte auf vor Schmerz. Gut so, dachte Phoebe befriedigt und hätte am liebsten noch einmal zugestoßen. Stattdessen griff sie nach dem Arm des Dämons und wirbelte Balthasar in einer geschickten Bewegung über ihre Schulter.

Keuchend krümmte sich der Dämon auf der feuchten Friedhofserde zusammen. Phoebe zog die Phiole mit der Zaubermixtur aus der Tasche und baute sich über dem hilflosen Balthasar auf. Die Teleportation und Phoebes Attacke hatten ihn zu sehr geschwächt, um sich noch wehren zu können.

»Jetzt wird es Zeit, dich endgültig zu vernichten«, sagte Phoebe, selbst überrascht über die Kälte in ihrer Stimme.

Balthasar blickte auf und verwandelte sich in seine menschliche Gestalt zurück.

Phoebe schüttelte nur den Kopf. »Das wird dich auch nicht retten.«

Ihre Blicke trafen sich. Coles Augen flehten.

»Ich wollte nur, dass du siehst, wer ich wirklich bin.«

Nein! Das war nur ein Trick! Sie durfte sich nicht schon wieder täuschen lassen.

»Ich habe gesehen, wer du wirklich bist ... Balthasar.«

Phoebe hob die Phiole.

»Nein, warte! Ich will dir nichts tun!«, rief Cole.

Phoebe lachte wütend auf. »Ach nein? Ist das nicht ein bisschen zu spät dafür?« Sie schüttelte den Kopf. »Warum hast du mich nicht einfach getötet? Warum hast du mich durch diese Hölle geschickt? Hat dir das so eine Art dämonischen Kick gegeben? War es das?«

»Nein.« Cole senkte seinen Blick. »Nein, das war es nicht.«

»Was war es dann?« Phoebe unterdrückte die Tränen, mit denen sich ihre Augen füllten. Diese Genugtuung wollte sie dem Dämon nicht geben.

»Ich konnte dich nicht töten. Ich habe es versucht. Es

war meine Aufgabe. Zuerst hast du mit deinen Schwestern alle meine Pläne vereitelt. Selbst, als ich zurück in die Zeit gereist bin, um eure Familienlinie am Allerheiligenabend auszulöschen.«

»Das warst du?« Phoebe war fassungslos.

»Dann kamen Troxa und Andras. Ich habe sie dazu gebracht, euch eure Kräfte zu nehmen, um euch verwundbar zu machen. Ich hatte euch genau da, wo ich euch haben wollte. Ich hätte den Job nur noch zu Ende bringen müssen. Aber ich konnte es nicht. Denn ich habe gemerkt, dass ich dich liebe.«

»Hör auf!« Was würde dieser verdammte Dämon noch alles sagen, um seine Haut zu retten?

»Es ist die Wahrheit, Phoebe. Ich gebe zu, dass vieles eine Lüge war, aber nicht meine Gefühle für dich. In deinem Herzen weißt du, dass ich die Wahrheit sage.« Cole deutete auf sein Gesicht. »Dies hier ist keine Maske. Das ist mein wahres Ich. Ich bin ein halber Mensch. Mein Vater war ein Sterblicher.«

»Das glaube ich nicht!«, rief Phoebe. Die Hand mit der Phiole zitterte.

Cole schüttelte den Kopf. »Wie sonst könnte mein Blut rot sein? Selbst in meiner dämonischen Erscheinung? Du musst mir glauben, Phoebe. Ich hatte vergessen, wie es ist, ein Mensch zu sein. Wie es ist zu fühlen. Dann traf ich dich.«

Phoebe konnte jetzt nicht mehr verhindern, dass ihr die Tränen über die Wangen liefen. Es war ihr egal.

»Das ändert überhaupt nichts«, schluchzte sie. »Du bist immer noch ein Dämon.«

Keiner der beiden bemerkte, wie die Luft hinter einem hohen Grabstein zu flimmern begann.

»Ja«, sagte Cole und stand langsam auf. »Ein Dämon, der unaussprechliche Dinge getan hat.«

Cole trat auf Phoebe zu. »Aber du hast etwas in mir erweckt. Etwas, von dem ich dachte, es wäre vor langer Zeit gestorben. Meine Menschlichkeit. Meine Fähigkeit zu lieben.«

Tausend Gefühle strömten auf Phoebe ein. »Ich möchte dir glauben!«

Cole breitete die Arme aus und blickte ihr fest in die Augen.

»Dann lass es mich beweisen. Vernichte mich.«

Ein knisternder Energiestrahl zuckte auf und schleuderte Cole durch die Luft.

12

»*N*EIN!« P̲ʜᴏᴇʙᴇ ʀᴀɴɴᴛᴇ ᴢᴜ Cᴏʟᴇ, der stöhnend auf
dem Boden lag. Zum Glück hatte die weiche Friedhofserde den Aufprall etwas gedämpft.

Die Wut, die sie gerade noch gegenüber Cole verspürt
hatte, war wie weggeblasen. Sie war nur noch erfüllt von
Sorge um den Mann, den sie liebte – Dämon oder nicht.

Sie packte Cole an den Schultern und zog ihn hoch.
Cole atmete schwer und presste die Hand auf seine
Wunde.

Ein paar Meter weiter lachte Krell, der Kopfgeldjäger,
triumphierend auf. Er war sich seiner Sache sehr sicher.

Aber so leicht gab Phoebe nicht auf. »Komm schon,
Cole! Los!«

Ohne auf sein Stöhnen zu achten, zerrte sie Cole in
Richtung Mausoleum. Hier draußen hatten sie keine
Chance, den tödlichen Energieblitzen des Kopfgeld-
jägers zu entgehen.

Zum Glück war der Eingang des steinernen Grabge-
bäudes nicht weit entfernt.

Nur noch zehn Meter.

Cole stolperte, aber sie konnte verhindern, dass er
wieder zu Boden stürzte.

Noch fünf Meter.

Der Kopfgeldjäger hob erneut seine Hand und feuerte einen Blitz ab. Der knisternde Strahl schlug in dem
Moment in das Gebäude, als Cole und Phoebe durch

die geöffnete Tür sprangen. Ein Teil der Steinfassade platzte auf, aber die beiden schafften es unversehrt ins Innere.

Phoebe zog Cole in die hinterste Ecke der Grabkammer. Sie waren Krells Blitzattacken entkommen, aber es gab nur den einen Ausgang. Sie saßen in der Falle.

Phoebe ließ Cole sanft zu Boden gleiten und schloss ihn in die Arme. Wenigstens würden sie zusammen sterben. Sie glaubte nicht, dass der Kopfgeldjäger sie verschonen würde. Der Kopf einer Hexe würde ihm sicher einen kleinen Bonus einbringen.

Krell betrat das Mausoleum.

»Ich wusste, dass du wieder hierher zurückkommen würdest«, höhnte er.

Trotzig und seine offensichtlichen Schmerzen ignorierend, hob Cole den Kopf aus seiner Deckung.

»Tu ihr nichts.« Es war eher eine Warnung als eine Bitte.

Krell lachte nur. Er wusste, dass Balthasar am Ende war.

»Du bist eine Enttäuschung, Balthasar.« Grinsend stellte sich der Kopfgeldjäger vor Cole und Phoebe. »Du hast dich verändert und lässt dich von deiner menschlichen Seite leiten.«

Verächtlich hob Krell die Phiole, die er von Prue erhalten hatte. Er holte aus, um sie auf Cole zu schleudern und ihn damit zu vernichten.

Phoebe handelte, ohne nachzudenken. Egal, was Cole als Balthasar getan hatte, egal, wie sehr er sie verletzt hatte – sie würde nicht zulassen, dass er durch die Hand des Kopfgeldjägers starb. Blitzschnell sprang sie auf die Beine und trat die Phiole aus der Hand des dämonischen Jägers. Das Fläschchen segelte in hohem Bogen durch die Luft.

Rasend vor Wut ging Krell auf sie zu. Aber Phoebe war alles andere als ein hilfloses menschliches Opfer, wie Krell annahm. Es gelang ihr fast mühelos, seine brutalen Schläge mit ihren Unterarmen abzuwehren. Ohne dass er es in seiner Wut bemerkte, drängte sie ihn Schritt für Schritt nach hinten. Als der Kopfgeldjäger für einen weiteren Fausthieb seine Deckung vernachlässigte, trat Phoebe ihm mit voller Wucht in den Bauch. Krell taumelte zurück, stürzte rücklings über einen Steinsarg und verschwand.

Das war Phoebes Chance. Sie setzte zu einem Sprung über den Sarkophag an, um Krell den Rest zu geben. Doch als sie auf der anderen Seite landete, war der Jäger verschwunden.

Er hat mich ausgetrickst, durchfuhr es Phoebe. Es war zu spät, um noch zu reagieren.

Ein paar Schritte hinter ihrem Rücken materialisierte Krell sich und hob die Hand, um einen tödlichen Energieblitz auf sie abzufeuern.

Phoebe fuhr herum, aber sie wusste, dass ihre Chance gering war. Es war aus.

»Neeeein!« Coles Schrei hallte durch das Mausoleum. Mit letzter Kraft bäumte er sich auf und schleuderte einen Energiestrahl gegen den Kopfgeldjäger.

Augenblicklich wurde Krell von einem Energiegewitter eingehüllt. Er riss ungläubig die Augen auf und löste sich mit einem erstickten Röcheln auf.

Ein beißender Geruch erfüllte das Mausoleum, während Cole erschöpft zusammenbrach.

Phoebe rannte zu ihm.

»Glaubst du mir jetzt?«, stöhnte Cole und blickte Phoebe traurig an.

Anstatt ihm zu antworten, küsste sie ihn.

»Phoebe?!«

Widerstrebend löste Phoebe ihre Lippen von Coles Mund.

Das waren die Stimmen von Prue und Piper. Sie liefen über den Friedhof und suchten sie. Es war nur eine Frage von Sekunden, bis sie sie fanden.

Phoebe machte sich keine Illusionen. Ihre Schwestern würden alles tun, um Balthasar zu vernichten. Wie konnten sie auch ahnen, dass sie Coles wahres Ich gesehen hatte? Dass sie die Liebe und Güte gespürt hatte, die er tief in seinem menschlichen Herzen verborgen hielt?

»Ich sollte besser gehen«, sagte Cole matt. Er schien ihre Gedanken zu erraten.

Phoebe schüttelte den Kopf. »Sie werden dich suchen, bis sie dich aufgespürt haben.«

»Deine Schwestern?«

Phoebe dachte fieberhaft nach. »Nicht nur sie. Gib mir dein Hemd!«

Cole blickte sie überrascht an. »Mein Hemd?«

»Beeil dich!« Wenn ihr Plan gelingen sollte, durften sie keine Sekunde mehr verlieren.

Phoebe nahm Cole das Hemd aus der Hand und warf es auf den Steinboden. Dann hob sie die Phiole mit der Zaubermixtur auf, die sie dem Kopfgeldjäger aus der Hand getreten hatte. Sie griff nach Coles Hand.

»Vertrau mir«, flüsterte sie und zog Balthasars Dolch hervor.

Mit der scharfen Klinge ritzte sie Coles Handfläche auf.

Jetzt begriff er und drückte die Hand zu einer Faust zusammen. Blut tropfte auf das Hemd, das vor ihm auf dem Boden lag.

Die beiden blickten sich tief in die Augen. Dann hob Phoebe die Phiole und schleuderte die Zaubermixtur auf den Boden. Mit einem lauten Zischen ging das blutgetränkte Hemd in Flammen auf.

Phoebe wusste, dass ihre Schwestern die kleine Explosion gehört haben mussten. In wenigen Sekunden würden sie hier sein.

»Jetzt wird dich niemand mehr suchen«, flüsterte sie und nahm Coles Kopf sanft in ihre Hände. »Du bist tot.«

»Phoebe!«

Die Stimmen ihrer Schwestern waren jetzt ganz nah.

»Hier drinnen!«, rief sie laut und blickte dann wieder auf Cole. »Du musst jetzt gehen. Bitte.«

Ohne etwas zu sagen, beugte sich Cole zu ihr herunter. Sie spürte, wie sich seine Lippen auf die ihren pressten. Eine viel zu kurze Sekunde lang.

Dann löste sich Cole auf und war fort.

Piper und Prue stürmten in das Mausoleum. Auf dem Fußboden schmorten die Überreste von Coles Hemd. Die Zaubermixtur hatte einen hässlichen Fleck in den Steinboden gefressen.

»Phoebe?«, fragte Prue sanft.

»Bist du in Ordnung?« Piper blickte auf die schmorenden Überreste auf dem Boden.

»Er hat Krell getötet«, schluchzte Phoebe. Zumindest dieser Teil der Geschichte stimmte.

»Und du hast getan, was du tun musstest.« Prue umarmte ihre Schwester.

Ja, dachte Phoebe. Auch das stimmt. Ich habe getan, was ich tun musste.

Phoebe lag auf dem Sofa im Wohnzimmer des Halliwell-Hauses. Im Kamin knisterte ein Feuer. Sie spielte gedankenverloren mit dem Messer, das einst Balthasar gehört hatte.

Prue und Piper betraten das Wohnzimmer. Piper hielt ein Tablett mit kleinen Törtchen in den Händen.

»Wir haben dir etwas gebacken«, sagte sie mitfühlend.

Phoebe lächelte ihre Schwestern an. Sie war froh, die beiden zu haben. Trotzdem hatte sie Prue und Piper angelogen und tat es immer noch, indem sie ihnen verschwieg, dass Cole noch lebte.

»Danke, aber ich bin nicht wirklich hungrig«, lächelte sie matt.

Prue nickte verständnisvoll. »Möchtest du reden?«

»Es gibt eigentlich nichts zu reden. Du hattest Recht. Wie immer.«

»Es geht mir nicht darum, Recht zu haben«, sagte Prue.

Phoebe seufzte. »Ich weiß. Glaub mir, Prue, es gibt nichts, wofür du dich entschuldigen müsstest. Aber ich muss es. Was ich getan habe, ist ...«

»Phoebe«, winkte Piper ab, »er hat uns alle getäuscht, nicht nur dich.«

»Das meine ich nicht«, seufzte Phoebe. »Ich ... ich schäme mich nur so.«

»Sei nicht so hart zu dir selbst«, erwiderte Piper.

Prue stimmte zu. »Du hast dir nichts vorzuwerfen.«

Phoebe blickte ihre Schwestern an. »Wirklich nicht?«, fragte sie leise.

»Das Wichtigste ist«, fuhr Prue fort, »dass es vorbei ist. Wir können endlich wieder unser normales Leben führen.«

»Bis der nächste Balthasar angreift.« Piper stand auf. »Wir lassen dich jetzt besser allein.«

»Sag uns, wenn du irgendetwas brauchst.« Prue blieb noch eine Sekunde im Türrahmen stehen, bis sie Piper in den Flur folgte.

»Danke«, sagte Phoebe.

Das polierte Metall von Coles Dolch fühlte sich kühl und glatt an. Der Feuerschein des Kamins spiegelte sich darin.

Würde sie ihn wieder sehen? Wie würden ihre Schwestern reagieren?

Phoebe seufzte und dachte an Coles letzten Kuss.

Die Zeit würde es zeigen.

Das Böse in mir

1

DER DUFT VON FRISCH GERÖSTETEM Popcorn erfüllte
das Zimmer. Phoebe nahm eine Hand voll aus der großen Schüssel, die auf ihrem Schoß lag und lehnte sich
seufzend in ihre Kissen zurück. Vor ihr flimmerte ein
alter Schwarzweißfilm über die Mattscheibe des Fern-
sehers.

»Töte es, bevor es stirbt!«

Ihr absoluter Lieblingsstreifen, ein romantischer
Horrorthriller aus den 50er Jahren. Unwiderstehlich
schlecht.

»Oh, Billy! Bitte lass mich nicht allein!«, rief
Sally Mae, die weibliche Heldin des Films. Panisch
rannte sie durch die Nebelschwaden, die durch eine
billige Studiokulisse waberten. Ihre Zöpfe flogen hin
und her. Plötzlich trat Billy hinter einem Baum aus
Pappmaché hervor. Er schloss Sally Mae in die Arme.

»Sally Mae!«

»Billy! Ist es wirklich vorbei?«

»Ja«, sagte Billy. Die Monster waren getötet, die Welt
gerettet und ihre Liebe gesichert. *»Solange ich bei dir
bin, ist alles gut!«*

»Oh, du bist mein Held«, seufzte Sally Mae und
küsste Billy. Hand in Hand gingen die beiden aus dem
Bild.

»Und ich möchte mit dir alt werden, Sally Mae!«

Phoebe seufzte erneut. Sie hatte diesen Film vor vielen Jahren zum ersten Mal im Nachtprogramm gesehen und konnte gar nicht genug davon bekommen.

Sie griff nach der Fernbedienung, um den Videorekorder zu stoppen.

Plötzlich begann die Luft zwischen den verlassenen Filmkulissen zu flimmern.

Der Kunstnebel zischte zur Seite. Phoebes Finger auf der Stopp-Taste der Fernbedienung erstarrte.

Das war doch noch nie da gewesen. War das eine Bildstörung auf dem Videoband?

Irgendetwas trat aus dem wabernden Nebel hervor. Eine Gestalt. Schwarze Hosen und strenger schwarzer Rollkragenpullover.

Phoebe stockte der Atem. Das war doch nicht möglich!

Cole!

Cole ging durch die Kulisse ihres Lieblingsfilms und trat auf die Kamera zu, bis sein Gesicht fast den ganzen Bildschirm ausfüllte.

Er lächelte. »Hi, Phoebe. Wundere dich nicht, das ist nur ein kleiner Trick, den ich vom Dämon der Illusionen gelernt habe.«

Phoebe war fassungslos. War das ein Traum?

»Aber ... was ...?!«, stotterte sie.

»Was ich hier tue?« Cole blickte sie an. »Na ja, ich wusste nicht genau, wie du reagieren würdest. Ich dachte, das hier wäre ein sicherer Weg, um dich wissen zu lassen, dass ich wieder da bin ... und diesmal bleibe ich.«

Die Basstöne der Band dröhnten dumpf im Hintergrund, als Prue und Justin aus dem *P3* kamen. Prue hatte den jungen Mann vor ein paar Wochen kennen gelernt und traf sich regelmäßig mit ihm. Justin war groß, dunkelhaarig und sympathisch. Er war ein guter Zuhörer, redete selbst gern über sein Auto und war nie aufdringlich. Aber das Adjektiv, das ihn am besten charakterisierte war *nett*.

So hatten Piper und Phoebe ihn zumindest bezeichnet. Ein niederschmetterndes Urteil. Aber sie hatten Recht. Sie hatte ihn gern, aber da war nichts Prickelndes zwischen ihnen. Kein Herzklopfen, wenn sie in seiner Nähe war.

Prue blickte Justin an, der in seiner Lederjacke vor ihr stand und sie anlächelte. Der Junge vom Parkservice fuhr gerade Justins Auto vor.

Prue räusperte sich. »Also, ähm, ich fand den Abend heute wirklich schön, Justin.«

»Wirklich?« Justin grinste sie unsicher an. »Ich frage nur, weil du mir so still vorgekommen bist.«

»Nein, keine Sorge.« Prue schüttelte den Kopf. »Mir geht nur so viel durch den Kopf, jetzt wo Pipers Heirat kurz bevorsteht.«

Justin nickte verständnisvoll. »Schon klar. Wenn ich paranoid wäre, hätte ich gedacht, es läge an mir.«

»Sei nicht albern«, erwiderte Prue.

Volltreffer, dachte sie.

Justin trat nervös von einem Bein aufs andere. »Bleibt es beim Mittagessen morgen?«

»Klar. Du holst mich am besten so gegen ein Uhr mittags ab«, erwiderte Prue. Ihre Verabredungen zum Mittagessen waren schon jetzt Routine.

Der Junge vom Parkservice öffnete für Justin die Wagentür.

»Schön«, sagte Justin. Er lächelte Prue an und machte einen unsicheren Schritt auf sie zu.

Das war der Moment, den Prue gefürchtet hatte. Der Abschiedskuss. Oh, sie hatte nicht wirklich etwas dagegen, aber selbst die schüchternen Küsse zur Begrüßung und zum Abschied waren für sie nur eine Formalität.

Justin beugte sich zu ihr hinunter und ihre Lippen berührten sich flüchtig.

Prue lächelte Justin an. »Gute Nacht«, sagte er etwas enttäuscht.

»Nacht«, erwiderte Prue und sah zu, wie Justin in seinen Wagen stieg und losfuhr.

Prue holte tief Luft und ging wieder zurück ins *P3*, wo ihre Schwestern schon auf sie warteten.

Ein schwarz gekleideter, etwa 40 Jahre alter Mann hatte die ganze Szene unbemerkt beobachtet. Er zog amüsiert eine Augenbraue hoch. Mit seinem südländischen Teint und den schon etwas schütteren schwarzen Haaren hatte er etwas Reifes und Attraktives an sich. Trotzdem strahlte seine ganze Erscheinung eine Aura der Arroganz aus. Er folgte Prue selbstsicher lächelnd in den Nachtclub.

Piper und Leo saßen an der Bar des *P3*. Piper hatte sich ein paar Haarsträhnen zu Rastalöckchen geflochten und sah einfach hinreißend aus. Die beiden waren ein wunderbares Paar, dachte Prue, als sie sich zu ihnen setzte.

»Hi«, grüßte sie.

Piper blickte überrascht von den Notizen auf, die sie vor sich ausgebreitet hatte. An Leos etwas unsicherem Blick konnte Prue ablesen, dass die beiden wieder einmal dabei waren, die bevorstehende Hochzeit zu planen. Prue lächelte innerlich. Der arme Leo. Aber Piper kannte kein Pardon, wenn es um die perfekte Vorbereitung dieses ganz besonderen Tages ging.

»Na so was«, sagte Piper ironisch grinsend. »Es ist gerade mal neun Uhr abends und dein Date ist schon vorüber? Seit wann lebst du in einem Disney-Film?«

Prue erwiderte das ironische Lächeln. »Justin hat morgen früh ein wichtiges Meeting.«

Eine fadenscheinige Erklärung.

»Verstehe«, sagte Piper nur. »Und – hast du dich entschieden, ob du ihn auf unsere Hochzeit einladen willst?«

Prue atmete tief aus. »Nein, ich drücke mich noch davor.« Sie hatte wirklich lange darüber nachgedacht. »Oh, wisst ihr, er ist wirklich nett und süß, aber er ist so . . .«

Wie sollte sie es ausdrücken?

». . . vorhersagbar.« Das war das richtige Wort. Überraschungen würde es mit Justin sicherlich niemals geben. »Es gibt keine Geheimnisse.«

Prue zog einen Lippenstift aus ihrer Tasche und zog sich nachdenklich die Lippen nach. »Und die Einladung zu einer Hochzeit würde sehr viel bedeuten . . .«

»Was denn«, warf Leo ein, »dass er eine Fliege binden kann?«

»Nein.« Prue ließ den Lippenstift wieder in die Handtasche gleiten. »Dass die Beziehung etwas

Ernstes ist, versteht ihr? Dass sie eine Zukunft hat. So eine Hochzeit ist erfüllt von Romantik, Reibereien innerhalb der Familie und voller versteckter Spannungen.«

»Noch ein Grund mehr, eine einfache, private Feier daraus zu machen«, seufzte Leo.

Piper lächelte Leo kopfschüttelnd an. »Netter Versuch, Mister. Aber die Hochzeitsplaner kommen morgen um elf Uhr vormittags, und du wirst dich nicht aus dem Staub machen, Freundchen.«

Ohne Leos Antwort abzuwarten, stand Piper auf und verschwand in Richtung Toilette.

Leo blickte Prue Hilfe suchend an.

»Ich weiß nicht«, seufzte er. »Ich möchte nur nicht, dass dieser Tag eine Enttäuschung für sie wird. Ich meine, wie soll man eine normale Hochzeit feiern, wenn der Priester ein Geist ist und der Bräutigam ein Toter?«

Prue nickte sanft mit dem Kopf. Sie verstand Leos Befürchtungen und es sprach für ihn, dass er sich um Piper Sorgen machte. Aber als Mann konnte er kaum verstehen, was in Piper vorging.

»Leo, versuch nicht mal, das Ganze zu begreifen, okay? Es ist so eine Art Aschenputtel-Komplex. Jedes Mädchen macht das durch. Ich zum Beispiel träume schon mein ganzes Leben lang von diesem Tag.«

»Von Pipers Hochzeit?«

Prue gab Leo einen Klaps auf den Unterarm.

»Von *meiner*, Dummkopf! Ich meine, ich bin die älteste Schwester. Ich sollte die Erste sein, die spricht und eine Zahnklammer bekommt. Und ich sollte die Erste sein, die heiratet.«

Prue ahnte nicht, wie sehr sie diesen Gedanken bereuen würde.

Mit entschlossenen Schritten ging Piper durch den kleinen Vorraum, der zu den Toiletten führte. Sie war so in Gedanken vertieft, dass sie den südländischen, schwarz gekleideten Mann am Münztelefon gar nicht bemerkte. Hätte sie etwas genauer hingesehen, hätte sie vielleicht bemerkt, dass der Fremde die Gabel des Telefons herunterdrückte und nur so tat, als würde er sprechen.

Piper öffnete die Tür zur Damentoilette und ging hinein. Augenblicklich legte der Mann den Hörer auf und konzentrierte sich. Er verschränkte die Arme vor der Brust und presste die Handflächen aneinander. Seine Gesichtszüge verfielen in einen Ausdruck tiefer Meditation – und dann verschwammen sie.

Der ganze Körper des Mannes begann zu flimmern wie ein schlecht eingestelltes Fernsehbild. Dann verfestigten sich die Konturen wieder, aber nicht er, sondern Piper stand dort. Zufrieden blickte er an sich herunter. Wieder einmal war ihm eine perfekte Verwandlung gelungen.

Das war der Anfang vom Ende der Halliwell-Schwestern.

Der Gestaltwandler ging mit federnden Schritten zurück zur Bar. Es war jedes Mal aufs Neue ein Rausch der Sinne, sich in dem kopierten Körper eines anderen Menschen zu bewegen, aber diesmal hatte er keine Zeit, dieses Gefühl zu genießen. Sie wartete.

Der Wandler räusperte sich mit Pipers Stimme.

»Hey, Prue, leihst du mir deinen Lippenstift?«

»Was?« Prue blickte ihre Schwester verwundert an. Das war noch nie vorgekommen. Normalerweise waren die drei Schwestern sehr eigen, wenn es um ihre Kosmetika ging.

Piper machte eine ungeduldige Geste.»Dein Lippenstift. Meiner ist alle. Darf ich?«

Mit einem Schulterzucken griff Prue in ihre Handtasche, holte den Lippenstift heraus und reichte ihn Piper.

»Sicher. Bedien dich.«

Ohne auch nur einen Blick auf Leo, ihren zukünftigen Mann zu werfen, rauschte Piper mit dem Lippenstift wieder ab.

Leo blickte ihr erstaunt hinterher. Piper war oft etwas schroff, wenn ihr etwas Wichtiges durch den Kopf ging, aber sie hätte sich wenigstens bedanken können. Doch den Wächter des Lichts beschäftigte noch etwas anderes. Er war sehr um die Halliwell-Schwestern besorgt. Nicht nur, weil er eine davon bald heiraten würde, sondern auch, weil er dazu ausersehen worden war, die drei zu beschützen. Und Phoebe, die jüngste der Schwestern, schien gerade besonders viel Hilfe zu brauchen. Erst vor kurzem hatte sie gestanden, dass sie den Dämon Balthasar nicht vernichtet hatte. Sie hatte ihn und ihre Schwestern absichtlich getäuscht, weil sie sich in Cole – Balthasars menschliche Hälfte – verliebt hatte. Prue und Piper fühlten sich dadurch zu Recht getäuscht, und seitdem hing der Haussegen schief.

Leo räusperte sich. »Hör mal, wegen Phoebe … meinst du nicht, ihr könntet ihr langsam verzeihen? Ich meine, sie hat diese Geschichte mit Cole hinter sich gelassen.«

»Leo, du kannst nicht einfach so tun, als hättest du einen Dämon vernichtet und dann zwei Monate später sagen: Sorry, das war eine Lüge.« Prue schüttelte den Kopf.

»Ich weiß«, warf Leo ein. »Aber soweit ich das sehe, will sie nichts mehr mit ihm zu tun haben.«

Prue runzelte die Stirn. »Vielleicht nicht«, sagte sie. »Aber das bedeutet noch nicht, dass er nicht mehr versuchen wird, uns zu töten.«

Der Gestaltwandler ging mit Pipers Körper zurück in den Toilettenvorraum. Er blickte sich um. Gut. Er war wieder allein. Die Körperkonturen begannen zu verschwimmen und in die Gestalt des Mannes zurückzufließen. Statt Piper hielt jetzt der Fremde Prues Lippenstift in der Hand. Lächelnd schloss er die Augen.

Nur ein kurzer Gedanke – und er glitt durch Zeit und Raum – vor den Altar der Priesterin Dantalian.

Der Gestaltwandler holte tief Luft und zog den modrigen Geruch der Kirchenruine in seine Nase. Das faulige Aroma erinnerte ihn an seine Heimatwelt. Er blickte sich um. Die Hohe Priesterin hatte alles für die Zeremonie vorbereitet. Der entweihte Steinaltar in der Mitte des Raumes wurde von Dutzenden von Kerzen erleuchtet. Schalen und Schüsseln mit magischen Substanzen verströmten ihren eigenwilligen Duft. Unter einer Glasglocke versuchte ein schwarzer Skorpion vergeblich, seinem Gefängnis zu entkommen.

Der Gestaltwandler trat vor den Altar und fiel ehrfürchtig auf die Knie.

»Dantalian«, rief er mit gesenktem Kopf. »Priesterin Dantalian.«

Im selben Augenblick schien eine Gestalt neben ihm aus dem Boden hervorzuschießen. Seine Gebieterin. Und wie immer war sie atemberaubend schön. Ihre asiatischen Gesichtszüge wurden von einer kunstvoll hoch gesteckten Frisur gekrönt. Die vollen Lippen glänzten blutrot. Ihr schwarzes, wallendes Gewand ließ ihre vollendete Figur erahnen. Der Gestaltwandler hielt den Atem an und stand dann mit immer noch gesenktem Kopf auf.

Dantalian verschwendete keine Zeit für eine Begrüßung. »Hattest du Erfolg, Zile?«

Mit einer ehrerbietigen Geste reichte Zile ihr Prues Lippenstift. »Sie ist noch schöner, als Ihr sagtet, Herrin.«

Wieder ignorierte Dantalian die Worte ihres Schergen, als sie den Lippenstift entgegennahm.

»Bist du sicher, dass er ihre Lippen berührt hat?«, fragte sie nur.

»Absolut sicher.« Zile lächelte die Priesterin an und konnte es nicht verhindern, gierig ihre Figur zu betrachten. »Ich möchte nicht undankbar erscheinen, Herrin, aber was habt Ihr davon, wenn Prue Halliwell meine Braut wird?«

Dantalian registrierte seine Blicke. Als Hohe Priesterin war sie es gewohnt, verehrt zu werden. In jeder Beziehung. »Ich bin nur eine demütige Dienerin der *Quelle*. Und ich profitiere wie wir alle davon, wenn sich Gutes in Böses verwandelt.«

Zile lächelte sie ironisch an. Natürlich. Aber er wusste, dass Dantalian noch nie irgendetwas aus reiner Selbstlosigkeit getan hatte.

»Trotzdem, all die unheiligen Verbindungen, die Ihr schon geweiht habt«, beharrte er, »sollten Euch doch irgendeinen Lohn einbringen. Besonders diese hier.«

Lächelnd hob Dantalian die Glasglocke hoch und packte den zappelnden Skorpion an seinem Giftstachel.

»Es gibt in der Tat einen kleinen Bonus, der mich reizt. Das Halliwellsche *Buch der Schatten* soll das mächtigste aller magischen Bücher sein.«

»Ein *Buch der Schatten*?«, fragte Zile. »Das sollte nicht schwer zu beschaffen sein.«

»Dieses hier schon.« Dantalian ließ den Skorpion in ein Gefäß mit einer Zaubermixtur fallen. Die Flüssigkeit färbte sich blutrot, als sich der Skorpion darin auflöste. »Für das Böse ist dieses spezielle Buch unberührbar. Doch wenn wir Prue mit dem Bösen infizieren, dann werden auch die Schwestern und schließlich auch das Buch davon betroffen sein. Ihrer aller Magie ist miteinander verbunden.«

Zile kniete nieder. Sein Kopf war jetzt genau in der Höhe von Dantalians entblößtem Bauchnabel, und er genoss den Anblick, während er sprach.

»Dann werde ich es Euch beschaffen, als kleinen Beweis meiner Dankbarkeit.«

Dantalian tauchte ihren Zeigefinger in die Substanz. »Eins nach dem anderen. Du wirst die Hexe hierher bringen, damit ich die Zeremonie durchführen kann. Diese Mixtur habe ich dafür gebraut.«

Die Hohe Priesterin strich ihren Zeigefinger über die Lippen des Gestaltwandlers und benetzte sie mit der

Mixtur. Lächelnd nahm sie zur Kenntnis, wie Zile unter dieser Berührung erzitterte. Es war so einfach, Macht auszuüben. Doch mit dem *Buch der Schatten* würde sie über eine Macht verfügen, vor der selbst die *Quelle* erzittern würde.

»Küss sie«, flüsterte Dantalian, »und sie wird gelähmt sein. Nachdem ich euch beide vermählt habe, wird sie in einen tiefen Schlaf fallen und sich dem Bösen zuwenden. Für immer.«

2

*P*IPER STIEG DIE TREPPEN zum Flur des Halliwell-Hauses hinunter. Prue, Leo und die beiden engagierten Hochzeitsplaner – Ms. Wilson und Mr. Schulz – beobachteten sie. Die beiden Planer kritzelten unablässig etwas auf ihre Schreibblöcke.

»Okay, soweit es mich angeht«, sagte Piper, »kann es gar nicht traditionell genug sein. Also – der Hochzeitsmarsch erklingt, und ich komme die Stufen hinunter.«

Misses Wilson legte den Kopf zur Seite und blickte Piper fragend an. »Also keine Brautjungfer an Ihrer Seite?«

Piper stoppte überrascht auf der letzten Stufe. »Äh, ich weiß nicht.« Sie blickte Hilfe suchend zu Prue. »Habe ich eine?«

Prue zuckte mit den Achseln. Direkt neben ihr stand Leo, der demonstrativ die Arme vor der Brust verschränkte.

»Ich weiß nicht«, erwiderte Prue. »Vielleicht kannst du ja Kate vom Ende der Straße fragen.«

»Großartige Idee«, stimmte Leo sarkastisch ein. »Vielleicht bringt sie ja auch ein paar ihrer märchenhaften Freunde mit. Oder, noch besser, die Trolle.«

Die beiden Planer blickten entgeistert zwischen Leo und Piper hin und her. »Trolle?«, fragte Ms. Wilson.

»Äh, also . . .«, setzte Piper an. Wie sollte sie das erklären? Besten Dank, Leo.

»Ja, die Trolle.« Prue lächelte verlegen. »Die Mitglieder unserer Familie väterlicherseits sind etwas, äh, kurz geraten.«

Die beiden Hochzeitsplaner blickten sich an. Trotzdem blieb das Lächeln auf ihren Gesichtern festgefroren.

»Na schön«, seufzte Piper, »vergessen wir die Brautjungfer.«

Ms. Wilson räusperte sich. »Nun ja, aber wir sollten wenigstens das Treppengeländer mit Girlanden schmücken. Vielleicht können wir ein Blumenmotiv entwerfen, das sich bis hinunter zum Altar zieht. Wie viele Gäste erwarten Sie eigentlich?«

Gute Frage. Piper zog die Augenbrauen hoch. »Mal sehen, so etwa fünfzig oder sechzig.«

»Sechzig?«, rief Leo überrascht auf. »Wen denn zum Beispiel?«

Piper trat vor Leo und blickte zu ihm auf. »Na ja, da sind erst einmal die ganzen Leute aus dem *P3*, alle Freunde und Darryl und Mom und Dad ...«

»Äh, Piper?«, unterbrach Prue ihre Schwester. »Ich glaube nicht, dass wir Mom dazurechnen können.« Prue war sich sicher, dass Geister in den Kalkulationen der Hochzeitsplaner gewöhnlich nicht vorkamen.

»Aber wir müssen sie dazuzählen«, warf Mister Schulz ein. »Schließlich wird sie ja auch etwas essen.«

»Oh, glauben Sie mir«, lächelte Prue, »sie wird nichts essen.«

»Ich dachte, Ihre Mutter wäre verstorben?«, fragte Ms. Wilson verunsichert.

»Äh, ja, richtig.« Prue blickte bedeutungsvoll hinauf.

»Ich, äh, meinte, sie wird sicherlich im Geiste hier sein.«

Geräuschvoll strich Mr. Schultz etwas aus seinem Notizblock.

»Sie haben Recht«, sagte er. »Das zählt nicht. An was für Hors d'œuvres hatten Sie in etwa gedacht?«

»Schweine im Speckmantel«, rief Leo genervt dazwischen. Der Vormittag mit Ms. Wilson und Mr. Schulz hatte bereits sehr an seinen Nerven gezerrt, und der Fragenkatalog der beiden Hochzeitsplaner schien unendlich zu sein.

Piper lachte auf, aber ihre Augen funkelten ganz und gar nicht amüsiert. »Leo, ich hatte eigentlich an etwas Stilvolleres gedacht.«

In diesem Augenblick klingelte das Telefon.

»Ich gehe schon«, rief Prue und lief in den Flur. Sie war froh, der Diskussion entkommen zu sein. Wenn das so weiter ging, würden sich Piper und Leo noch vor der Hochzeit streiten.

Auch Piper nutzte die entstandene Unterbrechung. »Entschuldigen Sie uns bitte kurz«, sagte sie zu den beiden Hochzeitsplanern und winkte Leo in den Wintergarten.

»Wir müssen uns noch überlegen, wo wir die Eisskulptur aufbauen wollen«, rief Ms. Wilson hinterher.

Piper schloss die Tür hinter sich, ohne darauf einzugehen.

»Was soll das alles?«, fuhr sie Leo an. »Warum tust du das?«

Leo blickte sie mit sanften Augen an, aber seine Stimme war bestimmt. »Weil das Ganze in einer Katastrophe enden wird!«

»Oh ja«, sagte Piper drohend. »Mach nur so weiter und es wird garantiert so kommen.«

»Piper, ich liebe dich«, versuchte Leo zu erklären. »Und ich möchte nichts mehr, als dass du die Hochzeit bekommst, von der du träumst. Aber du machst dir etwas vor. Wir brauchen keine Hochzeitsplaner. Wir brauchen nur uns!«

Er legte seine Hände auf Pipers Schultern, um seine Worte zu unterstreichen.

Piper schob seine Hände wieder weg. »*Du* brauchst vielleicht keine Hochzeitsplaner, aber ich. Wenn ich am Vormittag unserer Hochzeit gegen einen Dämonen kämpfen muss, dann will ich sicher sein, dass die Blumen trotzdem rechtzeitig da sein werden.«

Leo lächelte sie liebevoll an. »Es sind nicht die Blumen, um die ich mir Sorgen mache. Es sind die Gäste. Wie sollen wir ihnen das alles erklären? Ich meine, ein Wächter des Lichts, der eine Hexe heiratet – das ist nun wirklich nicht normal.«

»Offensichtlich nicht.« Piper lächelte ihn ironisch an und stürmte zurück ins Wohnzimmer, wo die Hochzeitsplaner schon über den Standort des Altars diskutierten.

Leo seufzte.

Prue stand im Flur und beendete gerade ihr Telefonat mit Justin. Er hatte angerufen, um ihre Verabredung zum Mittagessen noch einmal zu bestätigen. Noch nie hatte sich Prue so sehr auf ein Date mit Justin gefreut. Lieber eine Verabredung mit dem langweiligsten Mann der Stadt, als noch eine weitere Stunde mit Ms. Wilson und Mr. Schulz, dachte sie. Prue hatte in ihrer Karriere als Hexe schon Quälgeister ausgetrieben, die weitaus weniger penetrant waren, als diese beiden ewig lächelnden Hochzeitsplaner.

»Alles klar, wir treffen uns dort. Bis später, Justin.«

Prue legte gerade den Hörer auf, als Phoebe die Treppe hinunterschlich. Sie trug eine blaue Jacke und hatte sich eine Wollmütze tief ins Gesicht gezogen. Anders als sonst hatte sie keinen mit Büchern gefüllten Rucksack dabei.

»Hi, Phoebe«, sagte Prue. Vielleicht war das eine günstige Gelegenheit, um mit ihrer kleinen Schwester über Balthasar zu sprechen.

Aber Phoebe winkte nur ab. Sie schien Prues Blicken auszuweichen.

»Ich komme zu spät zum Unterricht«, sagte sie nur.

»Okay«, erwiderte Prue. »Soll ich dich hinbringen?«

»Holt Justin dich denn nicht zum Mittagessen ab?«, fragte Phoebe verwundert. Die Aussicht, von ihrer Schwester chauffiert zu werden, schien sie nicht besonders zu reizen.

»Na ja, sein Auto ist mal wieder liegen geblieben, und ich treffe mich mit ihm gleich im Restaurant. Ich dachte nur, na ja, wenn ich dich zum College fahre, könnten wir unterwegs vielleicht ein wenig reden. Du weißt schon, über diese ganze Sache mit Cole.«

Phoebe erstarrte.

»Ich muss los«, sagte sie nur. Dann drehte sie sich auf dem Absatz herum und rannte zur Haustür.

Prue blickte ihr verwundert nach und merkte gar nicht, dass eine von Zweifeln geplagte Piper sich ihr von hinten näherte.

»Okay, sag mir die Wahrheit«, seufzte Piper. »Glaubst

du, ich übertreibe es mit meinen Hochzeitsvorbereitungen?«

Prue blickte noch immer auf die Haustür, durch die Phoebe verschwunden war. Irgendetwas war faul an der Sache.

»Prue? Hallo?«

»Oookay«, überlegte Prue. »Warum geht Phoebe ohne ihre Bücher zur Schule?«

»Okay«, fragte Piper zurück. »Warum antwortet Prue nicht auf Pipers Frage?«

Endlich drehte Prue sich um und blickte ihrer Schwester ins Gesicht. »Vielleicht, weil sie nicht möchte, dass ihre *beiden* Schwestern nicht mehr mit ihr reden.«

Prue blickte auf ihre Uhr. »Ich muss los, Justin wartet. Ach, äh, kann ich meinen Lippenstift wiederhaben?«

Piper blickte sie groß an. »Welchen Lippenstift?«

»Den ich dir gestern im Club geliehen habe.«

Piper schüttelte nur verständnislos den Kopf. »Sorry, das war ich nicht.«

Prue runzelte die Stirn. »Stimmt, ich muss dich mit einer anderen Piper verwechselt haben.«

Aus dem Wohnzimmer klang eine aufgeregte Stimme herüber. »Piper?«

Es war Ms. Wilson. »Haben Sie noch etwas Zeit? Wir müssen noch besprechen, wo die Eisstatue aufgebaut werden soll.«

»Weißt du was?«, fragte Prue. »Viel Spaß bei dem Ganzen hier!«

Piper öffnete den Mund, um etwas zu erwidern, aber Prue schloss bereits die Haustür hinter sich zu.

Phoebe ging zu dem alten Mausoleum. Offensichtlich hatte die Friedhofsverwaltung den Teil der Fassade ersetzen lassen, der beim Kampf gegen Krell, den Kopfgeldjäger, beschädigt worden war.

Das Ganze war kaum zwei Monate her, aber Phoebe erschien es wie eine Ewigkeit. Sie öffnete die Tür. Das Innere des Mausoleums lag still und dunkel vor ihr. Trotzdem konnte sie Coles Anwesenheit spüren. Sie wusste, dass er hier war.

»Cole?« Ihre Stimme hallte zaghaft von den Steinwänden wieder.

Ein Schatten stieg hinter einem hohen Steinsarkophag in der Mitte des Raumes empor.

Cole.

Phoebes Herz klopfte bis zum Hals. Er war es wirklich.

»Phoebe? Ich wusste, dass du kommen würdest.«

Mit einem Lächeln ging Cole auf Phoebe zu und breitete die Arme aus.

Phoebe versuchte sich zurückzuhalten, aber sie wurde von ihren eigenen Gefühlen übermannt. Sie rannte auf ihn zu. Er war es wirklich! Er war tatsächlich zu ihr zurückgekommen – dieser Bastard!

Mit voller Wucht verpasste Phoebe dem Halbdämonen einen Kinnhaken. Cole stürzte zu Boden.

»Das war dafür, dass du meinen Lieblingsfilm ruiniert hast«, schrie sie ihn an, »und, ach ja, mein Leben auch noch!«

Cole rieb sich das Kinn und blickte traurig zu ihr auf. »Phoebe.«

»Ich will nichts hören, Cole, ich bin über dich hinweg. Ich will nichts mehr mit dir zu tun haben!«

»Das glaube ich nicht.« Cole rappelte sich auf.

»Ach nein?« Phoebe kochte vor Wut. »Tja, glaub es ruhig, denn wenn ich dich jemals wieder sehe, werde ich tun, was ich schon vor langer Zeit hätte tun sollen, nämlich deinen erbärmlichen Dämonenhintern anzünden!«

Cole schüttelte den Kopf. »Unsere Trennung hat deine Sehnsucht nach mir offensichtlich nicht verstärkt.«

Phoebe drehte sich um und ging auf den Ausgang zu. So etwas musste sie sich nicht anhören.

»Phoebe! Warte!« Coles Stimme wurde laut. »Ich nehme ein gewaltiges Risiko auf mich, nur um hier mit dir zu reden. Du könntest mir dafür wenigstens zuhören.«

Widerwillig drehte Phoebe sich noch einmal herum.

»Ich verstecke mich jetzt schon die ganze Zeit und schimmere von Welt zu Welt, damit die *Quelle* nicht merkt, dass du meinen *erbärmlichen Dämonenhintern* eben nicht angezündet hast. Du bist die Einzige, die weiß, dass ich noch lebe.«

Phoebe blickte zu Boden.

»Streng genommen stimmt das nicht«, sagte sie. »Ich konnte meine Schwestern nicht mehr länger anlügen. Ich musste es ihnen sagen.«

Cole atmete tief durch. »Okay. Das verstehe ich. Solange du es nicht Leo gesagt hast.«

Phoebe schwieg viel sagend.

»Oh, verdammt, Phoebe«, herrschte Cole sie an, »warum hast du es nicht gleich in die Zeitung gesetzt, damit es die ganze Welt erfährt?!«

»Weißt du was?«, fragte Phoebe nicht weniger zornig. »Vielleicht hätte ich das tun sollen.«

»Ich habe mein Leben für dich riskiert, Phoebe.« Coles Stimme wurde wieder sanft. »Und meine Seele. Hierher zu kommen, ist gefährlicher für mich, als du dir überhaupt vorstellen kannst. Und das alles nur, weil ich einen Weg finden wollte, damit wir beide zusammen sein können.«

»Gut und Böse können nicht zusammen sein.« Phoebe schüttelte nur den Kopf.

»Wir waren es schon einmal.«

»Ich habe aus meinen Fehlern gelernt«, sagte Phoebe. Wem machte er etwas vor?

»Das habe ich auch.« Cole ließ nicht locker. Er blickte Phoebe eindringlich an. »Phoebe, ich kann meine dämonische Hälfte unterdrücken, so wie ich meine menschliche Hälfte unterdrückt habe, bevor wir uns trafen. Du hast es doch selbst gesehen. Und wenn ich weiß, dass ich es kann, warum können wir dann nicht zusammenbleiben?«

Phoebe sah tief in Coles Augen. Seine Stimme, sein Blick – alles schien von tiefer Aufrichtigkeit bestimmt zu sein. Aber es war sinnlos.

»Es ist zu spät«, erklärte sie und ging.

Prue saß auf der Sonnenterrasse des Restaurants, in dem sie sich mit Justin verabredet hatte. Sie trug eine bunte Bluse mit Blumenmuster.

Sie blickte auf ihre Uhr und seufzte. Selbst Justins Unpünktlichkeit war auf die Minute genau vorhersagbar.

Tatsächlich betrat Justin in diesem Augenblick die Terrasse. Er entdeckte Prue, die mit dem Rücken zu ihm saß, ging mit schnellen Schritten auf einen der Kellner zu und flüsterte ihm etwas ins Ohr. Der Kellner nickte erstaunt.

Justin strich sich noch einmal durch das Haar und ging zu Prues Tisch.

»Hi!«, rief er zur Begrüßung. Prue blickte auf.

»Hi!«, erwiderte sie lächelnd und erstarrte, als Justin wie selbstverständlich nach ihrer Hand griff und sie sanft küsste.

Sie blickte ihn erstaunt an. Das war neu. Aber es gefiel ihr.

Justin machte eine entschuldigende Geste und nahm ihr gegenüber Platz. »Tut mir Leid«, sagte er. »Ich sollte die alte Karre wirklich verkaufen, aber irgendwie gefällt es mir, in dieser perfekten Zeit etwas zu besitzen, das so unvorhersagbar ist. Verstehst du, was ich meine?«

Diese Worte aus Justins Mund? Prue wusste eine Sekunde lang nicht, was sie erwidern sollte.

»Du, äh, hältst dich also nicht für vorhersagbar?«

Jetzt war Justin daran, eine erstaunte Reaktion zu zeigen. »Ich? Vorhersagbar?«

In diesem Augenblick trat der Kellner an ihren Tisch. In der Hand hielt er eine Flasche Wein.

»Verzeihen Sie. Der Beringer, Privatabfüllung?«

Der teuerste Wein, den das Restaurant zu bieten hatte. Er war so exklusiv, dass er nicht einmal auf der Karte stand.

»Ja, danke«, antwortete Justin und ließ den Kellner einschenken. »Vorhersagbar?«, fragte er mit einem herausfordernden Seitenblick auf Prue. »Ich glaube kaum.«

Prue zog eine Augenbraue hoch und nickte kaum merklich.

Der Justin, der ihr gegenüber saß, war wie ausge-wechselt.

Phoebe war so tief in Gedanken versunken, dass sie Justin überhaupt nicht bemerkt hatte, bis sie direkt vor ihm stand. Der junge Mann – Prues »Mister Vorher-sagbar« – hatte offensichtlich gerade an der Haustür klingeln wollen und lächelte Phoebe etwas unsicher an.

»Hi, Justin«, sagte Phoebe. »Was willst du denn hier?«

»Na ja, ich wollte Prue zum Mittagessen abholen.«

Phoebe nickte nur. Irgendwo in ihrem Hinterkopf läuteten die Alarmglocken, aber sie begriff noch nicht, warum. Was war so ungewöhnlich daran, dass sich Prue von ihrem neuesten Verehrer zu Hause abholen ließ? Abgesehen davon, dass dieser Mann unglaublich lang-weilig war, natürlich.

Dann dämmerte es ihr. Ohne ein weiteres Wort zu sagen, öffnete sie die Haustür und bedeutete Justin, ihr zu folgen.

»Piper!«, rief sie in den Flur hinein.

Justin blieb erstaunt stehen. »Stimmt etwas nicht?«, fragte er verunsichert.

»Ich weiß es noch nicht«, erwiderte Phoebe, als Piper die Treppe herunter kam.

»Was ist denn los, Phoebe?«, fragte sie.

»Wo ist Prue?«

Piper zuckte mit den Achseln. Woher sollte sie das wissen?

»Keine Ahnung. Im Restaurant, schätze ich mal.«

»Wo sie sich mit Justin treffen wollte«, sagte Phoebe

und deutete mit einer Kopfbewegung auf den jungen Mann.

Justin blickte die beiden Schwestern erstaunt an und lächelte verlegen. »Nein, ich habe ihr gesagt, dass ich sie zu Hause abholen würde.«

Phoebe blickte Justin forschend an. »Okay, du hast also nicht heute Morgen hier angerufen und ihr gesagt, dein Auto wäre liegen geblieben und ihr würdet euch direkt im Restaurant treffen?«

Justin kam sich langsam wie bei einem Kreuzverhör vor.

»Nein«, sagte er mit einem Kopfschütteln.

Piper und Prue blickten sich an. Ihnen beiden ging dieselbe Frage durch den Kopf: Wenn Justin hier war und nicht mit Prue telefoniert hatte – mit wem hatte sich ihre Schwester dann verabredet?

Justin lächelte sie charmant an und wollte ihr gerade ein weiteres Glas Wein einschenken. Prue fühlte schon jetzt einen leichten Schwips. Was immer mit Justin vor sich gegangen war, er gefiel ihr plötzlich.

Trotzdem hob sie abwehrend die Hand.

»Oh, nein, danke, es reicht wirklich. Ich muss heute Nachmittag noch arbeiten.«

Tatsächlich hatte sie in einer Stunde noch einen wichtigen Fototermin.

Justin lächelte sie verschwörerisch an. »Na und? Dann werden deine Fotos eben ein bisschen unscharf. Du kannst ja sagen, das wäre Kunst.«

Prue wollte etwas erwidern, als ihr Handy klingelte. Instinktiv klappte sie es auf, um den Anruf entgegenzunehmen, aber Justin war schneller. Sanft berührte er ihre Hand und schüttelte den Kopf. »Wie wichtig kann das schon sein?«

Prue blickte in Justins dunkle Augen und zögerte eine Sekunde lang. Dann klappte sie das Handy wieder zu.

Aber Justin sah sie noch immer an.

»Was ist denn?«, fragte Prue, ohne sich von seinem Blick lösen zu können.

»Kann ich dich um einen Gefallen bitten?«, fragte Justin mit einem selbstsicheren Lächeln.

»Sicher.« Was wollte er? Prues Herz begann, schneller zu schlagen.

»Na ja, letzte Nacht, als wir uns zum Abschied geküsst haben – das war nicht so besonders toll gewesen.«

Allerdings nicht. Prue erinnerte sich nur zu gut an diesen peinlichen Augenblick.

»Ja, stimmt.«

Justin beugte sich ihr über den Tisch entgegen. »Wie wäre es, wenn wir es noch einmal versuchen würden? Vielleicht bekommen wir es jetzt ja ein bisschen besser hin.«

Prue zögerte. Das ging ihr jetzt alles ein wenig zu schnell. Sie hatte fast das Gefühl, einem Fremden gegenüberzusitzen. Und trotzdem ...

»Komm schon«, lächelte Justin. »Was kann schon passieren?«, fragte er leise.

Ja, was schon, dachte Prue und gab nach. Langsam beugte auch sie sich über den Tisch, bis ihre Lippen sich berührten.

Justins Lippen waren warm und leidenschaftlich.

Irgendwo in der Berührung lag ein bitterer, aber nicht unangenehmer Beigeschmack. Prue stellte amüsiert fest, wie die ganze Welt sich um sie herum zu drehen begann. Einen so intensiven Kuss hatte sie selten erlebt – und hätte ihn von Justin bestimmt nicht erwartet. Sie schloss die Augen, aber das Universum drehte sich weiter. Schneller und schneller.

Prue spürte, wie eine plötzliche Kälte sie überfiel und ihre Glieder lähmte. Justins Lippen lösten sich abrupt von den ihren. Erschrocken öffnete Prue die Augen.

Die Sonnenterrasse des Restaurants war verschwunden. Stattdessen stand sie in einer dunklen und kalten Kirchenruine. Modriger Geruch erfüllte die Luft, und durch die Risse in der Decke fiel fahles Mondlicht hinein. Der Rest des Raumes wurde von flackernden Kerzen erleuchtet.

Justin stand vor ihr und grinste sie an.

Was war passiert? Prue wollte nach Justin greifen, um ihn zur Rede zu stellen, aber sie war unfähig, auch nur einen Finger zu rühren.

»Wo bin ich?«, fragte sie mühsam mit tauben Lippen. »Ich kann mich nicht bewegen!«

Justin blickte sie mit gespieltem Mitleid an. »Tut mir Leid«, sagte er nur. Dann verschwammen seine Gesichtszüge.

Sekunden später stand ein völlig Fremder vor Prue. Nur das triumphierende Grinsen war unverändert geblieben.

Aus den Augenwinkeln sah Prue, wie eine exotische Frau mit asiatischen Gesichtszügen von einem Altar auf sie zu trat.

»Es stimmt«, sagte die Frau, »jede Braut sieht an ihrem Hochzeitstag hinreißend aus.«

Der Fremde ließ seine begierigen Blicke über Prues erstarrten Körper wandern.

3

PHOEBE SASS ÜBER EINE große Landkarte gebeugt
und ließ ein Pendel darüber kreisen. Ein Pendelzauber
konnte zwar nur wenig bewirken, aber alles andere hatten sie bereits versucht. Prue war und blieb verschwunden. Es war, als hätte sie sich in Luft aufgelöst.

Piper betrat die Bibliothek auf leisen Sohlen, um
Phoebe in ihrer Konzentration nicht zu stören. »Hast du
sie gefunden?«, fragte sie leise.

»Noch nicht«, erwiderte Phoebe seufzend.

»Dann haben wir ein Problem.« Piper trat hinter
Phoebe und blickte auf die große Weltkarte. Prue
konnte überall sein. Und ›überall‹ war noch nicht einmal zwangsläufig auf *diese* Welt beschränkt.

Phoebe versuchte ihre Schwester zu beruhigen. Es
gab noch eine ganze Reihe von anderen magischen
Tricks, um ...

Phoebe wurde aus ihren Gedanken gerissen, als die
Luft vor dem Tisch plötzlich zu flimmern begann und
Leo langsam sichtbar wurde.

»Leo, hast du etwas herausgefunden?«, fragte Piper
hoffnungsvoll.

Leo schüttelte traurig den Kopf. »Nichts.«

»Okay«, sagte Phoebe und ließ das Pendel fallen,
»jetzt haben wir ein Problem.«

Piper ging aufgeregt im Zimmer hin und her. »Das
Pendel schweigt und das *Buch der Schatten* zeigt auch

keine Reaktion. Leo, irgendjemand muss doch irgendetwas wissen!«

Leo zuckte mit den Schultern. »Nun ja, der Höchste
Rat unterstützt eure Theorie von einem Gestaltwandler,
aber sie bekommen kein klares gedankliches Bild von
der Situation.«

Phoebe stand auf und blickte Leo fest an. »Prue ist
also von unserer Bildfläche verschwunden und der
Höchste Rat wird durch irgendetwas blockiert?«

»So ungefähr«, bestätigte Leo. »Aber sie kann nicht tot
sein. Das würden sie spüren, egal wie mächtig das Böse
ist, dass hier seine Hand im Spiel hat.«

»Na schön, was ist dann los?« Leos Information war
zwar beruhigend gewesen, aber reichte Phoebe noch
lange nicht aus. »Mit was haben wir es zu tun?«

Piper gab die nahe liegende Erklärung. »Etwas, das
mächtig genug ist, um zu verhindern, dass wir sie finden.«

»Ihr wusstet, dass mit euren Kräften auch die *Macht
des Bösen* wachsen würde?«, fragte Leo.

»Ja, aber ist die *Macht des Bösen* inzwischen so groß,
dass wir nicht herausfinden können, wer dahinter
steckt?« Leo blieb sachlich. »Warum will ein Gestaltwandler Prue lebend in seine Gewalt bringen?«

Phoebe dachte laut nach. »Es kann nicht einfach nur
um ihre Kräfte gehen. Ich meine, dafür würde er sie
nicht lebend brauchen.«

»Es sei denn«, warf Leo vorsichtig ein, »es ist ein
ranghöherer Hexer, der . . .«

». . . der die gebündelten Kräfte der Halliwell-
Schwestern an sich reißen will.«

Phoebe wurde blass, als sie den Satz beendete.

»Aber dann bleibt das Problem trotzdem das Gleiche.« Piper blickte resigniert zwischen Leo und Phoebe hin und her. »Wir haben keine Ahnung, wie wir sie finden können.«

»Zu schade, dass ihr diesen dämonischen Kopfgeldjäger vernichtet habt«, seufzte Leo. »Er hätte uns vielleicht einen Tipp geben können.«

Phoebe erstarrte. Eine Idee schoss ihr durch den Kopf. Es gab vielleicht eine Möglichkeit, etwas über Prues Aufenthaltsort herauszufinden.

Sie stürmte aus der Bibliothek.

Piper rief ihr hinterher. »Wo willst du denn hin?«

»Ich habe eine Idee«, rief Phoebe nur. »Wartet hier auf mich.«

Leo und Piper sahen ihr verwundert nach.

Prue lag bewusstlos auf dem alten Steinaltar. Dantalian hatte sie in ein durchscheinendes, schwarzes Gewand gehüllt, das ihr Dekolletee und ihren Bauch sehen ließ. Zile, der Gestaltwandler, stand am Kopfende des Altars und schaute begierig auf Prues lebosen Körper.

Von hinten näherte sich Dantalian und bedeckte Prues bleiches Gesicht mit einem schwarzen Schleier. Nun war sie die perfekte Braut. Die Braut des Bösen.

»Sollen wir beginnen?«, fragte die Hohe Priesterin mit leiser Stimme?

Zile nickte. »Ich bin bereit.«

»Das hoffe ich.« Dantalian legte ihre Handflächen auf Ziles und Prues Stirn und begann mit der Rezitation eines uralten, schwarzen Segnungsspruches.

»Am Anfang stand die Verdammnis und durch die

Verdammnis fanden wir Freiheit, Macht und Sinn. Indem ich euch heute feierlich vereine, erinnere ich euch an diese Gaben.«

Mit diesen Worten griff die Priesterin nach einem schwarzen Seil und fesselte Prues und Ziles Hände symbolisch aneinander.

»Möge dieser Bund eure Macht noch vergrößern«, fuhr sie fort, »auf dass ihr dem Bösen damit dient. So sei es.«

Zile zitterte vor Erwartung. »Wie lange wird es noch dauern, bis die Umwandlung komplett ist?«, fragte er.

»Bis zum Sonnenuntergang.« Dantalian lächelte ihn verführerisch an. »Hältst du es noch so lange aus?«

»Ich schätze, dafür kann ich ein paar Stunden warten.«

»Dann lass mich die Erste sein, die dir gratuliert.« Dantalian beugte sich zu Zile hinunter, um ihn auf den Mund zu küssen.

Der Gestaltwandler schloss genussvoll die Augen, als ihre Lippen sich berührten. Was war er doch für ein Glückspilz. Die Hochzeitsnacht mit der schönen Halliwell-Hexe stand kurz bevor, und jetzt wurde er von der atemberaubenden Priesterin auch noch mit einem leidenschaftlichen Kuss beschenkt.

Zile riss die Augen auf, als er einen bitteren Geschmack auf seinen Lippen spürte. Er zuckte zurück. Dantalian lächelte ihn kalt an. Die Zaubermixtur! Sie hatte seine Lippen mit der Zaubermixtur geküsst! Der Gestaltwandler bemerkte bereits, wie seine Glieder steif wurden.

»W-warum?«, stotterte er mühsam.

»Weil ich es satt habe, immer nur anderen große Macht zu verleihen. Und das Halliwellsche *Buch der Schatten* ist der Schlüssel zu unglaublicher Macht. Das Böse wird sich von dieser Schwester zu den beiden anderen ausbreiten und dann auf das Buch überspringen.«

Verächtlich stieß Dantalian den Wandler um. Er fiel hilflos neben Prue auf den Altar.

»Und wenn dies passiert, wird das Buch mir gehören und nichts wird mich mehr aufhalten können.«

Mit gespielter Zärtlichkeit beugte sich die Hohe Priesterin über Ziles gelähmtes Gesicht. »Aber eins solltest du wissen«, hauchte sie. »Ich werde es genießen, euch alle zu töten.«

Phoebe riss die Tür zum alten Mausoleum auf und stürmte hinein.

»Cole?!«, rief sie, »Cole, bitte, wenn du mich hören kannst ...«

Direkt neben ihr wirbelte die Luft auf und Cole materialisierte sich. Er trug seine schwarze Hose und den schwarzen Rollkragenpullover, darüber einen leichten dunklen Mantel, und schien fast mit den Schatten zu verschmelzen. Er sah jetzt noch reifer und ernster aus als sonst.

»Ich dachte schon, ich sehe dich nie wieder«, sagte er trocken und lehnte sich demonstrativ lässig gegen eine Steinsäule.

Phoebe hatte keine Zeit für diese Spielchen. »Ich bin nicht wegen uns hier«, sagte sie. »Ich brauche deine Hilfe. Aber wenn du es tust, wird es nichts zwischen uns ändern. Das solltest du wissen.«

Cole zog eine Augenbraue hoch und dachte nach.

»Hmmm. Ich höre«, erwiderte er.

»Prue wurde entführt. Von einem Hexer.«

Der Ausdruck in seinem Gesicht veränderte sich. Witterte er eine Chance, bei Phoebe Pluspunkte zu sammeln oder war er von dieser Neuigkeit wirklich geschockt?

»Weißt du, von wem?«, fragte er.

Phoebe strich sich eine Strähne aus der Stirn. Sie musste sich Mühe geben, damit ihre Stimme sich nicht überschlug.

»Wir glauben, dass es ein Gestaltwandler ist, aber niemand von uns kann herausfinden, wo er sie versteckt.«

Cole runzelte die Stirn. Unmöglich.

»Das ergibt keinen Sinn«, sagte er. »Normale Hexer verfügen nicht über diese Art von Macht. Er muss mit jemand anderem zusammenarbeiten.«

Cole begann auf und ab zu gehen. Er dachte laut nach. »Bestimmte Würdenträger haben die Macht, ihre Aktivitäten abzuschirmen. Dämonenrichter, schwarze Priester – jeder, der für seine Rituale Abgeschiedenheit braucht.«

Phoebe stellte sich ihm in den Weg. Was Cole da sagte, machte ihr Angst.

»Was für Rituale? Zu welchem Zweck?«

»Schwer zu sagen. Es könnte alles Mögliche sein. Vielleicht wollen sie euer Buch. Wir alle wollen euer Buch.«

»Ach ja?« Phoebe blickte Cole prüfend an.

Der Halbdämon zuckte entschuldigend mit den Schultern. »Ich wollte das Buch auch. Am Anfang.«

Phoebe wollte sich auf diese Diskussion jetzt nicht einlassen. Sie hatte das sichere Gefühl, dass die Zeit drängte.

»Und wie können wir herausfinden, wer es jetzt will?«

Cole trat einen Schritt auf sie zu und blickte ihr in die Augen. Phoebe wurde heiß und kalt zugleich. »Ich könnte mich umhören«, sagte er. »Aber ich würde dabei riskieren, dass die anderen Dämonen herausfinden, dass ich noch lebe. Ich bin sicher, dass auf meinen Kopf noch immer ein gewaltiger Preis ausgesetzt ist.«

»Ich will meine Schwester zurück«, sagte Phoebe nur und hielt Coles Blick stand.

»Egal, was es kostet?«

»Ich will meine Schwester zurück.« Mehr gab es nicht zu sagen.

Cole kam noch einen Schritt näher und nickte.

»Ich tue das nur für dich.«

Das war mehr, als Phoebe ertragen konnte. Ihr Herz schien sich zu verkrampfen. Sie presste die Lippen zusammen, drehte sich auf dem Absatz herum und ließ Cole stehen. Nach nur einem Schritt wirbelte sie – ohne darüber nachzudenken – erneut herum, fiel dem verdutzten Cole in die Arme und küsste ihn leidenschaftlich auf den Mund.

Der Augenblick dauerte eine Ewigkeit und war trotzdem viel zu schnell vorbei.

Erschrocken von ihrem Gefühlsausbruch löste sich Phoebe aus Coles Umarmung. Auch der Halbdämon schluckte und wich einen Schritt zurück.

»Jetzt bin ich verwirrt«, stotterte er.

»I-ich auch«, stotterte Phoebe. »Tut mir Leid, ich weiß selbst nicht, was das sollte.«

Cole strich sich verlegen wie ein Schuljunge über den Kopf. »Ich, äh, gehe dann mal besser.«

Phoebe nickte heftig. »Ja.«

Bevor Cole in die Schatten trat, drehte er sich noch einmal um.

Die beiden blickten sich tief in die Augen.

»Hör mal«, sagte Cole nach einer langen Pause, »wenn du nichts mehr von mir hörst, dann, äh, wurde ich erwischt.«

Mit diesen Worten löste er sich auf.

Obwohl die Zeit drängte, blieb Phoebe noch lange stehen und starrte in die Dunkelheit, in die Cole verschwunden war.

4

PIPER SASS IM LICHTDURCHFLUTETEN Wohnzimmer des Halliwell-Hauses und blätterte durch das *Buch der Schatten*. Was sie vor sich sah, war seltsam – und faszinierend. Sie spürte, wie ihre Finger kribbelten, während sie die schweren Seiten des alten Folianten durchblätterte.

Leo kam ins Wohnzimmer und setzte sich neben sie.

»Ich dachte, du hast im *Buch der Schatten* nichts gefunden?«, fragte er überrascht.

»Und ob ich etwas gefunden habe«, antwortete sie und deutete auf eine Seite, die von einem Totenkopf gekrönt wurde.

Leo runzelte besorgt die Stirn, als er die Zauberformel las.»Ein Giftzauber? Das gehört nicht ins *Buch der Schatten*!«

Piper zog eine Augenbraue hoch.»Aber er hat gewisse Vorteile«, murmelte sie.»So ein Giftzauber würde viele Probleme endgültig lösen.«

»Piper!« Leo blickte sie entsetzt an.

Eine Woge der Scham durchflutete Piper. Was hatte sie sich nur dabei gedacht? Giftzauber waren wirklich verachtenswert und heimtückisch. Wahrscheinlich war sie nur etwas überspannt. Am besten, sie holte sich erst einmal einen Kaffee aus der ...

Piper taumelte und hielt sich an der Kochstelle fest. Sie stand plötzlich in der Küche. Aber wie war das möglich? Einen Wimpernschlag zuvor hatte sie noch neben Leo auf dem Sofa gesessen und jetzt war sie hier.

»Piper?«

Leos besorgte Stimme klang aus dem Wohnzimmer herüber.

»Ich bin hier«, rief Piper. »Aus irgendeinem Grund«, fügte sie leise hinzu.

Mit schnellen Schritten stürmte Leo in die Küche. Das *Buch der Schatten* hatte er sich unter den Arm geklemmt.

»Du bist gesprungen«, sagte er vorwurfsvoll.

»Bin ich nicht!« Piper stemmte trotzig die Fäuste in die Seite. »Nur Hexer springen!«

Leo machte einen Schritt auf Piper zu. »Piper – du *bist* gesprungen.«

Piper wollte etwas erwidern, als Phoebe die Küche betrat. Sie trug noch immer ihren Mantel und die Wollmütze und sah irgendwie mitgenommen aus.

»Hi«, grüßte sie knapp.

»Wo bist du gewesen?«, fragte Piper.

Phoebe wich dem Blick ihrer Schwester aus. »Äh, ich habe nachgedacht. Wie ist es hier gelaufen?«

»Deine Schwester springt«, sagte Leo tadelnd und deutete auf Piper.

Phoebe blieb überrascht stehen. »Wie bitte?!«

»Okay, ich geb's zu«, seufzte Piper ein wenig schuldbewusst. »Es war total unheimlich – aber auch lustig. Ich war im Wohnzimmer und dann dachte ich an die Küche und im nächsten Augenblick – Bumm! – stand ich hier!«

»Wow, das ist cool!« Phoebe blickte ihre ältere Schwester fasziniert an.

Leo schüttelte ungläubig den Kopf. »Mal abgesehen davon, dass das Springen zu den Kräften eines bösen Hexers gehört!«

»Na und?«, fragte Phoebe trotzig. »Sie versuchen doch andauernd, unsere Kräfte zu stehlen – jetzt haben wir zur Abwechslung mal etwas von ihnen!«

Piper nickte zustimmend. »Versuch es doch auch mal, Phoebe.«

Phoebe grinste verschwörerisch. »Was muss ich tun? Einfach daran denken?«

»Und springen!« Piper nickte. Im nächsten Augenblick war Phoebe verschwunden. Piper grinste den fassungslosen Leo kurz an – und war dann ebenfalls weg.

Fast gleichzeitig tauchten die beiden Schwestern im Wohnzimmer wieder auf. Sie lächelten sich an.

»Fang uns doch, Leo!«, rief Piper.

Sekunden später stürmte Leo ins Wohnzimmer.

Phoebe strahlte. »Hast du das auch schon mal probiert, Leo? Der absolute Kick!«

Leo hob beschwörend die Hände. »Begreift ihr überhaupt, wie ernst das alles ist? Ihr springt, und das Buch verändert sich.«

Piper schüttelte ungeduldig den Kopf. Leo konnte manchmal so ein Spielverderber sein. Und diesen Spießer wollte sie wirklich heiraten?

»Vielleicht springen wir ja *wegen* des Buches«, sagte sie.

»Nein«, rief Leo fast verzweifelt. »Das Buch verändert sich wegen euch. Es ist ein Teil von euch!«

»Mmmhhh.« Piper setzte ein nachdenkliches Gesicht

auf. »Ich sollte mir deswegen Sorgen machen. Aber weißt du was? Ich tu's nicht!«

Tatsächlich fühlte sie sich großartig. Und sie konnte dem Gesicht ihrer Schwester ansehen, dass es ihr ebenso ging.

»Das ist genau das, was ich befürchtet hatte«, sagte Leo beschwörend. »Wer immer Prue in seiner Gewalt hat, dehnt seine Macht jetzt auf euch aus.«

Phoebe baute sich vor Leo auf. Ihr künftiger Schwager ging ihr schon jetzt auf die Nerven. »Okay, Leo«, sagte sie, »dir mag das ja nicht passen, aber mir gefällt es, Gedanken wahr werden zu lassen. Überleg doch mal, wie viel Zeit wir sparen, wenn wir nicht mehr auf diese dummen Beschwörungen angewiesen sind!«

Leo schüttelte verzweifelt den Kopf. »Piper, Phoebe – ihr müsst dagegen ankämpfen!«

Die Türglocke läutete.

»Oder wir öffnen erst mal die Haustür!«

Piper ließ Leo stehen und ging zur Tür.

»Bitte, denkt doch an Prue und hört auf damit!«, rief Leo.

Tatsächlich blieb Piper stehen und fuhr herum. »Sag mir nicht, was ich zu tun habe!«, zischte sie.

Dann ging sie weiter zur Tür, als die Glocke zum zweiten Mal läutete.

Beschwörend wandte sich Leo zu Phoebe. »Ich brauche deine Hilfe«, sagte er leise.

Phoebe blickte ihn mit Unschuldmiene an. »Ich bin es so leid, Menschen zu helfen«, sagte sie nur.

In diesem Augenblick öffnete Piper die Haustür. Das hatte noch gefehlt, dachte Leo. Ms. Wilson und Mr. Schulz traten ein. Die Hochzeitsplaner.

Die beiden strahlten Piper überschwänglich an. »Wir sind ja so froh, dass sie zu Hause sind«, setzte Ms. Wilson an. »Wir haben ein paar neue Entwürfe für die Blumendekoration, die Sie sich unbedingt ansehen müssen.«

»Das ist jetzt gerade kein guter Zeitpunkt«, versuchte Leo die beiden Planer hinauszukomplimentieren, aber Piper warf ihm einen bösen Blick zu.

»Die beiden sind herzlich willkommen, Leo.«

Ms. Wilson war es offensichtlich gewohnt, Spannungen zwischen dem zukünftigen Brautpaar zu ignorieren. »Ich habe die Speisefolge für das Dinner überarbeitet, Piper, und Sie werden begeistert sein. Wir werden …«

»Ich will Schweine im Speckmantel«, sagte Piper trocken.

Ms. Wilson und Mr. Schulz blickten sich ratlos an. Dann lachten sie gleichzeitig und gekünstelt los.

»Es ist schön, eine Braut zu sehen, die so kurz vor dem großen Tag ihren Humor noch nicht verloren hat«, sagte Misses Wilson.

Piper schüttelte nur den Kopf. »Nein, ich *will* Schweine im Speckmantel.«

Ohne groß über die Konsequenzen nachzudenken, hob Piper die Hände und machte eine fast achtlose Bewegung.

Mr. Schulz erstarrte, als ihn der Zauber traf. Die Augen begannen sich bereits zu verändern. Seine Nase verzerrte sich zu einer Schweineschnauze. Dann schrumpfte sein ganzer Körper zusammen, bis nur noch ein kleines, rosiges Ferkel neben der schockierten Ms. Wilson stand. Das Tier trug einen schäbigen, speckigen Mantel und begann aufgeregt zu grunzen.

Ms. Wilson schrie auf.

Piper genoss den Augenblick. Es war ein großartiges Gefühl, einfach zu tun, was einem in den Sinn kam.

Phoebe schüttelte mitleidig den Kopf und deutete auf Ms. Wilson. »Die Gute scheint schreckliche Angst zu haben«, sagte sie.

Piper dachte kurz nach. »Weißt du, mir ist sie schon immer wie eine kleine Eisprinzessin vorgekommen«, sagte sie dann.

»Oh, was für eine großartige Idee!« Phoebe klatschte aufgeregt in die Hände.

Mit einer weiteren Handbewegung verwandelte Piper die immer noch kreischende Ms. Wilson in eine Eisfigur. Das Schreien verstummte augenblicklich.

»Na, das ist doch mal eine ganz neue Idee, um Leute zum Schweigen zu bringen!«, freute sich Piper.

Leo hatte alles fassungslos beobachtet. »Seid ihr wahnsinnig geworden?« Was er hier mit ansehen musste, übertraf seine schlimmsten Albträume.

»Ach komm schon, Leo«, sagte Phoebe genervt, »was immer mit uns passiert, es ist großartig. Du kannst dir dieses Gefühl der Freiheit und der Macht gar nicht vorstellen!«

»Phoebe, aus dir spricht das Böse! Du musst dagegen ankämpfen!«

Statt einer Antwort blickte Phoebe nur ihre Schwester an. »Was hast du in ihm nur jemals gesehen?«

Piper zuckte mit den Achseln. »Keine Ahnung. Er ist ein wirklich stocksteifer Spießer, was?«

Ein breites Lächeln strahlte über Phoebes Gesicht. »Oh, ich habe noch eine tolle Idee. Darf ich?«

Piper machte eine zustimmende Geste. »Nur zu.«

Bevor Leo reagieren konnte, deutete Phoebe mit den Fingern auf ihn. »Denkt an die *Macht der drei*!«, wollte er noch sagen, aber seine Stimme zerfloss, als ob jemand ein Tonband festhalten würde. Dann verformte sich sein Körper zu einem Besenstil, der in einem Eimer voller Erde feststeckte.

»Stocksteif, wie gesagt«, kicherte Phoebe.

Piper war begeistert und klopfte ihrer kleinen Schwester auf die Schulter.

»Stell dir nur vor, was für einen Spaß wir all die Jahre verpasst haben«, sagte Phoebe.

»Und das ist erst der Anfang!«

Arm in Arm gingen die beiden Schwestern ins Wohnzimmer und ließen den Besenstiel achtlos zurück.

»Man sieht sich, Leo«, kicherte Phoebe.

5

*D*AS SCHWEINCHEN, DAS EINST Mr. Schulz gewesen war, schnupperte neugierig grunzend an der eingefrorenen Ms. Wilson herum. Phoebe hatte sich mit einem Beil aus der Küche bewaffnet und schlich auf das Ferkel zu.

Sie hob das Beil und zögerte.

»Ich weiß nicht«, sagte sie etwas unsicher zu Piper, »das ist deine Hochzeit. Solltest du nicht die Ehre haben, das Schwein zu schlachten?«

Piper blickte auf das Tier, dann auf das Beil in Phoebes Hand. Auch sie schien sich ihrer Sache plötzlich nicht mehr so sicher zu sein.

»Das wäre zu einfach«, erwiderte sie. »Ich möchte etwas Größeres anstellen!«

»Ich bin dabei!« Phoebe zwinkerte ihrer Schwester verschwörerisch zu.

Wir sind schon ein tolles Team, dachte Piper stolz, aber etwas fehlte noch. Natürlich!

»Weißt du«, sagte sie nachdenklich zu Phoebe, »wenn dasselbe, was mit uns vor sich geht, auch mit Prue passiert ...«

»Dann könnte die *Macht der drei* wirklich etwas Großartiges werden«, vollendete Phoebe den Satz. »Wir müssen sie finden.«

Piper blickte sich um. Das Schweinchen schnüffelte

immer noch fröhlich an der eingeeisten Ms. Wilson herum.

»Aber zuerst müssen wir hier Ordnung schaffen.«

Sie machte eine schwungvolle Handbewegung, und das Schweinchen begann wieder, sich zu verwandeln. Sein pummeliger Körper wurde in die Länge gezogen, das Gesicht wurde wieder menschlich.

Nicht unbedingt eine Verbesserung, dachte Piper, als sie Mr. Schulz auf dem Boden krabbeln sah.

Eine weitere Handbewegung und Ms. Wilson löste sich wieder aus ihrer eisigen Erstarrung. Der männliche Hochzeitsplaner stand wieder auf und zupfte sich etwas verlegen seine Krawatte zurecht. Die beiden wirkten etwas verwirrt, konnten sich aber offensichtlich nicht mehr daran erinnern, was mit ihnen passiert war.

»Entschuldigung, was haben Sie gerade gesagt?«, fragte Mr. Schulz und blickte Piper an. Das Grinsen war bereits wieder in sein Gesicht zurückgekehrt.

»Sie sind gefeuert!«, erwiderte Piper barsch.

Mit einer ruckartigen Handbewegung ließ Phoebe die Haustür aufschnellen. Die beiden Hochzeitsplaner rissen die Augen auf.

Ein von Phoebe gesandter telekinetischer Stoß wirbelte sie durch die Tür hinaus auf die Straße.

Zufrieden machte Phoebe eine knappe Bewegung aus dem Handgelenk und ließ die Haustür wieder zuknallen. Die beiden würden so rasch nicht wiederkommen.

Voller Tatendrang schritten Piper und Phoebe zurück durch den Flur, um sich auf die Suche nach ihrer Schwester zu machen. Mitten im Raum stand ein Besenstiel in einem Eimer.

»Oh, nein«, sagte Phoebe genervt. »Dein stocksteifer Freund. Was sollen wir mit ihm machen?«

»Oh, ich denke, wir können uns ein wenig mit ihm amüsieren«, erwiderte Piper und verwandelte Leo zurück.

Kaum hatte der Wächter des Lichts seine menschliche Gestalt zurück, blickte er sich im Flur um. »Was ist mit den beiden Hochzeitsplanern passiert?«, fragte er.

Typisch Leo, dachte Piper, die anderen waren immer wichtiger als er selbst. Wie entsetzlich langweilig.

»Oh, sie hatten es plötzlich sehr eilig«, erklärte Piper beiläufig.

»Leo, wir müssen Prue finden«, sagte Phoebe entschlossen.

Leo atmete auf. Das war ein gutes Zeichen. Vielleicht war doch noch nicht alles verloren.

»Gut so, Phoebe«, erwiderte er. »Konzentriere dich nur darauf. Das wird dir dabei helfen, dem Bösen zu widerstehen.«

»Dem Einzigen, dem wir gerade noch so widerstehen können«, funkelte Phoebe ihn an, »ist dem Verlangen, dich in Stücke zu reißen.«

Leo schluckte. Zu früh gefreut.

»Aber wenn du uns hilfst, Prue zu finden, lassen wir dich in Ruhe«, ergänzte Piper. »Vorerst.«

Bevor Leo etwas erwidern konnte, hörte er einen telepathischen Ruf in seinem Kopf. Der Höchste Rat rief ihn. Er ahnte, was sie wollten, und er täuschte sich nicht.

Piper bemerkte an Leos Gesichtsausdruck, dass er gerade den Stimmen seiner Auftraggeber lauschte. Immer dasselbe, dachte sie.

»Komm schon, Leo«, fuhr sie ihn an, »ignoriere sie.

Was wissen die schon? Sie stehen diesmal auf der Verlie-
rerseite.«

Leo blickte seine Verlobte traurig an. »Sie haben mir
meine Mission entzogen.«

»Was?« Piper schüttelte den Kopf. »Das können sie
nicht machen! Wir haben doch gar nichts getan ... noch
nicht.«

»Doch, das habt ihr«, antwortete Leo. »Ihr habt dem
Bösen nachgegeben. Und damit habt ihr das Recht ver-
wirkt, einen Wächter des Lichts als Beschützer an eurer
Seite zu haben. Es tut mir Leid.«

Mit einem traurigen Blick auf Piper entmateriali-
sierte sich Leo.

Piper und Phoebe standen einen Moment schweigend im Flur. Es war ein ungewohntes Gefühl, Leo
nicht mehr bei sich zu wissen.

»Oh, nein, er ist weg«, rief Piper. »Wir sind frei!«

»Ja!«

Phoebe machte eine triumphierende Geste, in die
Piper einstimmte.

»Keine Regeln mehr und keine Angst vor Konsequenzen. Schluss mit dem Unsinn!«

Phoebe rannte die Stufen hinauf. »Es wird Zeit, Prue
zu finden und loszulegen!«

Piper zog die Augenbrauen zusammen. »Wo willst du
denn hin?«, rief sie ihrer Schwester hinterher.

Phoebe blieb kurz stehen und blickte Piper verständnislos an. »Na, mich umziehen, natürlich.« Sie deutete
auf ihr mädchenhaftes Kleid mit dem freundlichen
Muster. »In diesen Klamotten kann ich wohl kaum Tod
und Verderben verbreiten, oder?«

Ohne eine Antwort abzuwarten, lief Phoebe in ihr

Zimmer und schloss die Tür hinter sich. Ein Schatten trat auf sie zu. Phoebe fuhr herum.

Cole.

Seine Haare waren zerrauft und sein Mantel war an einigen Stellen angesengt. Phoebe nahm seinen Anblick in sich auf. Der verwegene Blick in seinen Augen gefiel ihr. Aber das reichte noch nicht ...

»Cole, du bist gesund!«, hauchte sie.

»Ja, so gerade eben!«

»Bist du entdeckt worden?«, fragte Phoebe besorgt.

»Ja.« Cole trat auf sie zu. »Ein Dämon hat mich gesehen. Aber er wird es niemandem mehr verraten können.«

Phoebe lächelte und fuhr mit den Händen über Coles Brust. »Der große, böse Balthasar hat wieder zugeschlagen, ja?«, gurrte sie.

Erstaunt wich Cole einen Schritt zurück. »Das ist nichts, worauf ich·stolz bin.«

»Warum nicht?« Mit einem schnellen Schritt war Phoebe wieder bei ihm und küsste ihn heftig. Cole schien mehr überrascht als erfreut. So hatte er Phoebe noch nie erlebt, und er war nicht sicher, ob sie ihm so gefiel.

»Phoebe, wenn das, was ich herausgefunden habe stimmt, dann ist Prue in echten Schwierigkeiten. Sie wurde dazu gezwungen, einen Hexer zu heiraten.«

Phoebe kniff die Augen zusammen und schüttelte den Kopf. »Das sieht ihr ähnlich, alles zu tun, um früher als Piper unter die Haube zu kommen!«

»Nein, du verstehst das nicht«, sagte Cole verwundert. »Eine Hohe Priesterin namens Dantalian soll die beiden angeblich verheiratet haben.«

Cole stockte, als Phoebe begann, mit aufreizenden Bewegungen ihr Kleid aufzuknöpfen.

»Die, äh, Priesterin hat die Macht, Prue zum Bösen zu bekehren – dich auch, Phoebe.«

»Ach ja?«, hauchte Phoebe und löste den letzten Knopf. »Willst du mich denn nicht genau so haben?«

Bevor Cole reagieren konnte, presste sie ihre Lippen wieder auf seine. Cole wurde heiß und kalt, als er ihre Zunge in seinem Mund spürte.

Wieder löste er sich von ihrer Umarmung. »Nein! So will ich dich nicht. Ich will nicht, dass wir so sind. Wir haben nur eine Chance, wenn wir uns beide zum Guten bekennen.«

»Liebe ist Liebe«, sagte Phoebe herausfordernd.

»Es gibt keine Liebe im Reich des Bösen«, erklärte Cole. »Höchstens Befriedigung. Und Lust.«

Phoebe seufzte. »Weißt du was, Cole? Deine menschliche Hälfte ist verdammt spießig. Ich glaube, ich möchte Balthasar zurück.«

Cole schüttelte entschieden den Kopf. »Er wird niemals zurückkommen, Phoebe.«

»Ach, nein?« Phoebe drängte sich eng an Cole und rammte ihm ohne Vorwarnung das Knie in den Bauch.

Mit einem überraschten Aufstöhnen sank Cole zu Boden.

Phoebe trat wieder zu. »ICH!«

Und wieder. »WILL!«

Und wieder. »BALTHASAR!!«

Cole hielt sich den Bauch. Sein Stöhnen wurde zu einem tiefen Knurren, als die Verwandlung einsetzte. Seine Umrisse verschwammen, und wo gerade noch

Cole gelegen hatte, sprang jetzt der Dämon Balthasar auf die Füße.

Fasziniert blickte Phoebe den Hünen an, der sie um mindestens zwei Köpfe überragte.

»Schon besser«, triumphierte sie und ließ ihre Hände über den mächtigen Oberkörper gleiten.

In diesem Augenblick klopfte Piper an die Tür.

»Phoebe? Was tust du da drinnen?«

Bevor Phoebe etwas antworten konnte, griff Balthasar mit seinen gewaltigen Pranken sanft nach ihrem Kinn. »Dantalian wird kommen, um sich das Buch zu holen«, grollte er mit tiefer Stimme und blickte Phoebe in die Augen. »Ihr solltet bereit sein.«

Dann begann er zu schimmern und löste sich auf.

Piper betrat das Zimmer. »Was ist hier los?«, fragte sie besorgt.

»Nichts«, seufzte Phoebe. »Leider.«

»Ich habe Stimmen gehört.«

»Ach ja?« Phoebe knöpfte ihr Kleid wieder zu. »Ich, äh, hatte eine Vision. Ich muss wohl laut geworden sein.«

Forschend blickte sich Piper im Zimmer um, als Phoebe an ihr vorbeistürmte.

»Wir müssen los«, rief Phoebe über die Schulter. »Diese Hohe Priesterin hat Prue geschnappt und ist wahrscheinlich schon auf dem Weg hierher.«

Piper blickte ihrer Schwester verwundert nach. »Hohe Priesterin? Das muss ja eine höllische Vision gewesen sein.«

6

$\mathcal{D}$ANTALIAN BEUGTE SICH über den Steinaltar, wo Prue und Zile bewusstlos nebeneinander lagen. Was für ein schönes Paar, dachte die Hohe Priesterin, und bald würden sie im Tod ewig vereint sein.

Die Dämonenpriesterin schloss die Augen und stimmte einen uralten Choral an. Welten entfernt, auf dem Dachboden des Halliwell-Hauses, begann das magische Dreier-Symbol auf dem *Buch der Schatten* zu glühen.

»Es wird Zeit«, murmelte Dantalian und glitt hinüber in die Welt der Sterblichen.

Dantalian blickte sich um. Der Dachboden lag dunkel und still vor ihr. Niemand hatte ihr Kommen bemerkt. Die beiden anderen Halliwell-Schwestern waren wohl immer noch damit beschäftigt, ihre lächerlichen Untaten zu begehen. Doch das war kein Vergleich zu dem, was sie tun würde, wenn das *Buch der Schatten* erst in ihrem Besitz war.

Und jetzt lag es – wortwörtlich – zum Greifen nah. Dantalian nahm das Buch von seiner Säule und wog es in den Händen.

Endlich.

»Das war leicht«, flüsterte sie triumphierend.

»Zu leicht.«

Dantalian wirbelte herum, doch es war zu spät. Ein brutaler Tritt traf sie in den Rücken und schleuderte sie schmerzhaft gegen einen alten Schrank. Das *Buch der Schatten* flog aus ihren Händen. Die Hohe Priesterin versuchte, sich aufzurappeln, aber Phoebe und Piper standen schon über ihr. Phoebe hielt das silberne Messer in der Hand, das einst Balthasar gehört hatte.

»Wo ist unsere Schwester?«, fragte sie kalt.

Dantalian überlegte blitzschnell. Gegen die beiden Hexen hatte sie allein keine Chance. Sie musste Zeit gewinnen.

»Ich kann euch helfen«, sagte die Hohe Priesterin. »Ich kann euch lehren, wirklich böse zu sein. Für euch ist das noch neu. Ihr wisst noch nicht, was alles möglich ist.«

Piper und Phoebe blickten sich wenig beeindruckt an. »Ich weiß nicht«, sagte Piper mit einem Schulterzucken. »Ich glaube, wir bringen uns das gerade selbst bei.«

»Sollen wir es dir beweisen?« Phoebe hielt die Spitze des Messers an Dantalians Gesicht.

»Wo ist Prue?«

»Wenn ihr mich tötet«, erwiderte die Hohe Priesterin, »werdet ihr sie nie wieder sehen.«

Piper dachte an die Möglichkeiten, die ihnen noch offen standen. Und da gab es einige.

»Tja«, sagte sie, »wir könnten dich stattdessen auch ein bisschen foltern.«

Ohne Vorwarnung trat Piper mit voller Wucht auf den Unterarm der Priesterin und drückte ihn zu Boden. Dantalian schrie vor Schmerz und Wut auf. Aber das war erst der Anfang. Mit einem kalten Funkeln in den Augen machte Piper eine Bewegung und ließ die Hand der Priesterin zu Eis erstarren. Der Schmerz war furchtbar, aber die beiden Schwestern ließen sich durch das

Wimmern der Dämonenpriesterin nicht beeindrucken.

Phoebe deutete mit dem Kopf auf einen schweren Kerzenständer, der auf dem Schrank stand. »Warum zerschmetterst du nicht einfach ihre Hand und wir warten ab, was passiert.«

Piper schien die Idee zu gefallen. Sie griff nach dem Kerzenständer und holte aus.

»Deine letzte Chance«, knurrte sie.

Dantalian biss die Zähne zusammen und schwieg. Das würden diese kleinen Hexen nicht wagen.

Piper zögerte im letzten Augenblick. Aber nicht, weil sie Skrupel hatte, die Hand der schwarzen Priesterin zu zerschmettern. Nein, sie wollte diesen Augenblick noch etwas länger genießen. Noch nie hatte sie sich so mächtig gefühlt, so skrupellos – und so gut.

Genussvoll ließ sie den Kerzenständer endlich niedersausen. Mit einem furchtbaren, klirrenden Geräusch zerplatzte die gefrorene Hand der Hohen Priesterin.

Ihr Schrei hallte durch das ganze Haus. Ungläubig vor Schmerz blickte sie Piper an.

Phoebe trat seelenruhig auf die stöhnende Priesterin zu. »Das Lustige ist«, sagte sie amüsiert, »wir könnten das auch mit deiner anderen Hand machen und uns dann deine Füße vornehmen.«

Piper hatte noch eine bessere Idee. »Wir könnten uns sogar von dort aus nach oben vorarbeiten. Stückchen für Stückchen, bis hinauf zu deinem Kopf.«

»Also«, sagte Phoebe, »wo ist Prue?« Sie wünschte sich fast, dass Dantalian noch schweigen würde, damit sie weiter foltern konnten. Andererseits – wer sagte denn, dass sie aufhören mussten, wenn sie eine Antwort hatten?

In diesem Augenblick begann die Luft zu flimmern. Leo erschien aus dem Nichts.

»Ich konnte nicht einfach so gehen, Piper«, sagte er, noch bevor er sich ganz materialisiert hatte.

Piper, Phoebe und Dantalian blickten überrascht auf die schimmernde Gestalt. Doch die Hohe Priesterin war die Einzige, die reagierte. Den furchtbaren Schmerz in ihrer zerschmetterten Hand ignorierend, sprang sie auf die Füße, schlug ein Rad bis zu dem *Buch der Schatten*, das noch immer auf dem Boden lag, griff mit der gesunden Hand danach und verschwand mit einem dumpfen Knall. Das Ganze hatte nicht länger als eine Sekunde gedauert.

»Äh, was ist denn hier los?«, fragte ein überraschter Leo in das Echo des Knalls hinein.

Phoebe heulte vor Wut auf. »Du hast ihr bei der Flucht geholfen! Das ist los!«

Ohne auch nur eine Sekunde nachzudenken, hob Piper die Hand und verwandelte Leo in eine Eisstatue. Der Ausdruck der Fassungslosigkeit fror auf seinem Gesicht fest. »Zerschmettere ihn!«, zischte Piper.

Phoebes Gesicht war hasserfüllt. Mit einem kräftigen Kick trat sie gegen die Eisstatue – und Leo zerplatzte mit einem lauten Knall in tausend Stücke.

7

MIT IHRER GESUNDEN HAND blätterte Dantalian eilig im *Buch der Schatten*, das sie auf ihrem Altar aufgeschlagen hatte. Die andere Hand war nur noch ein pochender, blutiger Stumpf.

Die Priesterin warf einen wütenden Blick auf Prue, die noch immer bewusstlos neben dem ebenfalls leblosen Zile lag.

»Dein Tod allein wird nicht mehr reichen, meine liebe Braut«, zischte sie. »Jetzt nicht mehr. Nicht nach dem, was deine Schwestern mir angetan haben.«

Dantalian blätterte weiter. Ein heimtückisches Grinsen machte sich auf ihrem Gesicht breit. Sie war auf eine viel versprechende Überschrift gestoßen:

»Die Schwarze Priesterin.«

Dantalian überflog die uralten Zauberformeln und ihr Grinsen wurde noch breiter. Das war sogar noch besser, als sie erwartet hatte.

»Ja!«, hauchte sie. »Willkommen in meiner Hölle!«

Dantalian begann mit der Rezitation der magischen Formel.

Im Halliwell-Haus schritten Piper und Phoebe achtlos über die Eisscherben, die von Leo noch übrig geblieben waren. Die Splitter knirschten unter ihren Absätzen.

»Also, was tun wir jetzt?«, fragte Piper, als die beiden die Treppen vom Dachboden hinunterstiegen.

Phoebe dachte kurz nach. »Ich weiß nicht. Unschuldige töten?«

»Nein«, erwiderte Piper kopfschüttelnd. »Ich meine, wegen Prue. Wie sollen wir sie ohne das *Buch der Schatten* finden?«

Ein neckisches Lächeln umspielte Phoebes Lippen. »Sag mal, solltest du nicht den Verlust deines geliebten Leo beklagen, Schwesterchen?«

Piper winkte ab. Nichts konnte ihr gleichgültiger sein. »Phoebe, ich meine es ernst. Diese Priesterin war wirklich ziemlich sauer. Und wenn sie Prue tötet, dann nimmt sie uns damit auch die *Macht der drei*, und wir haben keine Chance mehr.«

Phoebe dachte nach. »Guter Punkt. Wir müssen Prue finden.«

Als die beiden im Erdgeschoss ankamen, hatte Phoebe eine Idee. Natürlich. Darauf hätten sie auch früher kommen können.

»Moment mal«, sagte sie, »wir sind doch jetzt böse Hexenmeisterinnen, oder? Wir können doch mit einem bloßen Gedanken uns an jeden Ort materialisieren.«

»Aber wir wissen doch nicht an welchen Ort«, warf Piper zweifelnd ein.

»Es reicht ja auch, wenn wir wissen, zu wem wir wollen. Zu Prue nämlich. Ich meine, so haben Leos Kräfte doch auch funktioniert, oder?«

Piper war noch immer nicht überzeugt. »Ja, aber seine Kräfte wurden blockiert. Er konnte sie doch auch nicht finden.«

»Aber das lag nur daran, weil er gut war«, triumphierte Phoebe.

»Und wir – sind böse!«

Dantalian war in tiefe Konzentration versunken. Sie murmelte die Schlussformel der Beschwörung. In wenigen Sekunden würde Prue Halliwell unerträgliche Qualen erleiden. Für alle Zeiten.

»Der Bann soll wirken durch dies Buch
und Schmerzen erzeuge dieser Fluch.
Möge sie leiden Höllenqua ...«

Ein dumpfes Knallen riss die Hohe Priesterin aus ihrer Trance. Erschrocken blickte sie auf.

Keine zehn Schritte von ihr entfernt standen Phoebe und Piper. Die beiden Schwestern blickten sich etwas verwirrt in der Kirche um.

»Toll«, sagte Piper nur.

»Sind wir endlich da?«, fragte Phoebe und entdeckte im selben Augenblick Prue, die noch immer neben Zile auf dem Steinaltar lag.

Verdammt, durchfuhr es die schwarze Priesterin. Hätten diese kleinen Hexen nicht eine Sekunde später kommen können?

Aber sie hatte noch immer den Trumpf in der Hand. Im Grunde war es gut so, denn jetzt konnte sie alle Halliwell-Schwestern auf einen Schlag auslöschen.

»Es ist zu spät«, triumphierte Dantalian. »Ich habe das Buch!«

266

Phoebe blickte die Dämonenpriesterin an. Sie schien wenig beeindruckt zu sein. »Na toll«, sagte sie nur, »aber es braucht eine Weile, bis man gelernt hat, damit umzugehen. Wir sprechen da aus Erfahrung.«

»Und in der Zwischenzeit«, ergänzte Piper, »wie wäre es, wenn ich deinen Kopf gefrieren lasse und ihn zerschmettere?«

Dantalian überlegte blitzschnell. So sehr es sie mit unbändiger Wut erfüllte – aber diese kleinen Hexen hatten Recht: Das *Buch der Schatten* war eine so gewaltige Macht- und Wissensquelle, dass es Monate brauchen würde, um es richtig einsetzen zu können. Aber als schwarze Priesterin verfügte auch sie über gewisse Kräfte.

Bevor die beiden Schwestern reagieren konnten, sagte sie einen Zauberspruch in einer uralten, längst vergessenen Sprache auf.

»Ich bin vielleicht noch nicht mächtig genug, um gegen euch zu kämpfen – aber *sie* sind es!«

Im selben Augenblick zuckten Prue und Zile zusammen, erwachten aus ihrer Starre und standen ohne zu zögern auf.

Prue blickte ihre Schwestern kalt an.

»Hi Prue«, sagte Piper, »du siehst gar nicht gut aus.«

»Aber das Kleid ist toll«, sagte Phoebe mit einem neidischen Blick auf das schwarze Gewand, das den Körper ihrer Schwester nur spärlich verhüllte.

Die Hohe Priesterin schrie einen Befehl. »Zile. Prue. Vernichtet sie!«

Piper machte einen Schritt auf ihre Schwester zu. »Prue, hör nicht auf sie! Komm mit uns! Wir sind deine Schwestern!«

Prue machte sich nicht einmal die Mühe, den Kopf zu schütteln. An Ziles Seite schritt sie auf Piper und Phoebe zu.

»Ich bin seine Frau«, sagte sie nur. »Nicht eure Schwester.«

Mit einer verächtlichen Handbewegung setzte sie ihre Kräfte ein.

Eine gewaltige, unsichtbare Hand schien Piper und Phoebe zu erfassen. Die beiden Schwestern wurden in die Luft gehoben und brutal gegen die Steinmauern der Kirchenruine geschleudert.

Jetzt, wo sie keine Skrupel mehr hatte, war Prue mächtiger als je zuvor.

Piper erhob sich stöhnend. »Ich werte das mal als ein Nein«, sagte sie.

Phoebe wischte sich angeekelt ein paar Spinnweben von der Bluse, die beim Aufprall an ihr hängen geblieben waren.

»Okay«, schluckte sie, »wir müssen einen Weg finden, um Prue auf unsere Seite zu ziehen. Und zwar schnell!«

Ihr war klar, dass sie noch so eine Attacke nicht überleben würden.

»Vielleicht können wir sie zu einer Scheidung überreden?«, fragte Piper, obwohl ihr nicht zum Scherzen zu Mute war. Auch sie wusste, wie ernst ihre Lage war.

Und es wurde noch schlimmer.

Zile, der bis jetzt stumm und untätig geblieben war, lächelte Prue an. Dann verschwamm seine Form, und er schrumpfte zusammen.

Phoebe und Piper beobachteten entsetzt, wie der Gestaltwandler zu einer perfekten Kopie ihrer Schwester wurde. Plötzlich standen zwei Prues vor ihnen.

Piper überlegte fieberhaft. Sie musste die falsche Prue einfrieren und zerschmettern, bevor die beiden ihre Plätze tauschen konnten. Danach würde sie keine Chance mehr haben, die beiden auseinander halten zu können. Und wenn sie versehentlich die echte Prue tötete, würden sie ihre Macht verlieren und wären Dantalian hilflos ausgeliefert.

Piper hob die Arme, um die falsche Prue gefrieren zu lassen.

Im selben Moment verschwand der Gestaltwandler mit einem lauten Knall. Einen Sekundenbruchteil später geschah dies auch mit Prue.

Noch bevor das Echo des zweiten Knalls verklungen war, tauchte links und rechts von Piper je eine Prue auf. Aber welches war die echte?

»Du willst doch nicht die falsche Schwester zerschmettern, oder?«, höhnte Dantalian.

Piper blickte verwirrt zwischen den beiden Prues hin und her. Was sollte sie tun? Dantalian machte eine Handbewegung und plötzlich hielten beide einen langen Dolch mit schlangenförmiger Klinge in der Hand.

»Ich liebe dich«, sagte die Prue rechts von Piper.

Die andere Prue blickte ihr Ebenbild an.

»Ich auch«, sagte sie.

Phoebe erstarrte. Sie musste an etwas denken, das Cole ihr gesagt hatte.

»Moment mal«, flüsterte sie. »Cole hat gesagt, dass das Böse nicht lieben kann!«

»Cole?«

Piper blickte ihre Schwester fragend an.

Phoebe winkte hektisch ab.

»Vergiss das jetzt«, rief sie. Sie deutete auf die Prue links von Piper. Sie war nur noch wenige Schritte entfernt und hob das Messer.

»Der Punkt ist«, fuhr Phoebe hektisch fort, »dass sie nicht auch ›Ich liebe dich‹ gesagt hat. Sie muss der Hexer sein! Friere sie ein! Schnell!«

Piper begriff nicht ganz, was ihre Schwester meinte, aber Phoebe schien sehr überzeugt von ihren Worten zu sein.

Außerdem blieb keine Zeit mehr. Die beiden Prues kamen immer näher.

Ich hoffe, du hast Recht, dachte Piper und machte eine Handbewegung.

»Zerschmettere sie!«, rief Phoebe.

Piper drehte sich um die eigene Achse und trat gegen die Eisstatue, die, wie sie hoffte, nicht ihre Schwester war.

Dantalian schrie auf. »NEIN!«

Die falsche Prue explodierte. Eissplitter sausten durch die Luft.

Im selben Augenblick zuckte die echte Prue zusammen.

Als ob sie aus einem bösen Traum aufgewacht wäre, blickte sie ihre Schwestern verwirrt an. Mit dem Tod ihres dämonischen Ehemannes war auch der Bann des Bösen gebrochen.

»Was ist hier los?«, stotterte Prue.

Ein seltsames Gefühl durchströmte Phoebe. Sie war erleichtert darüber, dass es Prue wieder gut ging – und froh darüber, wieder so etwas wie Erleichterung und Sorge empfinden zu können.

Es war ein wunderbares Gefühl.

»Ich glaube, wir sind wieder die alten Halliwell-Schwestern«, sagte sie leise. »Wir alle.«

Hinter ihrem Altar riss Dantalian die Augen auf und hob die Hände, um einen verzweifelten Zauber gegen die Schwestern zu schleudern.

Aber Piper kam ihr zuvor. Mit einer Bewegung aus dem Handgelenk ließ sie die schwarze Priesterin erstarren.

Sie verwandelte sie nicht in eine Eisstatue, sondern hielt einfach die Zeit an.

»Jetzt muss das *Buch der Schatten* auch wieder das alte sein«, sagte sie befriedigt.

»Und wir sollten etwas Gutes damit tun«, nickte Prue.

Die drei Schwestern stürmten an der erstarrten Dantalian vorbei zum Altar. Wie immer hatte die Magie des alten Folianten die richtige Seite aufgeschlagen. Auf dem Papier stand ein Zauberspruch zur Vernichtung einer schwarzen Priesterin.

Ohne zu zögern, stimmten Prue, Piper und Phoebe die Beschwörung an:

»Ihr Mächte des Lichts und der Gerechtigkeit,
die Priesterin sei nun dem Tod geweiht.«

Die drei blickten gespannt zu Dantalian, die immer noch erstarrt mitten im Raum stand. Plötzlich löste sich der Bann und Dantalian fuhr entsetzt herum. Ein Nebel aus leuchtenden, kreisenden Partikeln hüllte sie ein. Dantalian riss die Augen auf. Ihr Schrei hallte durch die Gemäuer der Kirchenruine. Mit einem gewaltigen Knall explodierte die schwarze Priesterin. Dann war sie fort.

Prue wischte sich lächelnd eine Strähne aus der Stirn. »Das war wirklich eine höllische Hochzeit. So gesehen war ich die Erste, die unter der Haube war«, sagte sie lächelnd.

Piper erstarrte. Ihr Gesicht wurde bleich.

»Was ist denn?«, fragte Prue erstaunt.

»Oh, nein. Leo.« Pipers Stimme war nur ein Flüstern.

»Was?«, fragte Prue.

Phoebe schluckte.

»Wir haben ihn getötet.«

8

*P*IPER, PRUE UND PHOEBE STÜRMTEN auf den Dachboden des Halliwell-Hauses.

In der Mitte des Raumes schimmerte eine große Pfütze. Ein paar letzte Eiskristalle lösten sich darin auf.

Piper fiel vor der Pfütze auf die Knie und schluchzte. Das war alles, was von Leo übrig geblieben war.

Prue und Phoebe standen hilflos neben ihrer Schwester. Sie wussten nicht, was sie sagen sollten.

Plötzlich begann die Luft bläulich zu schimmern.

Leo materialisierte sich neben ihnen und lächelte sie an.

Prue und Phoebe rissen die Augen auf. Piper kniete noch immer auf dem Boden und hatte Leos Erscheinen nicht bemerkt. Mit einem Lächeln berührte Phoebe ihre weinende Schwester an der Schulter.

Piper blickte auf und sah Leo.

Sie sprang auf und schloss ihn überglücklich in ihre Arme. »Gott sei Dank, du bist gesund!«, schluchzte sie.

Leo erwiderte die Umarmung sanft. »Ja, und das habe ich euch zu verdanken. Die Vernichtung von Zile hat die böse Vereinigung gebrochen, und alles Böse, das ihr getan habt, wurde dadurch wieder rückgängig gemacht.«

Phoebe schluckte schuldbewusst. »Ich hoffe nur, die beiden Hochzeitsplaner können sich nicht mehr daran erinnern, was wir ihnen angetan haben.«

»Leider doch«, lächelte Leo nachsichtig, »aber sie werden selbst nicht glauben, was ihnen passiert ist.«

»Aber du leider schon, Leo.« Piper schlug die Augen nieder.

Phoebe hob entschuldigend die Arme. »Äh, ja, Leo, sorry, dass wir dich getötet haben.«

»Schon okay, Phoebe.« Leo nickte verständnisvoll. »Das ward nicht wirklich ihr.«

Phoebe holte tief Luft. »Wirklich nicht? Ich meine, auf eine bestimmte Art und Weise *war* ich es. Ich habe es gespürt. Sie haben das Böse nicht einfach in uns eingepflanzt. Es muss schon etwas davon in uns gewesen sein, das sie haben ausnutzen können.«

»Das macht euch noch nicht böse«, sagte Leo. »Für das Böse muss man sich bewusst entscheiden.«

Phoebe blickte zu Boden. »Na ja, ich muss zugeben, es hat auch Spaß gemacht.«

»Phoebe . . .«, rief Piper tadelnd.

Aber Phoebe sprach weiter. Sie musste sich das Erlebte von der Seele reden. »Eine Zeit lang hat es Spaß gemacht. Ich meine, tun zu können, was immer man will, ohne jede Konsequenz.«

Piper ergriff Leos Arm. »Also, meinen Verlobten in tausend Teile zersplittert zu sehen, ist mir Konsequenz genug«, sagte sie.

»Danke«, erwiderte Leo.

»Trotzdem verstehe ich, was Phoebe meint«, sagte Prue, als die vier schließlich die Treppe zum Flur hinuntergingen.

Phoebe blieb überrascht stehen. War das möglich? Hatte ihre große Schwester ihr etwa gerade Recht gegeben? Es geschahen wirklich noch Zeichen und Wunder.

»Tatsächlich?«, fragte sie.

Prue nickte. »Das Böse ist natürlich verlockend, und so zu tun, als ob man dagegen gefeilt wäre, hieße, die Gefahr zu ignorieren.«

Phoebe ahnte, was jetzt kam. »Uh-oh«, sagte sie, »irgendetwas sagt mir, dass jetzt das Thema *Cole* zur Sprache kommen wird ...«

Prue blickte ihre Schwester mit einem feinen Lächeln an. »Hör mal, mir gefällt nach wie vor nicht, dass du uns angelogen hast. Aber nach meinem kleinen Ausflug auf die dunkle Seite verstehe ich das alles jetzt etwas besser. Das einzige Problem ist ...«, seufzte Prue, »... dass mir nun bewusst wird, wie langweilig Justin tatsächlich ist.«

Leo zuckte mit den Schultern. »Dann sollten wir ihn von der Gästeliste streichen.«

Piper griff nach Leos Hand. »Wir werden sie alle streichen. Unser Leben ist einfach zu verrückt, um eine normale Hochzeit zu feiern. Ich weiß gar nicht, was ich mir dabei gedacht habe.«

Leo strahlte Piper an.

»Ach übrigens«, fuhr Piper fort und schaute zu Phoebe, »du hast noch immer nicht erzählt, welche Vision du hattest.«

Phoebe schluckte. Nicht rot werden, dachte Phoebe, nicht rot werden!

»Äh, welche Vision?«

»Na die, die dir Dantalians Namen verraten hat. Die Vision, die uns allen das Leben gerettet hat.«

»Ach die«, druckste Phoebe herum. »Ähm, irgendetwas sagt mir, dass ihr mir sowieso nicht glauben würdet, wenn ich euch das erzähle. Sagen wir einfach, ich hatte Verbindung zu meiner dunklen Seite. Und das ist etwas, das ich nie wieder tun werde.«

Phoebe öffnete die Tür zum alten Mausoleum.

Noch bevor sie ihn sah, wusste Phoebe, dass Cole schon auf sie wartete.

»Wie ist es gelaufen?«, fragte er und blickte Phoebe in die Augen.

Phoebe nickte. »Alles ist wieder wie früher.«

»Gut.«

»Ja«, Phoebe schluckte und schlug die Augen nieder.

Cole atmete seufzend aus. »Aber nicht gut genug, oder? Was ich getan habe, wird nichts zwischen uns ändern, oder?«

»Nein.« Phoebe sah ihm in die Augen.

»Warum nicht?« Cole schüttelte traurig den Kopf.

»Es ist zu kompliziert, Cole.«

»Erzähl mir nicht so etwas«, fuhr Cole sie an. »Lass uns wenigstens ehrlich zueinander sein. Das schulden wir uns gegenseitig.«

Phoebe nickte. Er hatte Recht.

»Ich liebe dich«, sagte sie nach einer Sekunde des Schweigens. »Und ich werde dich immer lieben. Nichts wird das jemals ändern können. Aber die Versuchung, sie ist einfach zu groß. Ich kann dieses Risiko nicht eingehen, weder für mich noch für meine Schwestern.«

Cole machte einen Schritt auf sie zu. »Phoebe«, sagte er beschwörend, »ich versichere dir, ich bin nicht mehr böse!«

Phoebe wich zurück. Mühsam unterdrückte sie ein Schluchzen. »Vielleicht nicht äußerlich und vielleicht auch nicht mehr in deinem Herzen. Aber irgendwo tief in dir drin, wirst du immer böse sein.«

Sie schüttelte den Kopf. »Und du wirst das niemals ändern können, Cole. Leb wohl.«

Phoebe blickte Cole ein letztes Mal an und drehte sich um.

Als sie die Stufen zum Ausgang hinaufging, hörte sie Coles Stimme hinter sich.

»Ich werde nicht aufgeben, Phoebe.«

Phoebe trat in die kalte Nachtluft. Der Wind strich über die Tränen auf ihrer Wange und trug Coles letzte Worte davon.

»Ich werde nicht mehr gehen.«

Das geheime Wissen der Hexen

ISBN 3-8025-2850-6
Das Buch der Schatten

ISBN 3-8025-2493-4
Das Buch der
Zaubersprüche

ISBN 3-8025-1451-3
Zauberpower – Magische
Hexentipps

ISBN 3-8025-2733-X
Zauberhafte
Hexensprüche

Egmont vgs verlagsgesellschaft, Köln

www.vgs.de

blue monday

Mädchen wollen Spaß

...eu ist wild entschlossen,
...ch das Adam Ant-Konzert
...ter keinen Umständen ent-
...ehen zu lassen. Abgesehen
...avon, dass sie noch keine
...arte hat und das Konzert
...sverkauft ist, gibt es aber
...ch ein paar kleinere
...omplikationen: Zunächst
...uss Bleu ihren Klassen-
...meraden Alan und Victor
...eigen, was eine Harke ist,
...ch einen sexistischen
...adio-DJ vom Leib halten,
...d den Vertretungslehrer
...avon überzeugen, dass sie
...ine Traumfrau sein könnte.

ehapa COMIC COLLECTION

Blue Monday
Band 1: Mädchen wollen Spaß
132 Seiten, SC
€ 6,50 [D] / € 6,70 [A]
ISBN 3-7704-2791-2
Erscheint im Mai 2002